KB262573

누각과 정자에서 읊은 남도의 시정

영남 · 호남지방

누각과 정자에서 읊은 남도의 시정詩情

2007년 11월 5일 1판 1인쇄
2007년 11월 10일 1판 1발행

지은이 이 창 룡
펴낸이 한 봉 숙
펴낸곳 푸른사상사

등록 제2-2876호
주소 서울시 중구 을지로3가 296-10 장양B/D 701호
대표전화 02) 2268-8706(7) **팩시밀리** 02) 2268-8708
메일 prun21c@yahoo.co.kr / prun21c@hanmail.net
홈페이지 //www.prun21c.com
ⓒ 2007, 이창룡

값 20,000원

ISBN 978-89-5640-582-7 93810

☞ 21세기 출판문화를 창조하는 푸른사상에서 좋은 책 만들기에 노력하고 있습니다.
　　저자와의 합의에 의해 인지 생략함.

영남 · 호남지방

누각과 정자에서 읊은

남도의 시정 詩情

이 창 룡

푸른사상

이 도서의 국립중앙도서관 출판시도서목록(CIP)은
e-CIP 홈페이지(http://www.nl.go.kr/cip.php)에서 이용하실 수 있습니다.
(CIP제어번호 : CIP2007003293)

우리의 옛 선비들은 그 마을에서 가장 풍광이 좋고 조망할 수 있는 비교적 높은 곳에 누각과 정자(이하 누정이라고 약칭함)를 세웠다.

누정은 그들의 휴식과 풍류의 고장이며, 시 창작의 현장이었다. 벗을 만나 주연을 베풀고 자연과 하나가 되어 다정스럽게 시를 지어 서로 교감을 나누며 고달픈 삶을 잠시나마 달래었다.

이렇게 다양한 기능을 가진 누정의 역사는 문헌상 삼국시대로 거슬러 올라간다. 처음에는 관아, 성곽, 사찰, 향교, 서당의 문루(門樓)로 세워졌다. 고려시대 중엽에 들면서 사설(私設) 누정이 창건되기 시작했고, 이런 풍조는 조선조에 계승·발전하여 누정문화로 자리잡게 되었다.

문화유산으로서 누정의 가치는 건물 자체보다는 그 내부에 걸려 있는 옛 선비들의 주옥같은 시문(詩文)을 비롯해 상량문(上樑文), 창건기, 중수기, 재건기 등에 있다.

누정은 흘러가는 세월 속에서 병화(兵火), 수재(水災), 화재(火災)를 만나 소중한 문화재가 붕괴 또는 유실되었고 이러한 일들은 지금도 진행 중이다. 더 이상 소중한 우리 문화재와 문학작품이 소멸되어 가는 것을 막기 위해 기록으로 남기는 일에 일차 목적을 두고 전국을 기행, 답사하게 되었다. 이미 손실된 시문은 개인의 문집에서 색출하여 지금까지 소외되었던 누정문학을 정면에 노출시켜 번역과 감상의 경지까지 진행하여, 문학을 연구하는 분들과 독자의 사랑을 받는 것이 최종 목적이다. 그러나 이러한 목적을 수행하는데 어려운 점이 많았다.

답사 대상에 대한 소재 파악이 힘들었다.

정확한 정보가 없어서 우선 각 시·군에서 발간한 시·군지(市·郡誌)로 정보를 얻을 수밖에 없었다. 그러나 누정 설명이 누락되었거나 이름만 나열하고 설명이 아주 없는 것도 있었다. 이행(李荇) 등의 『신증동국여지승람』(新增東國輿地勝覽), 이긍익(李肯翊)의 『연려실기술』(燃黎室記述), 이중환(李重煥)의 『택리지』(擇里志), 송남수(宋柟壽)의 『해동산천록』(海東山川錄) 등을 참고로 정보를 얻었다.

답사 대상을 선정하기가 힘들었다.

답사 대상은 가장 역사가 오래되고 가급적 현판시(벽에 걸린 시)가 많이 남아 있으며 창건 연대는 19세기 이전으로 한정하였다. 그리고 왕실, 관아, 사찰, 향교, 서당 등에 소속된 누정은 연구대상에서 제외하였다.

창건 당시의 누정의 모습은 만날 수 없었다.

오랜 세월 동안 풍우에 시달려서 붕괴되어 소멸되는 경우, 때로는 병화(兵火), 그리고 천재지변(天災地變)으로 사라져 없어진 운명을 피하지 못한 것이 대부분이다. 누정의 역사를 삼국시대를 출발점으로 본다면 천여 년이 넘었고, 19세기말이라 하더라도 100년이 이미 넘었으니 창건 당시의 모습을 본다는 것은 거의 불가능하며 대부분의 누정이 세월 따라 중수와 재건을 거듭하면서 오늘에 이르렀다.

누정의 현판시(懸板詩)도 건물과 함께 소멸되는 운명을 어찌할 수 없었다

병화나 천재지변에 대비하여 현판시를 미리 전사(轉寫)해 두는 것이 유일한 보존 방법이 되는데 그렇지 못하였다. 경기도 파주 군에 있는 황희(黃喜)의 반구정(伴鷗亭)과 이율곡의 화석정(花石亭)은 6·25동란 때 전란으로 소실되었다. 재건은 하였으나 현판시는 없었다. 다만 화석정에는 율곡의 8세작이라고 전하는 유명한 현판시 하나가 북쪽 처마 밑 안쪽 벽에 외롭게 걸려 있을 뿐이었다. 현판시가 없는 경우에는 부득이 여러 문집에서 찾았으나 그 누정에 현판되었던 시인지의 여부에 대하여선 분명하지 않을 경우도 있었다. 그렇게 되면 현판시를 대상으로 연구한다는 약속이 어긋나게 된다.

누정의 소재는 평지가 아닌 비교적 높은 언덕이나 산밑에 있어서 촬영이 뜻대로 되지 않았다

채집의 대상은 건물 전경과 현판시가 중심이었다. 그러나 높은 곳에 위치하여 밑은 낭떠러지어서 정면 사진 촬영이 불가능한 곳이 대부분이었다. 이런 경우 건물의 옆이나 뒤를 찍고 누정의 이름 현판은 따로 찍을 수밖에 없었다. 강릉의 경포대(鏡浦臺), 삼척의 죽서루(竹西樓), 안동의 영호루(映湖樓)는 발밑이 절벽이어서 한발도 물러설 수 없는 곳이었다.

이처럼 답사하는데 어려운 일이 예상 외로 많았다. 누정을 찾아가는데 한 사람이 겨우 다닐만한 잡초가 무성한 좁은 길을 걸어서 높은 언덕이나 산속을 더듬어 올라가야 하니 매우 힘들었다.

대부분을 기차나 버스로 어렵게 찾아가야 했으나, 자동차를 제공하여 주신 분들이 있어 고마운 마음을 오래 간직하고 있다.

정보가 미진하여 이 책에 수록해야 할 유명한 누정이 누락된 것을 매우 유감스럽게 생각한다.

이 책의 내용 전개에 있어서 누정의 창건과 내력은 주로 각 지방의 『시지』(市誌)와 『군지』(郡誌)를, 누정의 자연 환경은 『민족문화대사전』, 누정 현장에 현판 되지 않은 시는 주로 『한국문집총간』(민족문화추진회)에서, 그 밖에 여러 학술논문 등을 참고하였다.

그리고 이 책은 2006년 11월에 간행된 관동·관서·기호지방의 누정에 대한 후속편이다. 이 두 책의 간행으로 전국의 누정이 총망라되었다.

2007년 9월

저자 이 창 룡

차례

■ 서문

차 례

울산광역시

경상남도

호남지방

전라북도

광주광역시

전라남도

Ⅰ. 누정(樓亭)의 역사 개관

1. 누정의 건립과 성격

산천의 아름다운 자연속에 누정은 그 자체가 풍류의 고장이고, 자연과 더불어 삶을 같이하려는 선비들의 정신적 공간이다.

누정은 그것을 건립한 주체에 의하여 왕실, 관가, 불가, 유가, 사가로 나눌 수 있다. 왕실의 누정은 궁성 안에 위치하고, 관가의 누정은 성곽 위에, 또는 관아의 정문으로, 불가의 누정은 사찰 입구에, 유가에서는 향교의 정문으로 서원에서는 출입하는 정문으로 건립하였다.

그리고 사가(私家) 누정 건립의 주체는 그 지방 유지였다. 그들이 창건하고 관리하고 경영하는 건물이다. 그 구조는 마룻바닥을 지면에서 한층 높게 지은 다락집이 대부분이며, 사방을 조망(眺望)할 수 있도록 벽이 없고 기둥만 있는 개방된 건물이며 여름철 휴식처로 사용하기 편리하도록 마룻바닥이 중심 공간으로 되어 있다. 건물에는 꼭 이름이 붙어 있으며 건물 안에는 상량문, 창건기, 재건기, 중수기 등의 문장과 신인들이 남겨 놓은 현판시(懸板詩)가 있다.

누정은 마을에서 떨어져 있는 높은 언덕, 산이나 강의 경치 좋은 계곡에 위치하여 쉴새없이 흐르는 물소리, 맑고 깨끗한 백사장, 계곡의 자연경관과 바람소리, 때로는 깎아지른 듯한 절벽 위에 세워서 그림같은 산수화를 감상하는 듯하다.

이미 놓여 있는 자연형태를 그대로 살려 조화롭게 이루어진 반면에 인공적인 연못을 만들고 그 중앙 언덕에 정자를 세워서 연못과 주변의 공간과 조화를 이룰 수 있도록 배려한 것도 있다. 특히 바닷가 언덕에 세워진 누정은 해안의 백사장과 파란 해안선, 그리고 그 위를 나는 갈매기, 아침바다를 붉게 물들이는 해돋이, 밝은 달밤 등 자연이 베풀어주는 혜택을 마음껏 느끼고 있다. 누정의 위치는 결국 자연환경을 중심으로 건립되었으며, 자연과의 조화 또는 자연숭배에서 자연친화에 이르기까지의 전통을 고스란히 유지하고 있다.

2. 누정의 건축 유형

누정의 건축 유형은 일정한 형태는 아니다. 대체로 정사각형이나 장방형 위주로 건축되었고 때로는 육각 또는 팔각도 있으며 경우에 따라서는 티(T)자형도 있다. 크기 규모는 정면 3칸, 측면 2칸 구조가 일반적 형태다.

누정과 관계되는 건축물에는 누(樓), 정(亭), 각(閣), 당(堂), 대(臺) 등 다양한 명칭이 있다. 그러나 그 차이를 확연하게 구별할 수는 없다.

고려 중엽의 문장가인 이규보(李奎報 : 1168~1241)는 「사윤정기」(四輪亭記)에서 유형에 대한 구별을 시도하였다.

> 나무 판자를 쌓는 것을 대(臺)라 하고, 겹으로 난간을 한 것을 사(榭)라 하였으며, 집 위에 집을 지은 것을 누(樓)라 하고, 사방이 탁 트고 텅 비고, 높고 전망이 좋은 것을 정자……
>
> 柴板築謂之臺, 複欄檻謂之榭, 構屋於屋, 謂之樓, 作豁然, 虛敞者, 謂之亭 (徐居正 : 『東文選』 66卷)

누각과 정자에 대한 구분은 현재의 누정 구조와 별로 차이가 없다.

누는 현재 2층 모양으로 된 건물이며 일층은 흙바닥을 그대로 두고 2층에 마룻비닥을 깔았다. 이에 비하면 정자는 평면에 기둥을 세우고 사방의 벽은 세우지 않고 탁 트이게 만들었다. 경우에 따라서는 마룻바닥 중앙이나 한쪽 구석에 온돌방을 설치하는 경우도 있다.

누각과 정자는 명칭상 구분되어 있으나 기능이나 형태상 확실하게 구분할 수는 없다. 누각은 긴 누하주(樓下柱) 건축이며 외견상 2층 구조로 계단을 통하여 올라가면 바로 마루 구조가 있다. 이에 비하면 정자는 단층 마루 구조로 되어 있다.

누정은 주로 기와지붕으로 되어 있으며 정자는 누각보다 규모가 작은 것이 일반적이다. 그러나 강원도 인제의 합각정, 충남 사천의 동백정, 화순의 영벽정, 춘천의 소양정은 형태상 누각의 구조로 되어 있으면서 정자라는 명칭을 사용하였다. 반대로 경남 사천의 수양루와 합천의 함벽루는 정자의 형태이면서 누각이란 명칭을 사용하였다.

대(臺)는 본래 건물의 이름이 아니고, 흙을 높이 쌓아올린다던지 나지막한 언덕을 깎아서 평평하게 하여 주위의 아름다운 경관을 조망할 수 있게 만들었다. 그리고 이런 곳에 건물을 지어야 자연과 더욱 친화할 수 있다는 생각에 주변 경관과 어울리는 건물을 세우게 되었다. 대라 하면 언덕을 말하는 것이 아니고, 거기에 있는 건물을 가리키는 경우가 대부분이다. 강릉의 경포대, 양양의 의상대, 하조대가 바로 그러한 건물이다.

누정이나 대의 명칭 외에 대전에 있는 옥류각, 영천의 조양각 등 각(閣)이라는 명칭, 전주의 한벽당, 대전의 쌍청당 등 당(堂)이라는 명칭, 담양의 명옥헌, 울진의 해월헌 등 헌(軒)이라는 명칭이 붙은 건물도 있다. 이 건물들은 형태에 다소 차이가 있으나 마루로 구성되었다는 점에서는 그 형태가 누정과 별로 다르지 않다.

3. 누정의 기능과 활용

조선조 초기 세조의 정권 찬탈과 연산군의 폭정으로 인한 두 차례의 사화, 그리고 기묘사화와 을사사화 등 네 차례에 걸친 사화들로 정객들은 정치적 위치에 위기감을 느끼고 정치적인 중앙무대를 떠나 향리에 내려와서 정착하면서 자신들의 주거 공간과는 다른 공간을 찾아 아름다운 자연 속에 누정을 건립하게 되었다.

이렇게 세운 누정의 가장 중요한 기능은 아름다운 자연환경 속에서 그 경치를 구경하면서 술자리를 마련하여 음풍농월(吟風弄月)하거나 때로는 마을 사람들의 집회나 교습소 등으로 활용하는 데 있었다.

고려조의 이규보는 「사윤정기」에서 벌써 누정에 대한 이와 같은 진미를 맛보고 있었음을 알 수 있다.

> 여름에 손님들과 함께 동산에다 자리를 깔고 누워서 자기도 하고, 혹은 앉아서 술을 마시며, 바둑을 두고, 거문고 타고, 뜻에 맞는 대로 하다가 날이 저물면 파하니, 이것이 한가한 사람의 즐거움이다.
>
> 夏之日 與客席園中 或臥而睡 或坐而酌 圍碁彈琴 惟意所適 窮日而罷 是閑者之樂也 (徐居正 : 『東文選』 66卷記)

휴식, 음주, 거문고 탄주는 누정에서의 풍류생활에 대한 참모습을 그대로 보여준다.

조선조의 정자 기능은 바로 이 고려조의 그것을 계승하였음이 분명하다. 거문고 탄주는 매우 수준 높은 놀이이며 당시 지식인들의 삶의 단면을 여실이 보여 주고 있다.

누정의 또 다른 기능은 강학(講學)과 향약(鄕約), 동계(洞契) 등 여러 가지 집회가 열리는 곳이었다. 강학은 서당과 같은 것으로 후진 들에게 학문을 전수하는 일이다. 마루 한 가운데나 구석에 온돌방을 만들어 놓고 추운 겨울에 대비한 교실의 구실을 하였다. 정사(精舍) 도 이와 비슷한 용도로 사용하였으니 서로 구별하기 힘들다.

향약과 동계는 유림들이 윤리도덕과 미풍양속의 실현뿐만 아니라 향촌이나 마을 사람들의 단합과 상부상조의 정신을 함양하는 공동 체의 회합 장소로 이용되었다.

19세기까지는 계급사회가 아직 그대로 유지되던 시기여서 누정은 양반들의 전유물이 되었다. 그러나 20세기에 들면서 누정은 대중에 게도 개방되어 자유스러운 공간이 되었다. 그리고 선비들이 즐기던 풍류는 거의 없어졌다. 누정은 창건 당시의 목적과는 달리 지금은 여름철의 휴식처나 관광 명소로 남게 되었다.

20세기에 들면서 기존의 누정들은 세월의 무게를 이기지 못하여 거의 퇴락의 길을 걷게 되었다. 그러나 8·15 해방 이후 문화재를 보호해야 한다는 국민적 공감대가 형성되어 재건과 증수에 대한 노 력과 의식이 확산되어 대부분의 누정은 새 모습으로 서있게 되었다. 그러나 일부 위치를 옮기거나 형태를 변화시켜서 옛 모습을 볼 수 없게 된 것이 있어 매우 안타까운 생각이 든다.

4. 누정과 시작(詩作)

유명한 누정의 조건은 역사가 오래되고, 건물의 규모가 크고, 당대의 지식인들의 왕래가 빈번하였고 남겨 놓은 누정시(樓亭詩)가 많은 것이어야 된다. 그리고 창건 당시의 누정시를 비롯하여 후대 인물들의 차운(次韻)시까지 현판(懸板)되어야 한다. 이것뿐만 아니라 이들의 작품은 하나의 문집(文集)으로 남아서 후세에 전하여 시적 교류의 실상을 알게 되어야 한다.

누정시의 제작은 누정 경영자와의 시적인 인연이나 교우 관계에서 이루어진다. 이때 교류 인물은 2~3명에서 수십 명의 동호인이 모여서 작시 풍류를 즐긴다. 이들은 누정 주인과 동등한 지식인이며 시 짓는 일에 관심은 물론 대등한 실력이 있어야 한다. 앞에서 언급한 이규보의 「사윤정기」에서는 함께 풍류를 즐기는 인물을 6명으로 제한하고 각각 맡은 바 그 역할까지 명시하였다.

이른바 여섯 사람이란 누구인가 하면 거문고 타는 자 한 사람, 노래하는 자 한 사람, 시에 능한 중이 한 사람, 바둑 두는 자 두 사람, 주인까지 여섯이다. 사람을 한정시켜 앉은 것은 그 뜻이 같음을 보인 것이다.

所謂六人者誰 琴者一人 歌者一人 僧之能詩者一人 碁者二人 幷主人
而六也 限人而坐 示同志也 (徐居正 : 『東文選』 66卷記)

정자의 주인은 혼자가 아니다. 풍류를 즐길 수 있는 6인의 친구와 함께 있다. 이들은 교양, 취미, 지식 수준이 비슷한 상류계급의 사람들이다. 승려 한 사람만 시에 능한 것이 아니다. 여섯 사람이 함께 시회(詩會)를 열고 있다.

조선조에 들면서 누정을 무대로 전개된 시작 풍류는 바로 고려조에서 전승된 것임을 쉽게 알 수 있다. 누정을 무대로 작시(作詩) 풍류를 즐기던 사람을 따로 누정시인이라 칭하고 그 사람들이 남겨 놓은 시를 누정제영(樓亭題詠)이라 한다. 누정제영이 제작된 계기는 앞에서 언급한 바와 같이 누정 주인과 사귀어 놀면서 제영하는 경우가 대부분이며, 유람이나 탐방의 경우에도 누정시가 이루어질 수 있다. 누정의 현장에서 선작(先作)의 원운(原韻)에 맞추어 차운(次韻)시를 제작하여 서로 주고 받거나 아니면 단독으로 작시하는 경우도 있다. 때로는 누정 건립 준공 기념일, 재건이나 중수(重修), 동계(洞契)나 종회(宗會) 등에서 시회가 열리면서 공동으로 참여하여 시작을 남겨 놓을 때도 있다. 명승지를 찾아다니는 방랑시인이 누정에 걸려 있는 시를 보고 차운하여 남겨 놓은 경우도 있다.

누정은 조선조의 사대사화(四大士禍)와 독재 정권의 전횡(專橫) 등으로 정치적 혼란이 가중되었을 때 대의명분(大義名分)을 목숨처럼 여기던 사람들이 중앙무대를 떠나 자기 고향에 와서 정착하면서 그들의 안식처이며 사교장인 누정을 많이 건립하였다. 비단 이들뿐만 아니라 지방 유지들도 이들을 본받아 누정 건립에 앞장서서 지방의 명소가 되는 예도 많았다.

자연 친화의 환경 속에서 뜻을 같이 하는 친구들과 술자리를 베풀고 풍류를 즐기면서 많은 제영 시작을 남겨서 누정문학이라는 특수한 장르를 형성하였다. 다른 한편으로는 후진들에게 지식을 전달하는 학문의 고장 역할도 하였다. 이 밖에 누정은 마을의 동회와 문중의 종회 등 지역 문화 발전에도 크게 기여하였다.

5. 누정의 역사

누정과 시인과의 관계를 밝히려면 먼저 포석정에 대한 언급이 있
어야 한다. 창건 연대는 통일신라 때로 추정된다. 지금은 수구(水溝)
만 남아 있고 정자는 없다. 그러나 기와와 초석이 발견되어 포석정
의 흔적은 찾을 수 있다.

경주시에서 남으로 약 4km, 경주 남산 계곡에서 흘러 들어오는
입구에 거북 모양의 큰 돌이 있고, 그 입에서 물이 나오도록 만들어
졌다고 하나 지금은 없다. 지금 남아있는 곡수(曲水)터의 규모는 폭
이 약 35cm, 깊이 평균 26cm, 전체 길이는 약 10m, 화강암으로 전복
형태의 물길로 되어 있다.

포석정의 기능은 단순한 궁중 연회장이 아니다. 김대문(金大問)의
『화랑세기』(花郎世紀)에는 포석사(鮑石祠)라고 되어 있다. 선왕이나
국가적인 유공자를 모신 사당으로 매해 음력 3월 3일에는 동쪽으로
흐르는 물에 몸을 깨끗이 씻고, 이곳에서 왕실이나 국가의 안녕을 비
는 제사를 올리고 그 뒤풀이로 잔치를 베풀었다. 그 중의 하나가 유상
곡수1)(流觴曲水) 행사다. 곡수에 잔을 띄어 자기 앞에 오기 전에 시를
지었다. 포석사가 포석정으로 부르게 된 시기는 알 수 없다. 포석정은
단순한 놀이 공간이 아니었다. 국가적인 성스러운 의식이 거행된 성
지(聖地)였다. 그것이 후대에 와서 유상곡수만 남게 되었다.

---

1) 유상곡수(流觴曲水) : 굽어 꺾어 흐르는 물에 술잔을 띄어 그 잔이 자기 앞에
   오기 전에 시를 짓는 일.

신라 경애왕이 927년에 이곳에서 잔치를 베풀고 놀다가 후백제의 견훤의 습격을 받아 잡히게 돼 스스로 목숨을 끊었다고 하니 신라의 비극의 역사를 간직하고 있는 곳이다.

유상곡수 행사는 중국에서 시작되었다. 중국 진나라 목제(穆帝)의 영화(永和, 9년, 353) 3월 3일에 계연2)(禊宴)이란 행사가 있었다. 우리나라에도 잘 알려진 서예가 왕희지(王羲之)가 그 당시 유명한 인사 41명과 절강성(浙江省) 회계산(會稽山) 북쪽에 있는 난정(蘭亭)에 모여 곡수(曲水)에 잔을 띄워 계연을 베풀면서 시를 지어 읊었다는 기록이 있다. 포석정의 유상곡수는 바로 이 난정의 옛일을 이어받은 것이다. 지금 창덕궁 소요정에도 유상곡수 터가 남아있다. 누정과 시인과의 관계를 극명하게 보여주는 증거라고 할 수 있다.

우리나라에서의 누정 건립이 시작된 연대는 삼국시대부터였다. 『삼국사기』의 기록에 의하면 백제 동성왕(東城王) 22년(500) 봄에 다음과 같은 행사가 있었다.

> 임류각(臨流閣)을 궁성 동쪽에 세웠는데 높이가 다섯 길이나 되었고, 또 연못을 파서 이상한 새들을 기르게 하므로… 5월에 한재(旱災)가 들었으나 왕은 신하들과 임류각에서 잔치를 베풀고 밤새도록 환락하였다.

> 起臨流閣於宮東 高五尺 又穿池養奇禽…五月 旱 王與左右 宴臨流閣 終夜極歡 (『三國史記』 卷26)

---

2) 계연(禊宴) : 물가에서 행하는 요사(妖邪)를 떨어버리기 위해 제사 때에 벌이는 잔치.

그 후대의 무왕(武王) 37년(636) 8월에 군신을 망해루에 모아 잔치
를 베풀었다.

秋八月 燕群臣於望海樓 (『三國史記』 卷27)

　삼국시대의 누정은 왕실 소유의 구조물이며 임금과 신하가 잔치
를 베풀고 서로 즐기는 곳으로 되어 있다.

　고려시대에는 전반적으로 많은 누정이 세워졌고 초기에는 삼국시
대를 계승하여 왕실이나 관영(官營)의 건물이었고, 중기 이후 말기에
는 사가(私家)의 누정이 많이 건립되었다. 『동문선』(東文選)에는 이규
보(李奎報)의 「능파정기」(凌波亭記), 「사윤정기」(四輪亭記), 안축(安軸)
의 「취운정기」(翠雲亭記), 이제현(李齊賢)의 「운금정기」(雲錦亭記) 등
20여 개의 누정기가 실려 있어 당시의 누정이 수적으로 많이 분포되
어 있었음을 짐작할 수 있다.

　조선시대에는 왕궁, 관아, 성곽, 향교, 사찰, 서당 등 공적인 누정
도 있었으나 사적인 누정이 압도적으로 많았다.

　중앙무대에서 벼슬살이를 하던 정객들이 독단정치와 사대사화(四
大士禍)의 서센 물결에 휩쓸려 관외(關外)로 추방되거나 아니면 치사
(致仕)하여 향리에 와서 정착하면서 자신들의 안식처이며 사교장인
누정을 건립하게 되었다. 이를 본받아 지방 유지들도 나름대로 그들
의 실정에 맞는 누정을 세워서 그 수가 증가하게 되었다.

6. 누정과 시인의 풍류

누정이 풍류의 공간이라는 전제에서 우선 풍류란 어떤 것인지 그 개념부터 살펴보기로 한다.

풍류에 대한 개념이 아직 분명하게 정립되지 않고 있다. 그럼에도 우리는 '풍류객', '풍류남아', '풍류를 아는 사람', 반대로 '풍류를 모르는 사람'이라는 표현을 쉽게 쓰고 있다.

사전적 의미는 '속된 일을 떠나서 풍치가 있고 멋지게 노는 일', '풍격이 우아한 것', '운치 있는 일', 그리고 '풍류놀이'라 하면 '시도 짓고, 노래도 하고, 술도 마시며 춤을 추는 놀이'로 되어 있다.

결국 풍류는 자연에 대한 친화를 통하여 마음을 정화(淨化)하고 그런 가운데 시적, 음악적, 연희적 요소를 포함한 복합된 개념이라고 할 수 있다.

그러나 풍류는 그 개념이 시대에 따라서 변질되면서 오늘에 이르렀음을 알 수 있다.

역사상 풍류라는 용어가 문헌상 처음 사용된 시기에 대하여 연구가들은 공통적으로 신라말엽 최치원의 「난랑비서문」(鸞郎碑序文)을 든다. 이 글은 『삼국사기』 진흥왕 37년(576) 봄에 화랑제도 설치에 대한 기사에서 그 글의 일부가 인용되었다.

> 나라에는 현묘(玄妙)한 도가 있다. 이를 풍류라고 하는데 이 교를 설치한 근원은 선사(仙史)에 상세히 실려 있거니와, 실로 이것은 삼

교(三敎)를 포함한 것으로 모든 민중과 접촉하여 이들을 교화하였
다.

國有玄妙之道　曰風流　設敎之源　備詳仙史　實乃包含三敎　接化群
生……(『三國史記』眞興王 37年條)

그러나 이 글만으로 '현묘지도'나 '풍류'의 개념이 파악되지 않는
다. 풍류가 유교, 불교, 선교(도교)를 포함한다고 하였으니 이 삼교의
본질을 파악하면 어느 정도 그 개념을 알 수 있을 것이다.

유교의 본질은 먼저 자신을 수양한 후 나아가서 남을 지도하는
일(修己治人)과 자기를 버리고 인간 본연의 예(禮)로 돌아가는 일(克
己復禮)이며, 불교에서는 아집을 버리고 부처의 자비심으로 돌아가
는 일이다. 그리고 선교(도교)는 인위적인 것을 초월하여 자연법칙에
순응하여 사는 일이다. 이 삼교에서 공통적인 요소는 사리사욕을 버
리고 순수한 마음으로 하느님과 하나가 되는 것을 추구하는 일이다.
현묘의 도나 풍류가 추구하는 근본 취지는 바로 이러한 정신에 있
다. 아집을 버리고 대중과 접촉하여 그들을 사랑으로 교화하는 일이
다. 풍류는 이와 같이 삼교의 본질을 모두 내포한 개념이다.

그리고 화랑의 가장 중요한 수양방식에 다음과 같은 것이 있다.
도의로서 서로 몸을 닦고(相磨以道義) 춤과 노래로서 서로 즐기고(相
悅以歌樂), 명상과 대천을 찾아서 즐겁게 노니는 것(遊娛山川) 등이
있다. 먼저 인생의 생존적 가치를 높이고 그 토대 위에 자연과 친화
하고 가무를 즐기는 것이 화랑의 삶의 방식이며 이것이 풍류로 발전
되는 것이다.

제례와 가무와의 관계는 고조선 때부터 있었다. 『삼국지』(三國志) 「위지동이전」(魏志東夷傳)에서 이에 대한 자세한 기록을 찾아 볼 수 있다.

> 마한에서는 매양 5월에 모종을 끝마치고 귀신에게 제사를 드렸다. 많은 사람들이 떼를 지어 노래 부르고 춤추며 술을 마시면서 밤낮을 쉬지 않았다.

> 馬韓 常以五月 下種訖, 祭鬼神 群聚 歌舞 飮酒 晝夜無休 (『三國志』 魏志東夷傳)

이렇게 종교의식이 있었고, 그 때에는 반드시 가무를 행했다는 사실을 알 수 있다. 이러한 행사가 삼국시대에 그대로 전승되어 예술은 종교 의식과 분리하여 생각할 수 없게 되었다.

고려시대에 들면서 팔관회(八關會)라는 불교의식이 있었다. 신라 진흥왕 때 시작되었다고 하나 고려 태조가 삼국을 통일하면서 팔관회의 중요성을 인정하고 관등회(觀燈會)와 함께 국가적인 행사로 격상시켰다.

"고려 태조가 예전에 팔관회를 베풀고 여러 신하와 더불어 서로 사이좋게 지냈다."[3] 사이좋게 놀았다는 것은 가무와 연회를 베풀고 즐겁게 놀았다는 것을 의미한다. 예종이 "신사 년에 팔관회를 열고 왕이 잡희를 관람하고 고려 개국 공신 김락(金樂)과 신숭겸(申崇謙)의 우상을 보고 감탄하여 시를 지었다.[4]

---

3) 太祖常設八關會 與君臣交歡 (『壯節公申先生實記』 卷1)
4) 辛巳設八關會 王觀雜戲 有國初功臣 金樂 申崇謙 偶像 王感歎 賦詩 (『高麗史』 卷 14 : 35)

이와 같은 사실에 근거하면 고려 초기에는 제례와 가무가 함께 진행되었으며 이 사실은 신라의 방식을 그대로 전승한 것이다.

팔관회는 국가적인 제례이며, 이를 통하여 신과 인간을 하나로 묶고, 그 행사에서 파생되는 잡희는 임금과 신하를 화합으로 이끄는 매개의 구실을 한다. 이와 같은 사실이 바로 고려시대의 풍류라고 할 수 있다. 팔관회는 조선시대에 들면서 유교의 힘에 의하여 그 힘이 점점 쇠약하였다.

조선시대의 풍류의 모습은 전대에 비하여 다양한 의미를 지닌다. 먼저 김시습(金時習)의 『금오신화』(金鰲新話)에 나오는 풍류는 어떤 뜻으로 사용되었을까.

> 남녀의 사랑에는 익숙지 못하나
> 술 따르고 나직이 시 읊으니 서로들 즐겁네
> 스스로 기쁨은 잘못 찾아 봉래섬에 들었으니
> 여기 신선 세계에서 풍류도를 만났구나

> 殢雨尤雲雖未慣　淺斟低唱相怡愉
> 自喜誤入蓬萊島　對此仙府風流徒[5]

신세계에서 풍류도를 만났음은 바로 풍류도가 선인(仙人)임을 입증하는 것이다. 이것은 신라에서 화랑을 풍류도 또는 선인이라고 한 것과 같다. 이와 같은 신라시대의 개념이 조선조 초기의 시인인 김시습에게 고스란히 전승되었다.

---

5) 金時習 :『金鰲新話』·萬福寺樗蒲記

홍진에 뭇친 분네 이 내 생애 엇더한고
넷 사람 풍류랄 미찰가 못 미찰가
천지간 남자 몸이 날만한 이 하건마난
산림에 뭇쳐 이셔 지락을 모랄건가[6]

　여기서 "옛 사람의 풍류"는 속세를 벗어나서 자연에 몰입하여 인생을 즐기던 지극히 낙천적인 사람의 풍류를 뜻한다. 풍류의 본질로 가장 뚜렷하게 떠오르는 자연친화적인 요소가 분명하게 표현되어 있다. 자연에 몰입하여 자기를 잊어버리는 망아(忘我)의 경지에 들어가서 거기서 사물의 본질에 접근하여 그것과 하나가 되는 경지, 즉 자연 친화에서 자연과의 합일의 상태에 도달하는 것이 풍류일 것이다.

재수명성(才秀名成)하니 달인의 쾌사이거늘
주경야독(晝耕夜讀)하니 은자(隱者)의 지취(志趣)로다
이 밖에 시주(詩酒)풍류는 일민(逸民)이라 하노라

　작자미상의 시조다. "은자"와 "일민"이란 용어에서 속세를 벗어나 초야에 묻혀 사는 생활상을 엿볼 수 있다. 이것은 자연애호적 태도이며 나아가서 자연과의 교감이며 떠나온 고향으로의 회귀(回歸)를 의미한다. 화자의 '주경야독'에서 최소한의 식생활은 자신이 해결하고, 이런 가운데 부단히 학문에 정진하고 있으며, 때로는 자연과 마

---

6) 丁克仁 :『賞春曲』, 金聖培, 『歌辭文學全集』

주앉아 시를 쓰는 풍류도 잊지 않고 있다. 인간과 자연, 그리고 그 속에서 빚어진 문학은 바로 풍류 자체라고 할 수 있다.

> 운대(雲臺)상 학발노선(鶴髮老仙) 풍류 사종(師宗) 그가 누구더냐
> 금일장(琴一張) 가일곡(歌一曲)에 영락(永樂) 천년(千年) 하단 말인가
> 사안(謝安)의 휴기(携妓) 동산(東山)이야 말하여 무엇하리오

신원 미상인 호석균(扈錫均)의 시조다. 등장인물이나 지명이 모두 중국으로 되어 있다. 백발의 늙은 신선인 후한(後漢) 때 장도릉(張道陵)은 거문고에 노래를 실어 부르면서 길이 천수를 즐겼고, 진(晋)나라의 은사인 사안(謝安)은 동산에 은거하면서 기생을 데리고 놀았다는 내용으로 두 인물 모두 은사(隱士)들이다. 장소는 둘 다 산속이며, 산수의 진경 속에서 세상일을 모두 잊어버리고 거문고와 기생과 즐기는 것으로 모두 풍류 생활에 해당한다.

『춘향전』에서 이도령이 과거 시험장에 들어갔을 때 상황을 다음과 같이 서술하였다.

> … 서책을 품에 품고 장중에 들어가 좌우를 둘러보니 억조창생 허다 선비 일시에 숙배한다. 어악 풍류 청아성에 앵무새가 춤을 춘다.

"어악 풍류 청아성"은 궁중 장악원(掌樂院)의 음악을 뜻하는 것으로 여기서의 풍류는 연주하는 음악만을 말한다.

의유당(意幽堂) 김씨의 『동명일기』에 "풍류를 딴 배에 실어 우리

탄 뱃머리에 달고 일시에 연주하니…” 이 글에서는 풍류는 악기와
악대를 함께 지칭하는 것이니, 결국 그 당시 풍류란 오직 음악을 포
함한 개념이었다.

조선시대의 풍류는 전(前)시대의 국가적인 또는 종교적인 행사와
는 완전히 분리되어 선비들의 집단이나 개인적인 생활에서 전개되
었다.

풍치 좋은 명산대천을 찾아 시문을 짓고 술을 마시며 가무를 즐
기는 것이 기본적이며 필수적인 풍류 요소가 되었다. 누정에서 전개
되는 풍류는 먼저 풍광 좋은 자연 속에 들어가 그 외관에 대한 감상
으로 시작된다. 그리고 자연과 함께 호흡하면서 자연의 신비한 생명
을 감지하고 자신의 동반자로 인식하며 자연과의 친화뿐만 아니라
물아일체(物我一體)의 경지에 들어간다. 바로 이런 것을 풍류라 하며
선비들은 생활의 중요한 영역으로 생각하였다.

누정에는 주인이 혼자 찾아오거나 아니면 친구를 초청하여 아름
다운 자연을 함께 감상하면서 즉흥적으로 시를 짓고 거문고를 타고
노래도 부르고, 때로는 그림도 그리는 것이 이 공간에서 벌어지는
풍류이다. 이렇게 다양한 잔치가 벌어지는 가운데에서도 시인들은
즉흥적인 감흥을 시로 형상화한다. 누정에서의 작시야 말로 누정에
서의 가장 값진 풍류이며 이것이 또한 중요한 기능의 하나가 된다.

7. 누정 시인들의 작품세계

우리나라는 삼국시대부터 누정을 건립하였으며 건립과 경영의 주체에 따라 여러 가지로 그 성격을 구분할 수 있다.

궁성을 중심으로 세운 왕가 누정, 중앙이나 지방 관아의 문루, 성곽의 성루 등은 관아의 누각에 해당된다. 사찰의 문루, 고루, 종루 등은 불가의 문루이며, 유가의 향교 문루, 서원의 문루도 있다. 그리고 향리의 지방관이 자신의 치적으로, 낙향한 사대부와 지방유지 등이 세운 사가의 누정으로 분류할 수 있다.

그러나 이 글에서는 사가의 누정만을 대상으로 이를 경영하던 인물, 누정을 무대로 출입하던 시인의 시작품을 연구 대상으로 한다.

누정의 선정은 건립 연대가 오래되고 저명인사들의 누정시가 많은 누정에 무게를 실었으며 1900년 이전에 건립된 누정으로 한정하고 이에 간행한 관동지방, 관서지방, 기호(畿湖)지방 연구에 이어 영남과 호남지방을 중심으로 계속하여 연구하게 되었다.

영남지방

대구광역시

달성군

대구광역시는 경상북도 남부 중앙에 위치한 도시다. 여기서 달성군의 지형은 동부의 비슬산맥의 산지와 서부의 낙동강 연안 저지로 구분된다. 비슬산맥을 주봉으로 주위에는 연봉으로 형성되어 남북으로 병풍처럼 뻗어 있다.

서부 경계를 따라 흐르는 낙동강은 다사면에서 그 지류를 금호강과 합류하고 하비 등 7개 면을 굽이쳐 흐르면서 곡창지대를 이루고 있다.

달성군 하비면은 대구 중심부에서 빗겨 있는 조용한 농촌 마을이다. 박팽년 후손들이 살고 있는 박씨 집성촌으로 사육신의 사당을 중심으로 고풍스러운 건물이 모여 있는 공간으로 그 속에 태고정太古亭이 있다.

숭절당(崇節堂)을 바라보는 : 태고정(太古亭)

– 대구광역시 달성군 하빈면 묘리(보물 제554호)

대구역에서 시내버스를 타고 가는 도중에는 목적지가 가까워지니 육신사(六臣祠)라는 안내표시 아래 작은 글씨로 태고정이라고 써 있다.

풍수적으로 묘리의 형극은 '용이 몸을 틀어 꼬리를 바라보는'(回龍顧尾) 모양이라고 한다. 그래서 그런지 들어가는 길만 열리고 용산이라고 부르는 나지막한 산이 용처럼 사방을 감싼 마을은 너무 조용하다. 박팽년 후손들이 모여 사는 박씨 집성촌이다.

곧게 나 있는 마을길을 따라 가면 막히는 곳에 높직한 솟은 삼문에 박정희 대통령의 글씨로 된 '육신사'라는 현판이 보인다. 사육신을 모신 사당의 정문이다. 박팽년의 현손 박계창이 처음에는 박팽년만 모시던 것을 꿈에 다른 육신들의 불만을 듣고 육신을 모두 함께 모시기로 한 사당이다. 마당에는 육각으로 된 탑에 한 면에 한 사람씩 약력을 기록하고, 기단에는 여섯 마리의 거북이 버티고 있다.

그 옆의 태고정은 박팽년의 유복손 일산(壹珊)이 1479년에 창건한 정자로 종택과 사우(祠宇)를 함께 창건하였다.

태고정에는 일시루(一是樓)라는 또 하나의 현판이 걸려 있다. 임진 왜란 때 소실되어 일부만 남아 있던 것을 1614년에 중수하였다.

정자를 찾아간 날은 마침 태풍 '매미'로 지붕 일부가 파손되어 전반적으로 수리 중이었다. 모든 현판은 비닐로 싸여 있어 판독할 수 없었다.

건물 구조는 장방형 기단 위에 세워진 정면 3칸, 측면 2칸, 건평 30평, 서쪽 2칸은 온돌방이고, 동쪽 2칸은 대청마루로 되어 있다. 덤벙주초 위에 희미한 배흘림이 있는 두리기둥은 조선 전기에 보이는 건실한 초익공계의 구조이다.

태고정

유희경(劉希慶)[7]

잠시 맑은 시냇물의 마을을 지나서
곧 태고정에 오르네
뜰에 구름을 사람들이 쓸지 않았으며
산골 물소리는 객이 와서 듣네
가는 대나무는 처마에서 찬 기운 맞으며
큰 소나무는 골짜기에서 푸른 기운 떨치네

---

7) 유희경(劉希慶) 선조 때 선비. 호는 촌은(村隱). 모든 예문에 밝았다. 가의대부 (嘉義大夫)가 되었고, 한성판윤에 추증되었다.

어느 때 속세를 떠나서
이곳에서 여생을 보내리오

暫過淸溪洞 仍登太古亭 庭雲人不掃 澗水客來聽 細竹當簷冷 長松拂
壑靑 何時謝塵土 此地送餘齡 (劉希慶：太古亭・大東詩選 3：170)

태고정

　잠시 맑은 물이 흐르는 시내를 지나서 태고정에 올라 주변의 자
연 환경에 시선을 보낸다. 뜰에는 지금 구름이 걷히지 않고 있다.
"구름을 사람들이 쓸지 않으며"라는 표현으로 구름이 걷히지 않은
현상을 매우 독특하게 표현하였다.

산골짜기의 물소리와 처마 밑에서 찬 기운을 맞고 있는 대나무, 푸른 기운을 자랑하는 소나무에 대해 화자는 시각과 청각을 교체하면서 감각적인 표현을 구사하였다.

모든 정경은 정자 주변에서 전개되는 조용한 자연형상을 애정을 가지고 형상화하였다.

화자는 끝내 속세를 떠나서 신선세계인 이곳에서 여생을 보내기를 기원한다. 그만큼 이곳의 아름다운 경관에 빠져들었다고 볼 수 있다.

태고정

홍량호(洪良浩)8)

작게 꾸민 정자 인간 세계가 아니며
청렴하고 한가한 사관이 신선이네
물은 쉬는 날 없이 흐르고
늙은 소나무는 나이를 알 수 없네
술에는 인산과 갑추의 기운이 있고
부엌에는 누렇고 흰 연기가 남아 있네
난간에 기대니 뜻이 멀어져 아득하고
산촌에서 떠오르는 구름은 서로 연결되어 푸르네

小構非人界 淸閒史是仙 水流無盡日 松老不知年 酒有蔘苓氣 竈殘黃

---

8) 홍량호(洪良浩 : 1724~1802) 조선시대 문관, 호는 이계(耳溪), 1774년에 문과에
   급제, 검열·수찬·대제학을 지냈다. 『이계집』(耳溪集)이 있다.

白烟 憑欄意超忽 雲岀翠相聯 (洪良浩 : 太古亭 · 『耳溪集』 3 : 9)

화자는 정자가 있는 지대를 신선 세계로 대우한다. 따라서 정자 주인은 신선 세계에 사는 신선이다.

정자 주변의 자연환경은 쉴새없이 흐르는 물과 나이를 짐작할 수 없는 늙은 소나무로 둘러져 있어 절승지가 분명하다고 인식한다.

마시는 "술에는 인삼과 감초가 들어 있어" 기운을 보전할 수 있고, "부엌에는 음식을 준비하던 자취가" 아직도 남아 있다. 이 표현은 맛있는 술과 안주로 나그네의 근심을 풀 수 있음을 말해 준다.

난간에 기대니 생각은 멀리 이상세계를 향하고, 산속에서 떠오르는 구름은 산빛과 연결되어 더욱 푸르게 보인다.

화자는 현실과 이상세계를 교체하면서 정자를 찾아온 만족스러운 마음을 남김없이 나타내었다.

구일 태고정

서응순(徐應淳)9)

태고정 앞에는 새 울음소리 한가하게 들리고
모를 일일세 바람비는 강어귀에 가득하네
부끄럽네 이 노란 국화에 흰 머리를 대하니
다시 맛있는 술잔을 잡으니 매우 기쁘네
나그네는 유유히 오랜 세월 머물고 있는데

---

9) 서응순(徐應淳 : 1842년생) 호는 경당(絅堂). 달성사람. 군수를 지냄

친지들은 쓸쓸하게 구름 낀 산으로 갔네
어찌하여 명년의 건강을 서로 묻는가
흥이 찾아오면 곧 갔다가 다시 돌아오게

太古亭前啼鳥閒　不知風雨滿江關　羞將黃菊照華髮　且把淸樽開好顏
羈旅悠悠淹日月　親知落落向雲山　何須相問明年健　興到來時卽往還
(徐應淳：九日太古亭『大東詩選』9：38)

　화자는 중양절을 맞이하여 한가하게 들리는 새 울음소리를 듣는
다. 그리고 강어귀에 바람비가 가득하게 내림을 곱게 보지 않는다.
　중양절이 되어 노란 국화는 탐스럽게 피어 있는데 화자의 흰 머
리와 대조하니 부끄러운 감정에 사로잡힌다. 근심을 털어버리는 술
잔을 드니 얼굴에 기쁜 빛이 피어오른다.
　화자 자신은 지금까지 오랜 세월을 아직도 살아남았는데 친구들
은 쓸쓸하게도 모두 묘지로 떠났다. 이렇게 무정한 세상이니 어찌
내일의 건강을 보전할 수 있겠는가? 그러니 흥이 찾아오면 때를 놓
치지 말고 갔다가 다시 돌아와서 술잔을 기울기를 바란다.
　덧없는 인생에 흥겨운 일이 찾아오면 놓치지 말고 마음껏 놀아야
한다는 것이 화자의 처세술이다.

경상북도

영주군

영주군은 경상북도 북단에 위치하고 있으며, 북서부에는 소백산맥의 연봉이 솟아 있다. 남동부에는 소백산맥에서 발원한 남원천南院川, 감천천甘泉川, 죽계천竹溪川 등의 하천에는 침식분지가 발달되어 있다. 죽계천은 순흥면의 국망봉에서 발원하여 군의 북부를 관통하여 남동류하는 하천으로 소수서원을 지나 단산천과 합류한다.

이 고을 출신인 고려 말의 문신인 안축安軸은 경기체가인 '죽계별곡竹溪別曲'에서 죽계와 순흥의 승경을 노래하였다.

단양에서 중앙선을 따라 죽령을 지나 내려가면 소백산 희방사 입구에서 풍기로 내려간다. 915번 지방도로를 따라가면 소수서원과 봉황산 자락에 있는 부석사에 갈 수 있다. 부석사는 신라 문무왕 때(676년) 의상대사가 창건한 화엄종의 본산이다. 이 절의 무량수전은 동양에서 가장 오래된 건물이다. 부석사로 가는 도중에 우리 나라 최초의 서원인 소수서원이 자리 잡고 있다. 처음에는 백운동서원이었다. 퇴계 이황이 풍기군수로 부임하여 소수서원이란 어필사액을 받아 최초의 사액 서원이 되었다.

퇴계가 시연을 베풀었던 : 경렴정(景濂亭)

- 경상북도 영주군 순흥면 내죽리

이 정자의 창건 연대는 분명하지 않으나 1542년에 서원을 세울 때 같이 세운 것 같다. 우리나라 최초의 서원으로서 인근의 부석사와 함께 관광객들이 많이 찾는 곳이다.

서원 입구의 늙은 소나무들이 건물의 연륜을 말해주고 있다. 서원의 자리는 통일신라 이후의 사찰인 숙수사(宿水寺)란 절터로서 이 절의 당간지주가 서원 입구에 아직 남아 있어 이런 사실을 뒷받침하고 있다.

소수서원 입구에서 한적한 송림을 지나면 담장 너머로 소수서원 지붕들이 보이고, 서원 정문 입구 가까이 오른편 계곡을 끼고 단정하게 서 있는 경렴정이 보인다. 주위의 풍광이 수려하여 강학의 지루함을 달래기 위하여 휴식 공간으로 안성맞춤이다. 때로는 선비들이 시연을 베풀고 시를 지은 작품이 현판되어 있다.

경렴정

정자의 구조는 자연석 기단에 대리석 주초석 위에 원형 기둥을 세웠고, 정면 3칸, 측면 1칸의 아담하고 작은 정자이며 팔작기와지붕이다.

경렴정

주세붕(周世鵬)[10]

산은 편안한 모습으로 서 있고
시냇물은 낮은 소리로 흘러가네

---

10) 주세붕(周世鵬 : 1495∼1554) 조선 중종 때 학자, 호는 신재(愼齋), 1522년 문과에 급제, 1543년 백운동 서원 창설, 해주감사를 지낸 청백리. 문집에 『무릉잡고』(武陵雜稿)가 있다.

숨어서 사는 선비는 마음에 깨달음이 있어
한 밤중에 높은 정자에 의지하네

山立祇祇色 溪流微微聲 幽人心有會 半夜依高亭
(周世鵬 : 景濂亭 『武陵集』 3)

이 시는 정자 주변의 산과 시냇물의 편안하고 조용한 분위기에서
시작한다.

눈으로 보는 것, 귀로 듣는 것이 모두 화자의 마음을 편안하게 하
니 자연 친화의 정서를 반영하였다.

세상 명리를 다 던져 버리고 속세를 피해 사는 은둔자들은 마음
에 깨달은 바가 있어 한밤중에 정자에 오른다.

화자는 자신을 은둔자처럼 대우하고 속세에는 뜻이 없음을 암시
한다.

경렴정

이황(李滉)11)

풀은 모두 나름대로 각자가 뜻은 가지고 있고
시냇가의 집에는 쉴 새 없이 글 읊는 소리가 들리네
나그네를 믿지 못할 것 같으면

---

11) 이황(李滉 : 1502~1571) 조선조 대성리 학자. 호는 퇴계(退溪). 1534년에 문과
  에 급제. 성균관사성·홍문관교리·단양·풍기군수 역임, 1555년 도산(陶山)
  서원을 창건하였다. 『성학십도』(聖學十圖). 『경서석의』(經書釋義). 『퇴계집』(退
  溪集)이 있다.

맑고 깨끗한 하나의 빈 정자가 있네

草有一般意　溪舍不盡聲　遊人如未信　蕭洒一處亭
(李滉 : 景濂亭・『退溪先生別集』1.35)

　화자가 풍기군수로 있을 때 자주 이 정자에서 휴식과 시연을 가졌을 것이며, 이 시도 그러한 시기에 어쩌면 주세붕의 판상운을 보고 차운하였을 것이다.
　도학자다운 분위기가 감도는 작품이다. 우주 만물 중에서 풀은 그 나름대로 각자가 존재 이유를 가지고 있고, 정자 바로 옆에 있는 죽계천가에 있는 집에서는 마치 쉬지 않고 글 읽는 소리처럼 하천물이 흘러산다. 풀과 물은 인간과 밀접하게 연결된 자연물이며, 화자는 여기서 자연 친화의 자기 소신을 간접적으로 나타내었다.
　나그네와 정자는 분리하여 생각할 수 없다. 그러나 나그네가 찾아오지 않아도 맑고 깨끗한 정자는 언제나 그 자리에서 나그네를 기다린다.

삼가 퇴계 선생의 시에 차운하다

여대표(呂大驃)¹²⁾

날이 저물 때 백운동에 들어가서
옷깃을 밀어 제치고 물소리 속에 서 있네

---

12) 여대표(呂大驃). 미상

참된 근원은 유래한 바 이유를 알고 있으니
고개 들어 경렴정을 우러러 보네

暮入白雲洞 披襟立水聲 眞源知有自 瞻仰景濂亭(呂大驎 : 敬次退溪
先生韻·德隱文集 1 : 1)

화자가 찾아간 백운동은 이 정자가 서 있는 마을이다. 정자 바로
옆에는 죽계천이 흘러간다. 옷깃을 밀어 제칠 정도면 나그네와 흐르
는 물소리가 밤의 정적을 깨고 세차고 시원스럽게 화자의 마음을 자
극하였을 것이다.

"참된 근원은 유래한 바 이유를 알고 있다"는 시구는 아마 이 정
자의 이름의 유래를 생각하고 한 말인 것 같다.

"경렴"이란 이름은 중국 송나라 때 대 성리학자 주돈이(周敦頤)의
호가 염계(濂溪)이니 그 "염"자에 그를 경모(景慕)한다는 뜻의 "경"자
를 따서 붙인 이름이다. 화자가 말하는 "근원의 유래"가 바로 이런
것이라고 생각한다.

고개를 들어 정자를 우러러 보는 이유도 대 성리학자를 사모하는
마음에서 나온 몸짓일 것이다

소백산 연봉을 조망하는 : 가학루(駕鶴樓)

이 누각은 본래 영주군 동헌 앞 문루였고, 창건 연대는 미상이다.

영주 시내를 한눈에 볼 수 있고, 동으로는 문수산, 일원산, 남으로는 학가산, 북으로는 소백산연봉을 조망할 수 있다. 서북에서 남으로 흐르는 남원천을 중심으로 양쪽의 들판을 내다볼 수 있어 관광객이 수시로 찾아온다.

누각의 정확한 위치는 거북 모양의 구성공원에 있다. 여기는 이 누각뿐만 아니라 봉송대(奉松臺), 충혼탑 등이 집결되어 있다.

본래 이 정자는 영주군 남쪽 5리쯤 되는 휴천(休川) 냇가에 있었으며, 그 때는 영훈정(迎薰亭)이라 불렀다. 영훈정은 세종조 군수 정종소가 관리를 맞이하고 보내는 장소로 세운 누각인데 처음에는 이름이 없었으나 퇴계가 이 고을 군수로 부임하면서 지은 이름이다. 그후 1644년에 군수 신속이 중건하고 1923년에 이름을 가학루로 바꾸었다.

누각의 구조는 정면 3칸, 측면 2칸의 팔작기와집이며, 일층 바닥

가학루

은 자연석을 깔았고, 낮은 주초석 위에 다듬지 않은 목재를 기둥으로 세웠다. 2층은 누마루에 사방에는 난간을 둘렀다.

가학루

이성중(李誠中)[13]

오래도록 관리로 살았고 지금은 뱃놀이하다가
쉽게 두 다리로 누각에 올랐네

---

13) 이성중(李誠中 : 1539～1593) 조선조 선조 때 문신. 호는 파곡(坡谷), 1570년에
   문과에 급제. 대사간, 대사헌, 부제학 등을 역임. 『파곡유고』(坡谷遺稿)가 있
   다.

누각은 황학처럼 두 날개를 펼치려 하고
산은 금자라 모양 머리를 들고자 하네
사람은 갔는데 벽을 꾸민 붉은 칠은 남아 있고
달은 밝고 생황의 노래 신선세계에서 들려오네
높은 성에서 북쪽을 바라보니 그리 멀지도 않은데
해는 지고 안개 속에 홀로 근심스럽게 앉아 있네

漂渺官居水上遊 不勞雙脚已登樓 樓如黃鶴將舒翼 山似金鰲欲擧頭
人去橘書餘粉壁 月明笙韻下丹丘 層城北望無多遠 落日煙波獨坐愁
(李誠中 : 駕鶴樓・坡谷遺稿)

화자는 물놀이를 하다가 누각에 오른다. 누각의 생긴 모습은 황학
이 금방 두 날개를 펼치고 하늘로 날아오를 것 같고, 앞에 보이는
산은 금자라가 머리를 치켜 올린 것 같다는 표현은 매우 적절한 비
유법이며 높은 수준의 솜씨를 보여준다.

누각에 단청을 입힌 사람은 지금 가고 없지만 벽에 그린 붉은 색
소는 지금도 남아 있어 화자를 서글프게 한다.

달 밝은 밤이 되어 생황소리가 이 곳 신선세계에 들려온다.

누각과 산의 오묘한 모습과 그 속에서 생각나는 인생무상, 그러나
화자의 소망은 신선세계에서 노는 일이며, 임금이 계신 북쪽을 바라
보니 그리 먼 곳도 아닌데 말 할 수 없으니 해가 저문 안개 속에서
근심스럽게 앉아 있다.

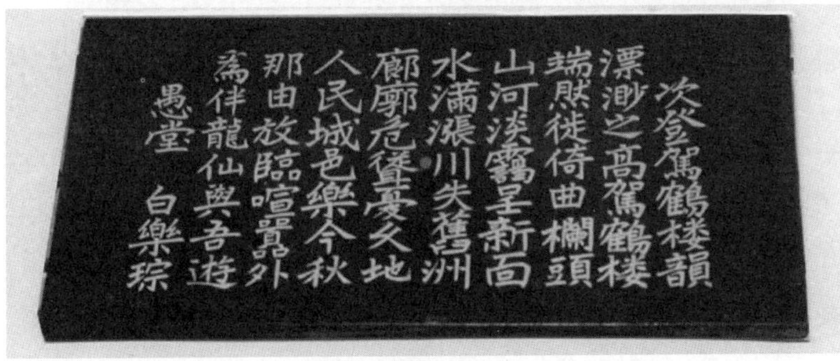

가학루판상시

가학루 시에 차운하다

백락종(白樂琮)[14]

아득하게 높이 솟은 가학루

단정하게 굽은 난간머리를 돌아다니네

산하에는 엷은 놀이 새 모습으로 나타나고

시냇물이 넘쳐 옛 모래톱은 없어 졌네

높이 솟은 넓은 집의 오랜 지반이 걱정되고

백성들은 성 안에서 지금 가을을 즐기고 있네

어찌하여 밖이 이리도 시끄러운 것인지

신선을 짝삼아 나는 함께 놀고 있네

漂渺之高駕鶴樓 端然徙倚曲欄頭 山河淡靄呈新面 水滿漲川失舊洲

---

14) 백락종(白樂琮). 미상

廊廓危聳憂久地　人民城邑樂今秋　那由放臨喧囂外　爲件龍仙與吾遊
（白樂琮：次登駕鶴樓韻·板上詩）

높은 가학루에 올라 화자는 주위를 서성대면서 사방의 경관을 살펴본다. 때마침 산과 하천에는 엷은 놀이 새로운 모습으로 나타난다. 비가 많이 와서 강물이 넘쳐 옛 모래톱은 유실되었다.

화자는 높이 솟은 건물의 오래된 지반이 걱정된다. 이런 속에서도 성 안 사람들은 가을 놀이에 열중하고 있다. 그런데 무엇 때문에 여기까지 와서 시끄럽게 떠들고 있는지 이해하기 힘들다. 화자가 바라는 바는 지금 신선과 짝이 되어 함께 누각에서 즐거움을 맛보는 일이다.

경상북도

봉화군

봉화군은 경북 북부에 위치하고 있으며, 첩첩산간 내륙지방이다, 군내 어느 곳을 가도 경관이 매우 아름답고, 인심 또한 순후하여 방문객이 호감을 가질 수 있는 고장이다.

봉화읍은 군의 남서부에 위치하여 사방이 산이며, 비교적 낮은 산으로 대부분 구릉성 산지를 이루고 있다.

내성천이 읍의 중남부를 남류하면서 적덕리에서 지루인 낙화암천과 합류하여 남하하며 유역에 소규모의 평야가 전개되어 있다.

문화재로는 유곡리에 충재沖齋 권발權橃이 은거하던 종택과 청암정이 있다.

거북 모양의 바위 위의 : 청암정(靑岩亭)

이 정자가 서 있는 마을은 안동 권씨 중에서도 조선 중기 문신 충재 권발(1478~1548)을 중심으로 일가를 이룬 집성마을이다.

마을 북동쪽으로는 문수산 자락이 병풍처럼 둘러서고 서남으로 뻗어 내린 백설령이 암탉이 알을 품은 형상이고, 동남으로는 신선이 옥퉁소를 불었다는 옥적봉이 수탉이 활개 치는 모습을 닮았다고 하여 '닭실마을'이란 지명이 붙었다.

청암정은 "연못 한복판 큰 돌 위에 있어 섬과 같으며 냇물이 고리처럼 둘러쳐 있어 사방은 아늑하다"(『택리지』)고 할 정도로 경치가 좋다.

이 정자는 1526(중조 21)년에 권발이 창건하였다. 집 옆에 연못을 파고 못 가운데 있는 넓은 바위 위에 정자를 지어 다리로 물을 건너 드나들게 되어 있다. 평면은 T자형이며, 동쪽에 정면 2칸, 측면 2칸의 대청을 두고, 서쪽에는 정면 1칸, 측면 2칸의 마루방에 앞뒤로 1칸이 못되는 누마루를 두었다.

구조는 기단을 쌓지 않고 암반 위에 직접 장주형 초석을 놓고 방주(方柱)를 세웠다. 정자 안에는 「청암정」이란 현판과 미암(眉岩) 허목(許穆)의 「청암수석」(靑岩水石)이란 현판이 걸려 있다. 이 글씨 옆에는 허목을 기리는 글도 있다. "미수가 임술년 4월에 글씨를 써보내다. 그때 나이 88세로 심부름꾼이 떠나기 전에 아프기 시작하였는데 그달 하순에 세상을 떠났으니 이것이 그의 마지막 절필이다." 라고 하여 글씨의 내력과 허묵을 기리는 안타까운 마음을 적어 놓았다.

청암수석(허목의 절필)

닭실마을 청암정에 부쳐 보내다

이 황(李 滉)15)

우리 공(公)이 예로부터 깊은 마음 품었더니
믿고 의지함이 아득하더니 별안간에 비었네

---

15) 이황(李滉) 주)11 참조

지금까지 바위 위에 정자가 남아 있고
예전처럼 옛 못 속에는 연꽃이 솟아 있네
눈에 가득한 안개는 본디부터 즐거움으로 생각하고
온 뜰에 자손들에게 남긴 기풍을 보겠네
이 몸이 몇 번이나 도움을 입음 일 잘못 알았던가
흰 머리로 시 읊으니 회포가 끝이 없네

我公平昔抱深衷　倚仗茫茫一電空　至今亭在奇岩上　依舊荷生故沼中
滿目烟雲懷素樂　一庭蘭玉見遺風　鯫生幾誤蒙知獎　白首吟詩意不窮
(李滉 : 寄題酉谷靑岩亭二首〈中一首〉『退溪先生文集』4 : 1)

　이 시의 제목 아래에 퇴계는 권충재의 아들 동보(東輔)가 요청하여 쓴 시라는 것을 밝혔다. 1565년에 쓴 시로 그 때 퇴계는 63세였고, 권충재가 사망한 지 17년이 지났다. 퇴계는 충재보다 24세 연하이지만 서로 학문적 교류가 있었을 것이며, 봉화와 안동은 위치상 가까운 거리에 있어서 직접 만나서 교분도 두터웠을 것으로 생각된다.

　이 시에서 화자는 이 정자를 세운 충재가 깊은 뜻이 있었을 것이나, 믿고 의지할 인연이 멀어서 벌써 세월은 번개같이 지나 정자에는 주인이 없이 지금 비어 있다. 그러나 정자는 그대로 남아 있고, 옛 못에는 그때와 다름없이 새로 연꽃이 솟아나서 주인이 있을 때와 변한 것이 없다. 눈에 가득하게 들어오던 안개를 보는 것이 자손에게 남긴 기풍으로 보았다.

　이 모두가 지난날 퇴계가 이곳을 찾았을 때 직접 체험하고 느꼈던 여러 가지 생각을 회상하여 읊었다.

청암정

　지금 와서 생각하니 충재의 도움을 입은 일이 많았음을 잘못 알았던가. 화자는 지금 이렇게 흰 머리의 노인이 되어 시를 읊게 되니 회포가 그지없다고 하였다.
　직접 정자에서 읊은 것이 아니고 왕년에 찾아 왔던 그때를 회상하여 지은 일종의 회고적 성격을 가진 작품이다.

청암정

권 벽(權 擘)16)

푸른 정자는 일찍 덕 있는 사람의 너그러움에서 이루었고
사람은 가고 바위만 빈 채로 몇 해나 되었는가
이룩한 일 이미 역사를 따라 알려졌고
풍류는 도리어 가장 뛰어남을 보겠네
정자는 옛 못에 임해 빈 누대에 의지하여 세웠고
문은 가을 산을 대한 채 종일 닫았네
일찍 돌아와 글 지으며 한 골짜기를 독점하고
누가 그대의 골짜기에 있는 이름 있는 반석을 빼앗으리

翠亭曾是碩人寬　人去岩空歲幾環　事業已從靑史識　風流還向白眉看
亭臨古沼憑虛構　門對秋山盡日關　早賦歸來專一壑　誰爭子所谷名盤
(權擘：靑岩亭・板上詩)

　이 정자를 세운 사람은 덕이 있는 사람이었는데 지금 없으니 빈 정자가 된지 오래되었음을 아쉬워한다.

　정자 주인이 생전에 이루어 놓은 업적의 내력은 잘 알려졌고, 풍류 또한 가장 뛰어났음을 회고한다. 지금도 정자는 빈 대에 의지하여 서있고, 찾아오는 사람 없으니 문이 또한 가을 산을 향해 닫혀 있다.

---

16) 권벽(權擘：1520~1593) 조선조 문신. 호는 습재(習齋), 1543년에 진사에서 문과에 급제, 명나라에 두 번 사신으로 갔으며 참의・예조참판을 지냈다.

일찍이 벼슬을 내놓고 돌아와서 글을 지으면서 한 고을을 독점하였으니 아무도 반석 위에 정자를 점유하려는 사람은 없을 것이다.

화자는 지금 비어 있는 정자에 대한 아쉬운 생각과 함께 생전의 정자 주인에 대한 업적과 풍류를 찬미한다.

청암정

김 익(金 熤)[17]

바위를 돌아 작은 개울물이 느리게 흘러 푸르고
바위 위에 높은 정자 우뚝 솟아 거룻배 같네
발에 엷은 그림자 지니 저녁이 되었고
연꽃의 남은 향기에는 이미 가을바람이 부네
둑을 두른 무성한 나무는 많은 매미 모여 들고
좁은 다리 한 번 밟고 물을 건너갔네
오히려 탄식스러운 것은 충재옹이 지금 보이지 않고
이름 있는 곳에 주인 없으니 객이 정자에 오르네

環岩小潊碧溶溶 岩上孤亭兀若篷 簾轉輕陰方暮景 荷留殘馥已秋風
遶堤深樹群蟬集 跨水扁杠一履通 却歎沖翁今不見 名區無主客登櫳
(金熤 : 靑岩亭·『竹下集』)

연못과 정자의 모습을 사실적으로 형상화하였다. 지금은 날이 저물어 연못의 남은 향기에서 벌써 가을이 왔음을 감지한다. 연못 주

---

17) 김익(金熤 : 1723~1790) 호는 죽하(竹下). 영조 때 문과에 급제, 병조판서, 영의정을 역임. 『죽하집』(竹下集)이 있다.

위의 숲속 나무에는 이미 매미 울음소리 들릴 때 좁은 다리를 한 번
밟고 물을 건너 정자를 찾아간다.
　　그러나 정자 주인은 보이지 않는다. 이름난 정자에는 주인은 없고
객이 혼자 정자에 오르니 외롭고 처량한 심정에 사로잡힌다.

경상북도

예천군

경북 북서부에 위치한 예천군은 소백산맥이 충북과의 경계를 이루어 군의 북부는 높이 1000m 이상의 산지가 연속되어 있고, 동쪽과 서쪽의 군계郡界에도 높은 산이 많으며, 남쪽으로 향하면서 높이가 점차 낮아져서 구릉지로 변했다.

내성천乃城川이 군의 중앙부를 북동쪽에서 서남쪽으로 흘러 의성군의 경계를 이루면서 풍양면으로 흐르는 낙동강으로 유입한다.

문화재로는 예천읍에 "약포藥圃선생유고"와 영정, 그리고 "용사일기龍蛇日記", 용문면의 용문사 대장전大藏殿내의 윤장대輪藏臺, 청룡사의 석조여래좌상, 이 밖에 초간정과 이 정자에서 집필한 『대동운부군옥』이 있다.

자연 암반 위의 : 초간정(草澗亭)

이 정자는 대봉과 국사봉을 사이로 동남방향의 예천읍으로 흐르는 금곡천가에 자리 잡고 있다.

정자에 오르면 수풀 사이로 바위와 부딪치며 흘러가는 맑은 물이 온 마을을 씻어내는 것 같다. 자연을 자신의 앞에 끌어다 놓은 것이 아니라 스스로 자연 속에 들어감으로써 훨씬 더 적극적으로 자연을 누리는 옛 사람들의 정신을 만날 수 있다.

이 정자는 우리나라 최초의 백과사전인 『대동운부군옥』(大東韻府群玉)을 편찬한 초간 권문해(權文海)가 1582년에 세웠으며, 주변 경관이 매우 아름답다. 처음에는 초간정사라고 불렀다. 임진왜란, 병자호란 등 여러 차례 전란을 겪으면서 정자와 부속 건물이 모두 없어졌지만 1870년에 후손들이 기와집으로 다시 지었으며, 유고를 보관하는 전각으로 삼았다.

자연 암반을 이용하여 그 위에 막돌로 기단을 쌓고 정면 3칸, 측면 2칸의 팔작지붕이며, 앞면 왼쪽 2칸은 온돌방, 나머지 4칸은 대

초간정

청, 마루는 사면에 난간을 설치하였다. 기단이 물가에 있음으로 정자에 올라가면 바로 물 위에 있는 느낌을 준다.

초간정

권상일(權相一)[18]

산꼴짜기 풀은 푸르고 푸르러 티끌에 물들지 않고
옛 어진 이 남긴 향기 다시 사람을 감동시키네
원대한 마음은 수많은 복록을 사양하고
작은 집 처음 이루니 만대의 봄이 되겠네

---

18) 권상일(權相一 : 1679~1760) 조선조 영조 때 학자. 호는 청대(淸臺). 1710년에 문과에 급제, 사헌부장령(司憲府掌令), 지중추부사(知中樞府事) 역임. 『청대집』(淸臺集)이 있다.

역사를 써 내릴 때는 의리를 근본으로 삼고
책상머리의 경전에 정신을 집중시켰네
내 와서 손을 씻고 남긴 책 많음을 보고
두건 상자에 가득 넘치게 넣으니 마음 가난하지 않네

澗草靑靑不染塵 昔賢遺馥更人熏 遐心欲謝千鍾祿 小屋初成萬歲春
筆下陽秋根義理 案頭經傳着精粹 我來盥手茂遺卷 盈溢巾箱政不貧
(權相一 : 草澗亭 · 『淸臺集』)

정자가 티끌세상에 물들지 않는 청정지역에 있다는 것과, 이 정자를 처음 세운 주인의 어진 마음이 지금도 사람들을 감동시키고 있다는 말이다.

주인은 부귀와 영화를 마다하고 이곳에 작은 집을 세웠으니 만대에 길이 평온한 기운이 감돌 것이라고 느꼈다.

『대동운부군옥』과 같은 역사에 남을 책을 저술할 때에는 의리를 근본으로 하였고, 책상머리에는 경전(경서를 주석한 책)을 놓고 연구에 열중하였다.

화자는 이 정자주인의 서술한 많은 책을 보고 자기의 두건상자에 가득 채워 가지게 되니 마음이 결코 가난하지 않다고 하였다.

이 정자를 창건한 초간 권문해의 높은 지조와 학문에 대한 정신을 찬미하였고, 화자는 그의 저서에 접하게 된 만족스러운 마음을 읊었다.

<h2 style="text-align:center">초간정 판상시에 차운하다</h2>

김헌락(金獻洛)[19]

수십 길이의 푸른 병풍이 담장에 둘린 것 같고
백년의 어진 자취 이 산장에 있다네
지금 골짜기 풀에 많은 느낌이 두루 미치니
옛날부터 꽃은 누가 다 날려 보냈는가
용문 가까운 땅은 도끼와 끌의 솜씨가 있고
산은 사향노루가 지나가서 풀에 향기가 머물었네
미쳐 오르기도 전에 성못에 건너지른 다리를 생각하니
도리어 유한스러운 것은 지팡이 짚고 놀면서도 급하고 바쁘다네

數仞蒼屏繞似墻　百年賢躅此山莊　至今澗草偏多感　從古時英孰盡翔
地近龍門斧鑿巧　山因麝過草留香　登臨未了濠梁想　却恨遊筇又遽忙
(金獻洛 : 草澗亭 次板上韻 · 『慵庵集』 p.89)

　높은 바위 위에 서 있는 정자가 마치 푸른 병풍을 둘린 것처럼
기이한 모습을 보고, 백년 전에 이 정자를 처음 지은 주인의 어진
자취를 발견한다.

　골짜기 물가 푸른 풀에는 정자 주인에 대한 느낌이 미치는데 그
많이 피던 꽃들은 모두 누가 날려 보냈는지 지금 남아 있지 않으니,
옛날의 아름답던 환경이 황폐해졌음을 아쉬워한다.

　정자가 서 있는 땅은 용문에 속해 있으며 인공을 더한 것처럼 아

---

19) 김헌락(金獻洛). 미상.

름답고, 산에는 사향노루가 지나가서 향기가 머물러 있을 정도로 좋은 곳이라고 하였다.

화자는 성에 오르려면 성 밑 물 위에 사다리를 놓아야 물을 건너 성에 오르듯이 이 정자도 골짜기 물을 건너려면 높은 바위에 사다리를 놓아야 올라갈 수 있다고 하였으니 오르기 힘들다는 뜻이다. 그러나 지팡이를 짚고 올라 다니는 화자는 너무 빠르고 성급한 생각을 한다. 그 만큼 정자에 대한 호기심이 많다는 심정을 읊었다.

경상북도

안동시

안동시는 경상북도 중북부에 위치하고 있으며 사방이 비교적 낮은 산지로 둘러싸여 있다. 중앙의 침식분지에 시가지가 집중되어 있고, 낙동강이 시내 남부의 동쪽에서 서쪽으로 흐르고 있다.

안동은 고대의 민족문화를 기반으로 고유의 전통문화를 꽃피워 왔으며, 특히 유교문화는 안동인의 긍지이며 자랑이다. 서원과 문중의 종택 등 유교문화의 융성과 함께 많은 인재가 배출되었다. 조선의 인물의 반은 영남에서 나고, 영남의 반은 안동에서 났다고 할 정도로 인물이 많이 배출된 고장이다. 특히 '도산서원'은 영남 유림의 정신적 구심점이 되어 있다.

공민왕이 쓴 현판이 걸린 : 영호루(映湖樓)

- 경상북도 안동시 정하동

영호루

영호루는 진주 촉석루, 남원의 광한루, 밀양의 영남루와 함께 한수 이남의 대표적 누각이다.

이 누각의 자연환경은 낙동강의 원류가 태백산의 황지(黃池)에서 나와 남쪽 예안에 이루러 동쪽으로 겪어서 서쪽으로 흐르다가 누각 앞에서 커지면서 굽이쳐 돌아 호수처럼 되었다.

왼쪽에는 무협산이 있고, 오른쪽에는 성산이 버티고 있다. 맞은편 멀리는 갈라산을 바라본다.

1361년에 고려 공민왕이 홍건적의 침입을 받아 이곳 안동으로 백관을 거느리고 왔다가 적적한 마음을 달래기 위하여 이 누각을 자주 찾았고, 때로는 누각 밑 강물에 배를 띄우기도 하고, 모래밭에서 활쏘기 경기도 하였다.

전란이 평정되어 환궁하여 안동을 대도호부로 승격시키고, 조세도 감면하는 등 혜택을 베풀었을 뿐만 아니라 친필로 「영호루」 석 자를 쓰고, 금자 현판을 만들어 내리어 걸게 하였다.

누각의 창건 연대는 분명하지 않다. 지금 누각 현판에 우탁(寓倬)의 제영이 걸려 있다는 사실에서 14세기(고려 충숙왕) 이전에 창건되었다는 것이 분명하다.

그 후 1547, 1575, 1791, 1934년에 4차례의 대홍수로 유실된 것을 역대 부사들이 중건하였다. 금자 현판은 수개월 동안 선산군 구미동 부근의 강물 속에 있던 것을 다시 찾았다.

안동 시민들의 문화 숭상과 향토애에 의하여 1970년 11월에 역사적인 재건을 보게 되었다.

현재 누각 북면에는 공민왕의 친필 현판이 있고, 안에는 안동부사 김학순(金學淳)이 1820년에 중수할 때 쓴 「낙동상류영좌명루」(洛東上流嶺左名樓)라는 현판이 있다. 그리고 우탁을 비롯하여 정몽주(鄭夢周), 권근(權近), 길재(吉再) 등 11명의 제영이 걸려 있다.

건물 구조는 정면 5칸, 측면 4칸의 팔작단청기와집이며, 콘크리트 재료로 재건된 것이 아쉬움으로 남는다.

영호루

우 탁(禹 倬)[20]

영남에서 방탕하게 놀며 여러 해를 보냈건만
이곳 산수의 경치 좋은 것을 더욱 사랑하네
꽃다운 풀이 우거진 나루에는 길손의 길이 갈라지고
푸른 버드나무 우거진 둑 가에는 농부집이 있네
바람이 조용하니 거울같은 수면에 안개가 눈썹인양 가로놓였고
세월이 오래되어 담장 위에는 이끼가 자랐네
비 개인 사방의 들녘에서는 격양가를 부르고
앉아서 숲의 나무 끝을 보니 삭정이가 가득하네

嶺南遊蕩閱年多　最愛湖山景氣加　芳草渡頭分客路　綠楊堤畔有農家
風恬鏡面橫烟黛　歲久墻頭長土花　雨歇四郊歌擊壤　坐看林杪漲寒槎
(禹倬：映湖樓・板上詩)

　이 시는 현재 영호루에서 읊은 시 중에서 가장 오래된 작품으로 누각의 창건 연대가 불투명한 문제를 어느 정도 짐작하게 한다. 우탁의 활동시기가 1300년대이며 고려 충혜왕 때에 해당한다. 그렇다면 창건 시기는 이 시기가 아니면 조금 올라갈 것이다.

　그리고 우탁 이후의 제영은 거의 이 시를 차운하였다. 화자는 영남 지방을 두루 유람하였으나 이 누각에서 보는 산수의 경치의 아름

---

20) 우탁(禹倬：1263~1343) 고려말기의 학자. 문과에 급제. 역동(易東)선생이라고 불렀다. 처음 우리 나라에 들어온 정자학(程子學)을 가르친 이학(理學)의 시조. 벼슬은 성균좨주(成均祭酒), 경사(經史)와 역학(易學)에 통달하였다.

다움을 더욱 사랑하였다.

나루터에는 길손들의 다니던 길이 나있고, 버드나무 둑에는 농가가 보이고, 바람이 조용하니 거울 같은 수면에는 눈썹처럼 아름다운 안개가 끼어 있고, 오래된 담장에는 이끼가 끼어 있다.

여기까지의 표현은 한 폭의 실경화를 보는 것처럼 사실적이며 구체적으로 형상화하였다. 눈으로 보는 아름다운 경치와 귀로 들리는 정경이 나타난다. 들에서 농부들이 태평가를 부르는 소리를 듣고 다시 시선을 옮겨 나무 끝에 마른 나뭇가지가 가득함을 본다.

눈으로 보고 귀로 듣는 두 가지 세계를 유감없이 서정적으로 읊었다.

영호루시에 차운하다

전록생(田祿生)21)

북쪽 개성을 바라보니 첩첩한 봉우리가 많고
누각이 높으니 길손의 근심 더해 가네
중선이 부(賦)를 지었는데 제 고향이 아니라 하였고
강엄은 고향에 돌아갈 생각을 하였으나 이루지 못하였네
바람에 흔들리는 수양버들은 가지마다 시름을 담고
백목련은 난리 뒤에 처음으로 꽃을 피웠네
만약에 강물을 봄술로 변하게 한다면

---

21) 전록생(田祿生 : 1318~1375) 고려말 문신. 호는 야은(野隱), 충혜왕 때 문과에 급제. 제주 사록(司錄)을 비롯하여 전라 안찰사를 역임하였다. 『야은집』(野隱集)이 있다.

가슴속의 찌꺼기와 더러운 것을 한번에 씻어 내련만

北望京華疊嶂多　樓高客恨轉來加　仲宣作賦非吾土　江令思歸未到家
楊柳自搖愁裏線　辛夷初發亂餘花　若爲江水變春酒　一洗胸中滓與穢
(田祿生 : 映湖樓次韻·『野隱集』1 : 5)

　이 시는 화자가 1361년에 「홍건적난」을 피해 공민왕이 안동으로 피난할 때 어가를 모시고 이곳에 와서 이 누각에 올라 그의 감회를 읊은 시다.

　수련(제1·2구)의 "첩첩한 산봉우리"는 전란으로 개성에 환도하기가 아직도 힘들다는 것과 "좋은 경치를 바라보아도 근심이 더해 간다"는 것도 임금의 은총을 받고 있는 신하의 충성심을 나타낸 것이다.

　중선(仲宣)은 중국 위나라 왕찬(王粲)의 자(字)이며, 동탁(東卓)의 난을 피해 형주(荊州)에 피난 가서 강릉의 성루에 올라 「등루부」(登樓賦)를 지었는데 "비록 참으로 아름다우나 내 고향이 아니니 조금인들 머물으랴"라는 시구와, 중국 양나라의 강엄(江淹)의 글에 있는 시구를 인용하여 전란 때문에 고향에 가고 싶은 뜻을 이루지 못한 괴로운 심정을 빌어서 화자는 자기의 고민을 대변하였다. 전란에 대한 걱정 속에서도 백목련은 활짝 피어 화자의 마음을 더욱 아프게 한다.

　바람에 흔들리는 실버들 가지마다 시름이 더해갈 정도로 화자는 아픈 마음에 시달리고 있다.

　누각 앞으로 흘러가는 저 강물이 술로 변할 수 있다면 마음속에

쌓여 있는 화자의 시름을 깨끗이 씻어 버리고 싶다는 생각 또한 시
국을 원망하면서 앓고 있는 모습이다.

안동 영호루, 일본에서 돌아와서 짓다

정몽주(鄭夢周)[22]

동남의 많은 군현을 두르 돌아다녔더니
안동의 지세와 경치가 뛰어남을 깨달았네
읍의 위치는 산천의 형세가 가장 좋은 곳에 있고
인물에는 장군이니 재상이니 하는 집이 많네
타작마당에는 풍년이 들어 곡식들은 풍요하고
누각에서의 봄꿈은 꾀꼬리와 꽃으로 둘려 있네
모름지기 몹시 취하여 오늘 저녁을 보내면서
만리길 처음으로 바다에서 뗏목을 타고 돌아왔네

關遍東南郡縣多　永嘉形勝覺尤加　邑居最得山川勢　人物紛然將相家
場圃歲功饒菽粟　樓臺春夢繞鶯花　直須酩酊酬今夕　萬里初回海上槎
(鄭夢周 : 安東映湖樓 回自日本作·板上詩 :『圃隱先生集』2 : 22)

　화자는 뗏목을 타고 일본에 사신으로 갔다 돌아와서 이곳 누대에
올랐다.

---

22) 정몽주(鄭夢周 : 1337~1392) 고려말 충신. 호는 포은(圃隱), 1360년 장원급제, 대
　사성 밀직제학(密直提學)을 역임, 향교를 설치하여 유학을 진흥, 고려조를 끝까지
　받들고자 하다가 조영규 등에 의하여 피살됨.『포은집』(圃隱集)이 있다.

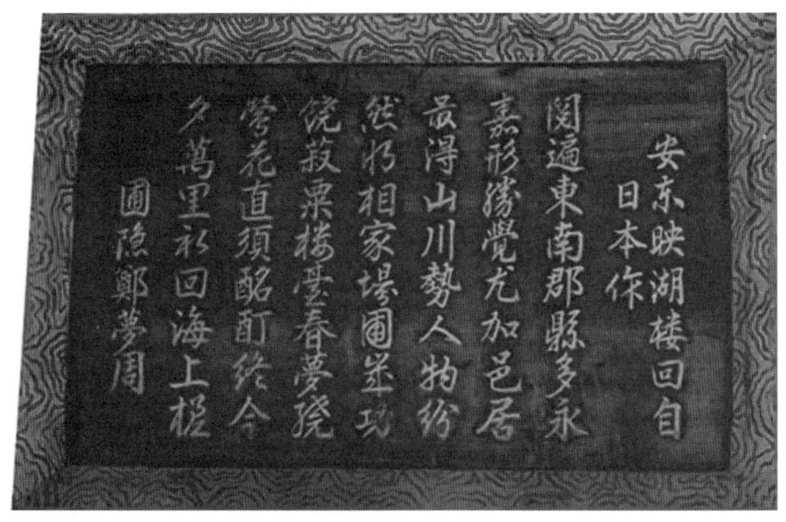

安東映湖樓回自
日本作
閱遍東南郡縣多
嘉形勝覺尤加邑居
最得山川勢人物紛
然仍相家場圖迷玩
饒救粟樓臺春夢院
鶯花直須酌酊終今
夕萬里初回海上檣
圓隙鄭夢周

정몽주 판상시

동남지방의 많은 군현을 찾아 돌아다녀 보았지만 자연 환경이 안동처럼 뛰어난 곳은 없다고 깨달았고, 위치 또한 산천의 형세가 가장 좋은 곳에 자리잡고 있다고 찬미하였다.

안동은 인물에 있어서도 장군이나 재상이 나온 명문 집안이 많았고, 집집마다 풍년이 들어 곡식이 풍요하고, 거기에 금상첨화로 누대에는 지금 꾀꼬리 울고 봄꽃으로 둘러져 있어 아름다움을 더해가고 있음을 본다.

화자는 이렇게 안동의 자연, 지리, 인물, 생활 등을 고루 극찬하면서 저녁에 술이나 실컷 마시면서 만리길 뗏목 여행에서의 피로도 함께 풀고 싶은 간절한 소망을 담았다.

영호루시

권 근(權近)[23]

나그네의 몸으로 누각에 오르니 감탄스런 일이 많고
관리 생활에 싫증나서 귀밑에 흰 머리는 점점 더해가네
바다의 수평선을 떠돌며 부질없이 고향을 그리워 하고
고향의 고을에 돌아와도 내 집은 없네
백척 높은 난간은 푸른 하늘에 떠 있고
궁중 임금의 친필은 환금꽃으로 빛나네
긴 내가 멀리 흘러 은하수와 더불어 이어졌으니
곧 한 개의 뗏목을 멀리 띄우고 싶네

客裏登臨感歎多　倦遊嬴得鬢絲加　海天流落空懷國　鄕郡歸來未有家
百尺危欄浮碧落　九重宸翰耀金花　長川迥與銀河接　直欲迢迢一浮槎
(權近：映湖樓詩・板上詩)

관리생활에 싫증난 화자는 귀밑에 흰 머리가 더해 가는 몸으로 정자에 올라 주위 환경의 아름다움에 감탄을 아끼지 않는다.

여러 곳을 떠돌아다니면서 그 때마다 고향이 그리워 돌아왔는데도 자기 집이 없음을 한탄한다.

백 척 높은 누각은 하늘에 떠 있고 내려다보니 임금이 내린 금빛 꽃 같은 현판 글씨가 빛나 보인다. 화자는 지금 멀리 낙동강 물줄기가 은하수에 이어진 것을 보고 뗏목을 타고 신선세계가 있는 이상향으로 떠나가고 싶어 한다.

---

23) 권근(權近：1352~1409) 고려말・조선초기의 학자. 호는 양촌(陽村), 공민왕 때 18세에 문과에 급제, 대제학, 대사성 등을 역임. 『양촌집』(陽村集)이 있다.

북쪽으로 향한 : 귀래정(歸來亭)

— 경상북도 안동시 정상동(문화자료 제17호)

이 정자는 영호정에서 가까운 동남방향에 위치하고 있으며 낙동강과 반변천이 합류하는 지점에 있다.

정자 앞뜰에는 500년 가까운 수령을 자랑하는 은행나무가 한 그루, 울타리 밖에도 한 그루가 있고, 그 옆에는 이곳밖에 없다는 모감나무(선비나무)가 서 있다. 평지에 있어서 부담 없이 찾아갈 수 있다.

1510년에 귀래정 이굉(李浤)이 처음 세운 정자이며, 건물 내부에는 30여 명의 제영이 걸려 있는데 낡아서 판독하기 힘든 것이 많다.

수년 전에 이 집안의 선조인 이응태(李應台)가 죽은 뒤 그 아내가 가슴 위에 놓은 편지가 최초로 발견되어 조선 중기 양반들의 생활상을 볼 수 있어서 화제가 된 일이 있었다.

정자의 규모는 정면 2칸, 측면 4칸의 T자형 건물이 덧붙여 있고 1칸만 마루방이고 나머지 3칸은 모두 온돌방으로 되어 있다. 건물의 특징은 유례없는 북향 구조라는 점이 특이하다.

귀래정

귀 래 정

이 굉(李浤)[24]

천지가 많은 것을 받아들이어 집을 짓게 하고
칠십에도 씩씩하나 늙음을 어찌하리
오히려 세상이 깨어 있는 날 적음을 좋아하고
몸 밖에 근심 많을 때 말하지 말라.
긴 숲에 은근히 비치는 연기는 물에 얽히고
옛절은 흐릿하게 보이고 달은 모래 위를 비치네

---

24) 이굉(李浤 : 1441~1516) 조선조 초기의 문관. 호는 귀래정(歸來亭), 1480년에
문과에 급제, 벼슬이 유수(留守)에 이르렀다. 1513년에 벼슬을 사양하고 안동
으로 돌아왔다.

온 몸이 고달파도 한가하니 낙으로 느끼고
하나의 낚시대와 고기배면 생애가 만족스럽겠네

乾坤納納卽爲家　七十堂堂奈老何　猶喜世間醒日少　莫言身外悶時多
長林隱映煙籠水　古寺迷茫月印沙　便覺五勞閒是樂　一竿漁艇足生涯
(李浤 : 歸來亭『大東詩選』2 : 59)

이 시는 갑자사화에 연루되어 고향에 돌아와서 정자를 창건한 이 굉의 작품이며, 이 정자의 원운(原韻)에 해당된다.

조물주가 마음이 너그러워 화자가 집을 짓고 살 수 있고, 나이 70이 되어도 아직도 씩씩하지만 늙었다는 사실은 부인할 수 없다. 생활이나 건강에 대한 걱정은 아직 없으나 세월이 노인으로 만드는 것 같아서 안타깝다.

세상 살아가는데 시끄럽고 어지러운 일이 적을수록 좋고, 바깥 세상에 대한 근심 걱정이 많으면 차라리 침묵하는 것이 좋다는 생각은 전원에 묻혀 사는 사람이 세상 살아가는 방법에 대한 태도를 말한 것이다.

긴 숲의 주위에 퍼진 연기는 강물에 얽히고, 이런 가운데 옛절은 흐릿하게 보이는데 달이 모래 위에 가득 비쳐서 아름다운 전경을 연출하고 있다.

이런 아름답고 평화스러운 자연 속에서 화자는 온 몸이 고달프나 한가함을 낙으로 삼고 이제 하나의 낚싯대와 작은 고깃배만 있으면 생애가 만족스러울 것이라는 소박한 생각을 드러냈다.

귀래정

이 우(李堣)25)

벼슬을 버리고 일찍 돌아와서
물줄기 둘로 갈라지는 곳에 정자를 세웠네
시내와 산이 주인이 있는 걸 알고
갈매기와 해오라기 떼 지어 나는 걸 보네
곡식이 익으면 먼저 술을 빚고
마음이 한가하니 구름이 되는 듯하네
은거하여 늙음을 마치는 곳이니
벼슬아치가 되려는 생각은 없다네

解綬歸來早　亭開兩水分　溪山知有主　鷗鷺得爲群　秝熟先充釀
心閒欲化雲　菟裘終老地　非是作徵君　 (李堣：歸來亭·板上詩)

　이 정자를 처음 세운 이굉이 벼슬을 내놓고 이곳 낙동강과 반변
천 두 강이 갈라지는 지점에 정자를 세웠다는 사실을 밝혔다.
　산천은 본래 주인이 없이 아무나 즐길 수 있는 것인데 이 정자의
주인은 산천을 자기 앞에 끌고 와서 멋대로 즐기고 있고, 물새들까
지 불러와서 떼 지어 놀게 하였다.
　화자는 이 고장에서 곡식이 익으면 먼저 술부터 빚어 마시고, 마

---

25) 이우(李堣 : 1469~1517) 조선조 중종 때 문신. 호는 송재(松齋), 1498년에 문
　　과에 급제, 호조참판, 강원도 관찰사를 역임, 『송재집』(松齋集)이 있다.

음이 한가하니 구름이 되어 신선세계를 날아가는 것 같은 편안한 환
경에서 생을 마감할 생각이니 이제 다시 벼슬자리에 오를 생각은 전
혀 없다고 하였다.

자연과 합일하여 한가하게 살아가는 화자의 유유자적한 생활상을
볼 수 있다.

퇴계의 숨결이 살아 있는 : 고산정(孤山亭)

- 경상북도 안동시 도산면 가송동

고산정은 안동의 청량산 도립공원의 66봉 괴암 절벽 앞에 깎아 세운 듯한 고산을 바라보는 위치에 있다.

이 정자는 퇴계의 제자인 성재(惺齋) 금란원(琴蘭遠)이 1564년에 건립하였다. 처음에는 '일동정사'라고 하였으나 산 이름을 따서 '고산'이라고 고쳐 불렀다.

퇴계는 도산에서 이곳까지 제자를 찾아서 함께 시간을 보냈다. 그것은 퇴계의 시 소재로 이 고산 주변이 자주 등장하는 것으로 알 수 있다.

정자 주변에 잡초가 무성하고 왕래하는 길조차 찾기 쉽지 않았다. 너무 깊은 고을에 자리 잡고 있어서 이곳을 찾는 사람이 적었다는 것을 알 수 있었다.

정자의 구조는 정면 3칸, 측면 2칸이며 대청과 두 개의 온돌방으로 되어 있다. 사면 벽에는 두 짝씩 한 조가 된 창문이 달렸다. 온돌

고산정

방에는 새로 장판지를 깔았다. 내부에는 현판시가 한 수도 보이지 않는다.

고산정

금란수(琴蘭秀)[26]

한해 동안에 여섯 번 집에 돌아오니
사시의 아름다운 경치가 어김없네

---

26) 금란수(琴蘭秀 : 1530~16047) 조선조 명종·선조 때 문관. 호는 성재(惺齋), 1561년에 진사에 합격, 퇴계의 문인, 봉화현감, 좌승지를 역임. 『성재집』(惺齋集)이 있다.

붉은 꽃 다 떨어지니 푸른 숲 어둡고
누런 잎 나부끼어 흰 눈 같이 날리네
모래골짜기에서 바람이 불어 겹옷이 날리고
긴 못 가에서 비를 맞나 도롱이를 입었네
그런 가운데 따로 풍류가 있으니
취하여 찬 물결을 향해 달빛을 희롱하네

一歲中間六度歸　四時佳興得無違　紅花落盡靑林暗　黃葉飄如白雪飛
沙峽乘風披袂服　長潭逢雨荷簑衣　箇中別有風流在　醉向寒波弄月輝
(琴蘭秀 : 孤山亭・原韻)

화자는 이 정자를 창건한 사람이다. 기회가 있을 때마다 이곳에 찾아와서 사시의 아름다운 풍경을 만난다. 어느덧 봄은 가고 꽃은 다 떨어져서 무성한 푸른 숲으로 바뀐다.

누런 나뭇잎이 바람에 나부끼니 마치 흰 눈이 날리는 것 같고, 모래골짜기에서 불어오는 바람에 겹옷이 날리고, 비가 와서 도롱이를 입는다.

이것들을 모두 계절의 변화를 민감하게 관찰한 것이며, 거기에 대한 화자의 태도를 볼 수 있다.

이러한 상황을 화자는 풍류생활의 멋으로 생각한다. 때로는 취하여 강물을 따라 달빛을 완상한다.

화자가 "사시에 아름다운 경치가 어김없다"고 표현한 것처럼 이 시에는 꽃, 우거진 숲, 누런 잎, 찬 물결과 같은 용어에서도 계절의 추이를 읽을 수 있다.

결국 화자의 자연에 대한 애정과 친화의 마음을 알 수 있다.

금문원의 고산시를 차운하다

이 황(李滉)27)

이 몸이 벼슬하지 않았으니 돌아갈 일도 없고
놀과 연기를 점령하니 스스로 어김없네
지경이 궁벽하니 밭 개간한 땅이 넉넉하고
뫼는 높아 외로우니 학이 살기 알맞네
집신 한쌍으로 사시에 오가면서
만사의 성함과 쇠함은 삼베옷 한 벌이네
날골 달소 좋은 이름 내 사랑하나니
때로 그대를 찾아 다시 낙조를 구경하리

身非出仕故無歸　占斷烟霞自不違　境絶更饒田墾闢　孤山唯稱鶴棲飛
四時來往雙芒履　萬事榮枯一薜　衣　日月佳名吾所愛　尋君時復玩餘輝
(李滉 : 次琴聞遠孤山韻 · 『退溪先生文集』 3 : 49)

　화자는 이 시의 말미에 "문원(금난수의 자)이 고산에 살면서 밭을
가지고 있고 그 곳의 일동(日洞), 월담(月潭)이 모두 경치가 좋다"는
설명이 붙어 있다.
　이 몸이 벼슬하지 않으니 내놓고 돌아갈 곳도 없고, 이 고을은 항
상 놀과 연기가 어김없이 차지하여 늘 아름다움을 연출하는 곳이다.

---

27) 이황(李滉) 주 11, 참조.

지역이 궁벽한 곳에 있어서 밭 가는 땅도 넉넉하다. 그 뿐만 아니라, 뫼가 높아서 학이 살기엔 알맞은 곳이기도 하다.

이렇게 고산 주변은 자연이 만들어 낸 경치가 모두 넉넉하고 이름답고 여유가 있는 고장이다.

이러한 아름답고 소박한 자연환경에서 화자는 짚신 한 벌과 잘살던 못살던 관계없이 삼베옷 한 벌로 청빈하게 살면서 자연과 합일하여 살아간다.

특히 이 고산에는 일동(日洞)과 월담(月潭)이란 곳이 절승이어서 그 이름을 몹시 사랑한다.

이 모든 자연에 대한 친화의 마음을 저버릴 수 없어서 여기 정자 주인을 다시 찾아서 그 유명한 낙조를 보고 싶은 것이 화자의 간절한 소망이다.

낙동강 절벽 위의 : 낙암정(洛岩亭)

- 경상북도 안동시 풍산읍 단호리

안동시에서 하회마을로 가는 중간지점인 낙동강변의 자연 경관이 아름다운 곳에 이 정자가 낙동강을 향하여 서향으로 정좌하고 있으며, 발밑은 바로 높은 암벽이며, 그 아래로 낙동강이 흘러간다.

이 정자는 1451년에 낙암(洛岩) 배환(裴桓)이 창건하였으며, 1813, 1881, 1955년에 중수를 거듭하였다.

구조는 정면 3칸, 측면 2칸에 원주를 세우고 좌측 온돌방 쪽에는 방주를 세운 홑처마에 팔작지붕의 누각 형식 구조이다. 대청마루는 축대 위에서 1m 허공에 두어 자연 통풍을 이용한 방습을 고려하였으며 전면을 개방하고 대청을 부설하였다.

낙암정

낙암정 중수시

배도환(裵度煥)28)

화산은 옛날부터 스스로 유명한 곳이다
우리 조상이 그 해 이 누각을 세웠다네
억새풀 산봉우리 바위마다 천 길이나 솟아 있고
도천의 물은 콸콸 흘러 하나의 근원이 되었다네
후손들이 뒤를 이어 경모하는 집이니
풍경도 예전과 다름없이 밤낮으로 물에 비치네
행여 누구든지 조상의 은덕을 소중히 여기니

---

28) 배도환(裵度煥). 미상.

지금도 강물은 출렁거리며 세 고을에 가득 차네

花山從古擅名區　吾祖當年起此樓　芒岻岩岩千丈屹　桃川活活一源波
雲孫追後羹墻寓　風物依前日夜浮　何幸甘棠人不剪　至今搖涌滿三州
(裵度煥：洛岩亭重修韻·板上詩)

　정자가 서 있는 지대는 옛날부터 이름 있는 곳인데 이런 지대에
조상이 정자를 세웠다는 사실과 정자 앞에는 억새풀 산봉우리의 바
위마다 천길이나 높고, 그 밑에 낙동강물이 하나의 근원이 되어 흘
러간다.
　이 정자는 후손들이 경모하는 집이니 풍경은 예나 지금이나 다름
없이 물에 비치고 있다. 다행이도 후손들이 조상의 은덕을 잊지 않
고 있고 강물은 지금도 세 고을에 가득히 흘러 내려간다. 정자가 서
있는 지대의 수려함과 후손들이 정자를 소중하게 생각하여 모두 경
모하고 있는 아름다운 고장임을 기리고 있다.

경상북도

영양군

경상북도 동북부에 위치한 영양군의 지세는 태백산맥의 높은 산지로 둘러싸여 분지 형태로 발달하였으며 경상북도에서 해발이 가장 높은 곳이다. 주위에는 높고 낮은 산지가 분포되어 있다.

하천은 동부지맥과 중부지맥 사이에 북반변천北半邊川이 흐르고 서북지역에서 발원한 동천東川이 중부지맥과의 사이를 흘러 군의 남부에서 반변천과 합류한다.

세 거북 바위를 바라보는 : 삼구정(三龜亭)

위치를 몰라서 영양읍 '문화의 집' 직원의 안내를 받아 찾아갔더니 마침 태풍 '매미'의 피해를 입어 담장이 허물어져서 출입이 통제되고 있었다.

이 정자는 용계(龍溪) 오흡(吳潝)이 창건하였다. 병자호란 때 굴욕적인 화의에 비분강개하여 향리에 돌아와서 초옥 정자를 세웠다. 그후 화재로 없어진 것을 후손들이 개축하여 기와를 얹어 복원하였다.

정자 이름은 앞에 3개의 바위가 나란히 있는데 그 형상이 거북이 엎드린 것 같다 하여 붙여졌다.

주위는 토담으로 둘렸고, 뒤에는 산, 앞에는 맑은 개천이 동에서 흐르고, 개천을 건너 앞쪽에는 반월산이 있다. 이 건물은 조선후기에 다소 개조되었으나 초익공의 조각 수법과 창문틀의 구조양식에는 옛 양식이 남아 있다.

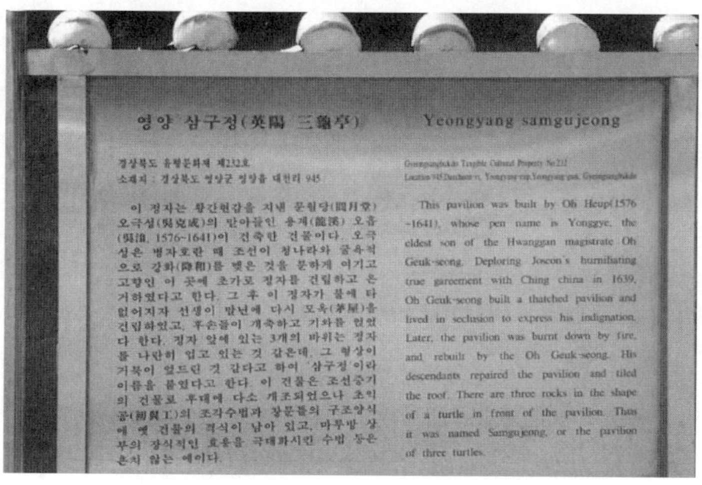

삼구정 안내판

삼구정

원 운(原韻)[29]

한가하게 구름 낀 숲에 앉으니 세상일 생각 없고

병자호란 때 일에 대해서 할 말이 많네

동쪽에는 푸른 바다에 노련의 높은 절개가 이웃하고

북쪽에는 수양산 백이숙제 기풍을 바라보네

다만 맑은 마음이 옥의 흰 것과 같음을 원하나니

권력을 좇아서 속세에 나가지 않으리

학문하는데 시내와 산봉우리 있으니 좋고

오랜 세월 두 가지 즐거움이 있으니 뜻에 맞네

---

29) 원운(原韻). 미상.

閑坐雲林世念空　崇禎時事說無窮　東隣滄海魯連月　北望首山孤竹風
但願淸心如玉白　肯從要路踏塵紅　藏修自在溪岑好　百世光陰二樂中
(原韻 : 三龜亭)

　　정자주변의 숲 속에 살고 있으면 세상일에 대한 걱정이 없어지는
데, 그래도 병자호란 때의 치욕을 생각하면 할 말이 많아진다.
　　이럴 때 중국 동쪽의 제나라 노중련(魯仲連)의 높은 절개와 북쪽
은나라의 고죽공(孤竹公)의 수양산에 살았던 두 아들인 백이와 숙제
의 굳은 지조의 기풍을 바라본다.
　　이들과 같이 높은 절개나 지조를 갖춘 사람이 있었더라면 병자호란
때의 비극은 막았을 것이라는 화자의 우국적 심정을 표출한 것이다.
　　화자는 늘 백옥과 같은 청렴한 마음가짐을 원하니 권력을 좇아서
속세에 나갈 생각은 없으며, 학문할 때는 오직 이와 같이 산수의 아
름다운 고장이 있어서 좋으니 오랜 세월 맹자의 세 가지 즐거움 중
에서 두 가지 즐거움만 있어도 좋을 것이라는 도학자적 애국심이 들
어 있다.

삼구정

석　계(石溪)30)

　　한가한 늙은이 푸른 산 빈 곳에 살면서

---

30) 석계(石溪). 미상.

책상에는 책이 쌓아 있으니 즐거움이 그지없네
문을 열고 늘 동쪽 바다 달을 맞으며
옷깃을 열고 오래 북창 바람을 마주하네
뜰 앞의 빼어난 국화는 서리를 견디어 희게 되고
담장 아해 해바라기는 해를 향하여 붉었네
늙도록 읊는 것은 의분을 느껴 개탄하기 때문이며
천추에 높은 절개 책 속에 다 있네

閑翁廬在碧山空　案積圖書樂未窮　開戶常迎東海月　披襟長對北窓風
庭前抽菊凌霜白　墻下開葵向日紅　終老吟我由慷慨　千秋高節付篇中
(石溪 : 三龜亭)

　세상을 피해 산 속에 살지만 집에는 책이 많아서 즐거움이 그지없고, 문을 열고 달을 맞이하기도 하고, 옷깃을 열고 북풍을 맞이한다.
　뜰 앞의 국화와 담장 밑의 해바라기를 함께 묶어서 꽃의 아름다운 모습도 잊지 않았다.
　이 모든 사실은 화자의 자연친화의 소박하고 즐거운 생활을 읊은 것이다.
　이러한 분위기 속에서 화사는 늙도록 시를 읊어야 할 까닭은 마음속에 늘 의분을 느끼는 개탄스러운 일이 있기 때문이다.
　병자호란을 경험한 화자는 늘 마음속에 나라를 걱정하는 우국심이 잠재해 있다. 그러나 앞으로 높은 절개가 들어 있는 책이나 읽으면서 소일하겠다는 의지가 담겨 있다.

경상북도

청송군

청송군은 영양군과 함께 경상북도 동쪽에 치우친 곳이며, 산이 많은 고장이다. 주왕산을 둘러싼 900m 내외의 산들이 산지를 이루고 있다. 산이 많은 만큼 들은 적고 사람들은 산골짜기에 모여 살고 있다.

중요 하천으로는 용전천龍纏川과 보현천普賢川이 있다. 용전천은 청송읍과 파천면을 경유하여 안동으로 흐르는 반변천半邊川과 합류한다.

소헌왕후와 인연이 깊은 : 찬경루(讚慶樓)

— 경상북도 청송군 청송읍 월막리(유형문화재 제183호)

이 누각은 청송읍을 끼고 흐르는 용전천 강가에 자연으로 생긴 취석암반 위에 세워져 남쪽의 용전천을 내려다보는 2층 누각으로 '송백강릉'(松柏岡陵)이란 양평대군의 글씨로 된 현판이 있다. 주위에는 토석 담장을 두르고 북측 담에 출입문을 설치하여 경내에 들어서게 되어 있다.

이 건물은 청송심씨 시조인 심홍부(沈洪孚)의 제각(祭閣)이다. 1428년에 부사 하담(河澹)이 창건하였고, 1688년에 중수, 송시열의 기문이 있다. 1792년에 화재로 소멸된 것을 재건, 1927년, 1971년에 중수하였다. 「찬경루기」에 의하면 이 누각에서 보광산에 있는 세종대왕 비인 소헌왕후의 시조묘를 바라보며 우러러 찬미한다는 뜻에서 붙여진 이름이라고 한다. 세종대왕의 왕자 8형제가 외가인 청송심씨 시조를 위하여 지은 집이라고 한다.

건물 구조는 정면 4칸, 측면 4칸의 익공계의 팔작지붕 건물로서 전부 두리기둥이며, 북면에 온돌방을 설치하고 주위 3면은 모두 우

찬경루

물마루를 깔고 있고 난간을 둘렀다. 군단위에서 보기 드문 큰 규모의 누각으로 독특한 구조양식을 보이고 있다.

답사한 날에 마침 폭풍 '매미'의 피해를 입어 동쪽 담장이 무너져서 출입이 통제되고 있었다.

찬경루

작자미상

단청집 웅장하게 구름빛 속에 임하니
여러 어진이 놀며 구경한지 오백년이네
사방산이 병풍처럼 서 있는 곳에 누각 터를 일으켜
한 줄기 물이 굽어 돌아 마을을 열었네

왕비 탄생의 빛남을 이미 경험으로 증명하였고
소나무 삼나무가 울창하여 푸른 빛 사랑할만 하네
푸른 오리 흰 학이 참으로 인연이 있으니
어찌 반드시 봉래산 멀리 신선을 찾으리

畵閣雄臨雲景邊　諸賢遊賞五百年　四山屛嶂起樓地　一水灣廻開洞天
沙麓煌煌符已驗　松杉鬱鬱翠堪憐　靑鳧白鶴眞緣在　何必蓬萊遠訪仙
(작자미상)

화자는 누각의 아름답고 웅장한 모습과 옛날부터 어진 선비들이
찾아와서 놀며 구경하였다고 전제하고, 처음에 이 누각은 사방의 산
이 병풍처럼 둘러싸여 있는 곳에 터를 잡았다고 하였다.

앞에는 한 줄기 개천이 흘러가면서 마을을 열었다고 하여 원초적
인 시발점을 알렸다.

한시 원문의 "사록"(沙麓)이란 낯설은 용어는 중국 진(晋)나라의
산 이름이며, 이 산이 무너지자 사관(史官)이 성녀가 앞으로 탄생한
다고 예언하였는데 과연 한나라 원제(元帝)의 왕비가 탄생하였다.

이 시에서는 청송의 심온(沈溫)의 딸이 새종대왕의 왕비가 되었다
는 사실과 부합시켰다.

지금 누각 주변에는 소나무와 삼나무가 울창하게 푸르러 아름답
고, 푸른 오리와 흰 학이 날아드는 것도 큰 인연이니 여기가 바로
신선지대인데 먼 곳에 있는 신선이 사는 봉래산을 찾을 필요가 있겠
는가 반문한다.

청송 찬경루시에 차운하다

김종직(金宗直)[31]

나무끝 높고 화려한 집이 석양에 서 있는데
누각에 오르니 술잔을 들기 전에 흥이 높아가네
냇물이 돌아 천길이의 섬돌을 잠기게 하고
산을 안고 다른 한 조각의 하늘을 탐내네
왕비 탄생의 길조는 참으로 기록할만 하고
무릉도원 같은 경치는 바로 사랑할만 하네
머리 들어 노을 속의 나그네를 향해 웃으니
소부 허유도 본래부터 신선은 아니었네

樹抄華楹返照邊　登臨高興把杯前　川回蘸却千尋磴　山擁偸他一片天
沙麓禎祥眞可記　桃源物色政堪憐　擡頭笑向棲霞客　巢許從來未必仙
(金宗直 : 次靑松讚慶樓·『佔畢齋詩集 7』板上詩)

　석양 햇빛을 받고 서 있는 아름다운 누각이어서 술잔도 들기 전에 흥이 높아간다는 표현 방법은 현대 시인도 감히 따를 수 없는 시적 표현을 보여 주었다.
　화자는 시냇물과 산과 하늘을 모두 자기에게 끌어들여 누각 주변의 아름다운 한경을 사실적으로 표현하면서 무릉도원과 같은 이 지

---

31) 김종직(金宗直 : 1431~1492) 조선조 초기의 학자. 호는 점필재(佔畢齋). 1459년에 문과에 급제. 성종 때 형조판서. 문장과 경술에 뛰어나고, 연산군의 무오사화(戊午士禍)로 무덤을 파헤치고 시체를 칼질하는 형벌을 받았다. 『점필재집』(佔畢齋集)이 있다.

대를 사랑한다고 솔직하게 표현하였다.

"노을 속의 나그네"는 이백의 "광음은 백년의 과객"이라고 표현한 것과 같이 하늘에 있는 태양을 나그네로, "웃는다"는 것은 화자의 자연과의 합일 사상을 표현한 것이다.

중국 고대의 요나라 때 두 고사(高士)인 소부와 허유가 처음부터 신선은 아니었으니 화자도 앞으로 신선이 될 수 있다는 가능성을 열어 보였다.

경상북도

상주군

상주군은 경상북도 서북부에 위치하고, 군의 중동부에는 상주시가 있다.

군의 동쪽을 남류하는 낙동강 상류를 따라 분지와 저지를 끼고 있어 서쪽이 높고 동쪽이 낮은 지세를 이룬다.

낙동강이 군의 동부를 남류하고 이안천利安川이 군의 북부를 동류하고, 북천과 남천이 군의 중앙을 동류하여 위천渭川이 위성쪽에서 서류하여 각각 낙동강에 합류한다.

마을을 내려다보는 : 쾌재정(快哉亭)

- 경상북도 상주군 이안면 가장리

쾌재정이 있는 이안면은 마을 뒤로 숭덕산이 감싸고 마을을 가장 천(佳庄川)이 가로 질러 이안천으로 흘러간다.

숭덕산과 그 지맥인 옥녀봉과 선장봉의 두 줄기가 마을을 에워싸 서 아름다운 마을이라 하여 가장(佳庄)이란 이름이 붙었다.

이 정자는 1509년에 채수(蔡壽)가 건립하였다. 증수 연대는 미상이 나 그 후 여러 번 시도하였다.

정자 앞뜰에는 국회위원을 지낸 채문식(蔡汶植)의 공적비가 서 있 다.

구조는 정면 3칸, 측면 2칸의 팔작기와집이며 정면에는 전부 나무 쌍문짝을 달았다.

쾌재정

채 수(蔡 壽)[32]

늙은 내 나이 올해 예순 여섯
지난 일 생각하니 뜻이 아득하네
소년시절의 재주는 맞설 사람이 없었고
중년시절의 공명 또한 뛰어났다네
세월은 빨라서 탄식의 노줄만 이어지고
벼슬길은 멀고 말은 나가지 않았네
어떻게 하면 속세의 일을 벗어 던지고
봉래산 정상의 신선을 짝하리오

老我年今六十六　回想往事意茫然　少年才藝期無適　中歲功名六獨賢
光陰衰衰繩歎繫　雲路悠悠馬不前　何似盡抛塵世事　蓬萊頂上伴神仙
(蔡壽 : 快哉亭·板上詩)

　화자는 이 정자를 창건한 사람으로 먼저 노년에 접어든 자신의
지난 일을 회고한다.

　소년 시절에는 재주를 겨룰만한 사람이 없었고, 중년에는 공적과
명예가 남보다 뛰어났다. 세월이 또한 빨라서 한탄은 노끈처럼 이어
져 끝이 없다.

　66세 된 노년에 들면서 자신의 젊은 시절에는 뛰어난 재주와 공

---

32) 채수(蔡壽 : 1449~1515) 조선조 중종 때 공신, 호는 나재(懶齋), 1469년에 장
　　원급제, 대사헌, 호조·예조참판 역임. 『나재집』(懶齋集)이 있다.

쾌재정

명이 또한 남보다 뛰어났다고 회상한다. 그러나 지금은 벼슬길에 나가려 해도 뜻대로 되지 않는다.

차라리 속세를 떠나서 신선세계에서 살기를 바란다.

쾌재정

이 행(李荇)33)

쾌재정 이름을 들은 지 오래인데

---

33) 이행(李荇 : 1478~1534) 조선 조 중종 때 문신. 호는 용재(容齋). 1495년에 문과에 급제. 대사헌·우의정·좌의정 역임. 『용재집』(容齋集)이 있다.

오늘 사람으로 하여금 어리둥절하게 하네
혼자서 큰 명성 얻었으니 말할 것 있으랴
다사다난한 관리길 물러난 것 참으로 어진 일일세
거룩한 풍토는 멀리 하늘 위까지 미쳤건만
속된 사람은 어지럽게 눈앞에 일에만 골몰하네
다행이도 산천이 옛과 다름없으니
백년에 지상 신선이라 자랑할만하네

快哉亭子聞來久　今日令人却惘然　獨步大名何是道　急流勇退是能賢
高風邈邈終天上　俗物紛紛只眼前　多幸溪山猶舊觀　百年堪詫地行仙
(李荇 : 快哉亭 · 『容齋集』 7 : 39)

　화자는 소문에 듣던 이 정자에 오늘 비로소 오르게 되어 어리둥절하다고 하였고, "혼자서 큰 명성을 얻었다" 함은 이 정자를 창건한 채수가 1469년에 문과에 장원급제하고, 1476년에 중시(重試)에 뽑히고 10년 만에 우승지를 제수 받은 사실을 말한 것이다.

　문장에 뛰어난 채수의 재주도 훌륭하지만 그보다 벼슬길에서 용감하게 물러난 것이 더욱 훌륭하다고 찬양하였다. 이 시의 전반부에서는 화자가 이 정자의 주인에 대한 찬사로 일관하였다.

　후반부에서 이상세계는 멀고 멀어서 하늘 위에 있는데 속된 사람들은 어지럽게도 눈앞에 일에만 관심이 있으니 안타까운 일이다.

　그러나 이와는 달리 산천은 옛날에 비해 달라진 것이 없으니 다행한 일이며, 긴 세월을 견딘 보람으로 이곳은 지상의 신선세계라고 할 수 있으니 자랑스럽다고 생각하였다.

경상북도

선산군

경상북도 서부에 위치한 선산군은 대체로 북서쪽에서 남동쪽으로 기울어져 있으며, 동서부쪽에는 산지가 발달하였고 이들에 의해 중남부에는 분지가 형성되어 있다. 북서부에는 수선산修善山, 옥녀봉, 비봉산飛鳳山이 있으며 동쪽에는 청화산靑華山 등이 솟아 있다.

군중앙부에는 감천甘川, 해평천 등 크고 작은 지류가 합치면서 낙동강이 남류하고 유역에는 기름진 충적평야가 발달하여 선산분지를 이루어 농경지로 이용된다.

낙동강 긴 물줄기를 바라보는 : 매학정(梅鶴亭)

낙동강 강변 나지막한 언덕 위에 있으며 낙동강이 흘러가는 모습을 가장 멀리까지 볼 수 있는 좋은 위치에 있다. 강 위에는 긴 다리가 가로 놓여서 시야는 거기서 막혀 버린다. 주위는 평화스럽고 한가하게 보이는 농촌과 정자 앞마당에 널어놓은 빨간 고추는 아름답게 보였다.

이 정자는 본래 고산(孤山) 황기로(黃耆老)의 조부의 만년 휴양지였던 초정을 조부의 뜻을 받들어 1533년에 기와집 정자를 짓고 매학정이라고 불렀다. 그리고 그는 자기가 살고 있는 주변에 매화를 심고 학을 길렀다. 이것은 중국 송나라 때 항주 서호의 고산에 오두막집을 짓고 살면서 20년 동안 거리로 나가지 않았던 임포(林逋)의 생활을 본받은 것이다. 임포에 대하여 당시 사람들은 매화를 아내로, 학을 자식으로 삼았다고 하였다.

황기로가 아들이 없어서 사위 옥산(玉山) 이우(李瑀 : 이율곡의 아

매학정

우)의 소유가 되었다. 임진왜란 때 불탄 것을 1654년에 중건, 1862년
에 불탄 것을 1970년에 중수하여 오늘에 이르렀다.

정자의 구조는 정면 4칸, 측면 2칸 팔작기와집, 그 중 2칸은 온돌
방이며 나머지 2칸은 대청마루로 되어 있다. 대리석 3층 기단 위에
자연석의 네모기둥을 세웠으며 일반 살림집 같은 인상을 준다.

매 학정

황기로(黃耆老)34)

두 줄기 슬픈 눈물 낙동강 앞에 뿌리니
선조가 일찍 이 강변에 오셨다네
외로운 산 조용한 정자의 이름 묻지 말게
좋은 곳 아름다움에 이끌릴만한 곳이 아니라네
나무를 흔드는 슬픈 바람에 조용할 날 없고
명월은 강물에 가득한데 고기배만 있네
소씨가 지나가니 차마 소선의 시부는 읽지 못하고
다른 날 까닭 없이 잉어를 대할 때 있으리

哀淚雙垂洛水前　先君曾到此江邊　莫言孤島幽亭扁　非爲名區美勝牽
撼樹悲風無靜日　滿江明月有漁船　蘇過忍讀蘇仙賦　他日無由鯉對年
(黃耆老 : 梅鶴亭・板上詩)

화자는 처음에 조부가 여기에 초정을 짓고 휴식처로 삼았던 사실을 회상하여 슬픈 눈물을 흘린다.

외롭고 조용한 환경에 있는 정자지만 아름다운 곳은 아니라고 스스로 낮춘다. "슬픈 바람"이란 표현도 조용한 분위기를 원하는 화자에게는 바람은 불리한 조건으로 작용한다.

낙동강 수면 가득히 밝은 달빛이 비치고 거기에 어선이 머물고 있는 풍경을 보고 화자는 소동파의 「적벽부」를 생각한다. "천지간에

---

34) 황기로(黃耆老) 조선조 중종・명종 때의 명필, 호는 고산(孤山), 1534년에 진사에 합격, 별좌(別坐)를 지냈다. 필법이 뛰어나 초성(草聖)이라고 불었다.

물건마다 각각 임자가 있지만 강 위에 부는 바람과 산속의 밝은 달의 아름다움은 아무나 즐길 수 있다.”는 글이 화자 머리를 스쳐 지난다. 그렇다고 함부로 부를 수 없는 처지라고 생각한다. 유명한 작품에 대한 겸손한 태도이다. 고깃배는 다른 날 자연스럽게 잉어를 잡을 때 있을 것이니 그때를 기다리는 것이 좋겠다고 생각한다.

시종 일관 겸손한 태도로 여러 가지 어려운 여건을 극복할 수 있는 의지를 보여 주었다.

매학정

이 황(李滉)35)

임포의 풍류는 백년전이었는데
평생을 호수가에서 매학을 벗하였네
매화는 고결함이 본 정신인데
흰 학은 본디부터 길들이지 않네
내 아름다운 이름 그리워 그대가 사는 곳에
경치 구경코자 배 타고 찾아 왔네
흰 학이여 매화 늙음을 한지 말리
붓을 희롱하며 장욱은 노년을 즐겼네

和靖風流百歲前　一生梅鶴伴湖邊　天香自是同高潔　雪翮由來謝繫牽
己慕佳名君得地　歌求勝景我尋船　胎仙莫恨梅花廋　弄筆張顚樂趁年
(李滉 : 梅鶴亭・板上詩)

---

35) 이황(李滉). 주)11 참조

송나라 임포(林逋)라는 고사(高士)가 풍류생활을 한 지 백년이 지났는데 이 정자의 주인은 임포를 닮아서 평생 매화와 학을 벗으로 하였다.

임포는 화정(和靖)선생이라고 불렀고, 중국 항주에 있는 서호의 고산(孤山)에서 오두막집을 짓고 살면서 20년 동안 거리로 나오지 않았다. 아내도 자식도 없이 매화를 심고 학을 길렀다. 당시 사람들은 매화를 아내로, 학을 자식(梅妻鶴子)으로 삼았다고 하였다.

매화는 고결한 본성을 지니지만 학은 길들이지 않는다는 것이 화자의 생각이다.

이제 아름다운 이름을 가진 정자를 구경하기 위하여 화자는 배를 타고 왔다고 방문 목적을 밝혔다.

당대의 유명한 서예가인 정자의 주인은 흰 학처럼 머리가 희게 되었다. 세월과 함께 늙어가는 것을 한탄하지 말 것이며, 당나라 때 유명한 초서(草書)의 대가인 장욱(張旭 또는 張顚)은 술을 좋아하였고, 취하면 자기 두발에 먹을 묻혀서 글씨를 쓰면서 노년을 보냈다고 하니 그를 본받아서 자신도 노년을 보내겠다고 생각한다.

매학정

이 우(李瑀)[36]

그대 내 집이 어딘가 물었지
뒤는 산 앞에는 강에 싸리문이 달렸네
때로는 구름이 모래톱 길을 막아서
싸리문은 안 보이고 구름만 보일 뿐이네

君問我家何處在　依山臨水掩荊門　有時雲鎖沙場路　不見荊門只見雲
(李瑀 : 梅鶴亭·板上詩)

　문답식으로 시작하면서 정자의 환경을 소개한다. 앞에는 강이 있고, 뒤에는 산이 있는 이른바 배산림수(背山臨水)의 아름다운 지대에 정자가 있으며, 주인은 약초 캐러 깊은 산으로 간 것인가. 싸리문이 닫혀 있는 그러한 정자이다. 결국 은자가 살고 있는 장자임을 나타내었다. 가끔 구름이 모래톱에 가득하면 싸리문도 안보이고 구름만 보일 뿐인 자연친화의 수려한 환경임을 알리고 있다.
　화자는 특별한 자기주장을 내세우지 않고, 오직 정자의 아름다운 외부적인 환경에 치중하여 별천지 같은 지대임을 은근히 자랑하고 있다.

---

36) 이우(李瑀 : 1542~1609) 조선조 초기의 서화가, 호는 옥산(玉山), 이율곡(李栗谷)의 아우, 1567년에 진사, 괴산군수를 지냈다.

경상북도

구미시

구미시는 경상북도 중앙부로부터 서남쪽에 위치한 신흥공업도시이다.

북에서 남으로 흐르는 낙동강을 중심으로 동부와 서부로 양분되는 이 지역은 지질분포의 특성에 따라 특징적인 지형을 나타낸다.

구미시의 서쪽에 있는 금오산金烏山은 1970년에 도립공원으로 지정되었으며 이곳에는 병금폭포, 도선굴, 금오지(池), 채미정採薇亭 등이 있다.

길재의 유적 마을의 : 채미정(採薇亭)

- 경상북도 구미시 남통동 (경상북도 기념물 제55호)

이 정자는 현재 구미시 금오산도립공원 입구에 있으며 야은(冶隱) 길재(吉再)의 학덕과 충절을 기리기 위하여 1768년에 참의(參議) 송명흠(宋明欽)의 발의로 선산부사 민백종(閔百宗)이 지방의 유림과 의논하여 세웠다.

'채미'란 현판은 중국의 은나라가 망한 후 백이숙제(伯夷叔齊) 형제가 수양산(首陽山)에 들어가 나오지 않고 고사리를 캐어 먹다 굶어죽었다는 뜻에서 붙인 이름이다. 여헌(旅軒) 장현광(張顯光)은 길재를 고려시대의 백이숙제(금오유허죽부)라고 말하였다.

길재(1353~1419)의 호는 야은이며, 고려말 삼은인 포은·목은·야은의 한 사람으로 조선 왕조가 들어서자 불사이군(不事二君)의 충절로 조선에서 벼슬하기를 거부하고 고향인 이곳에서 후학 교육에 전념하였다.

건물의 구조는 정면 3칸, 측면 3칸의 정방형 팔작지붕 건물이며,

채미정

기둥만 16개가 된다. 중앙 한 칸에 방을 만들고 사방은 마루로 된 특이한 구조를 가지고 있다.

　숙종이 야은의 충절을 읊은 5언시가 경모각(敬慕閣)에 보존되어 있고, 구인재(求仁齋)와 유허비각 등 건물이 정돈된 경내에 모여 있다. 그리고 오산서원(烏山書院), 성곡서원(星谷書院), 금오서원 등을 세워서 제사를 올리고 있다.

　　　오백년 도읍지를 필마로 도라드니
　　　산천은 의구하되 인걸은 간데 없다
　　　어즈버 태평연월이 꿈이런가 하노라

이 시조는 『청구영언』(靑丘永言)에 실려 있는 길재의 회고시(懷古詩)이며 많이 애송된 시조 중의 하나이다.

고려가 멸망한 뒤에 말을 타고 오백년을 다스린 고려의 서울인 개성을 돌아보며 산천은 옛날과 달라진 것이 없는데 그 당시의 사람들은 보이지 않으니 인간 세상의 허무함을 느낀다. 이른바 당나라 시인 두보(杜甫)의 "나라는 망하여도 산하는 그대로네"(國破山河在 : 春望)와 같은 정서를 읊었다. 그때의 태평스럽던 세월도 지금은 꿈처럼 사라졌다.

고려 멸망을 회고하고 인간 세상의 무상함을 슬퍼하는 화자의 망국의 한을 노래한 것으로 선비의 고결한 마음이 잘 드러난 작품이다.

좌사간 길재

숙 종(肅宗)

금오산 아래에 돌아와 은거하니
청렴한 기풍은 엄자릉에 비하리라
성주께서 그 미덕을 찬양하심은
후인들에게 절의를 권장함일세

歸臥烏山下　淸風比子陵　聖主成其美　勸人節義興
(肅宗 : 左司諫吉再 · 御筆閣保存)

숙종이 길재의 충절을 기리기 위해 직접 써서 보내온 오언절구 시이다.

벼슬을 버리고 구미의 금오산 아래에서 운거하고 있는 길재는 중국 후한 때 엄광(嚴光 자가 子陵)이 한무제가 간의대부(諫議大夫)를 제수하자 사양하고 부춘산(富春山)에 들어가 운거하면서 낚시로 세월을 보낸 사람이다. 길재를 이 사람처럼 지조가 높은 사람에 견주었다.

후세 사람들이 그를 본받도록 권장하기 위하여 이와 같은 시를 짓게 되었음을 밝혔다.

채미정

김진우(金鎭祐)[37]

숭양산에 석양이 찾아올 때
선생이 출세 더딤이 한스럽네
만고에 백이숙제와 같은 마음이며
지금 채화시를 읊으며 눈물 흘리네
인간이 어느 시대에 흥망이 없겠는가
머리 위에 푸른 하늘만은 변함없네
가을바람에 한줄기 금오산 길에서
못난 사람이 정자에 올라 경건하게 머리 숙이네

---

37) 김진우(金鎭祐) 미상.

崇陽殘日下山時　應恨先生出世遲　萬古同心孤竹子　至今零涕採花詩
人間何代無興替　頭上靑天不負期　秋風一抹烏山路　賤子登臨敬歛眉
(金鎭祐 : 採薇亭)

　화자는 금오산을 수양산과 견주면서 길재가 벼슬을 버리고 은거
한 것을 한탄스럽게 생각한다.

　백이숙제와 똑같이 높은 절개를 가지고 있으니 그 형제가 지은
「채미조」(採薇操)라는 노래를 부르니 눈물이 저절로 흐르는 감정을
억제하지 못한다.

　인간은 흥망성쇠 속에서 살고 있는데 푸른 산은 예나 지금이나
변화가 없으니 인간무상과 대조되는 자연을 의식한다.

　화자는 지금 가을바람을 맞으며 길재의 유적이 모여 있는 곳을
지나면서 경건한 마음으로 고개를 숙이고 금오산 길을 걷고 있다.

채미정

신광수(申光洙)[38]

금오산은 수양산처럼 푸르며
오백년 고려가 이 정자에 있네
작은 나물이 보통 초목보다 고귀하고
봄바람은 옛 섬돌뜰에 가득 불어오네
하사한 밭에 대숲이 함께 이슬을 머금고

---

38) 신광수(申光洙 : 1549~1627) 조선조 영조 때 문신. 호는 석북(石北). 시와 그
　림에 뛰어남. 연천현감, 우승지 등을 역임. 『석북집』(石北集)이 있다.

제삿날에 국화가 함께 소리를 지니네
자손에게 전하는 것은 캐고 캔다는 말이며
한 줄기의 포은의 넋을 나누었네

金烏山似首陽靑　五百高麗有此亭　小菜高於凡草木　東風吹遍舊階庭
賜田叢竹同含露　祭日黃花共帶聲　傳語子孫言採採　一莖分薦圃翁靈
(申光洙：採薇亭·『冶隱先生續集下』：46)

　야운 길재의 유적지에 있는 금오산은 중국의 수양산처럼 푸르고,
고려의 오백년 역사는 학덕과 충절을 가지고 있는 길재의 이 정자가
대변하고 있다고 화자는 생각하고 있다.

　작은 나물이지만 오히려 일반 초목보다 고귀하다는 생각은 백이
숙제가 캐 먹고 생명을 유지했던 푸새였기 때문이다.

　지금 섬돌 앞뜰에는 봄바람이 불어오고 밭에서는 대숲이 이슬을
머금고 있는 조용하고 평화스러운 분위기가 감돌고 있다.

　"제사지내는 날에 국화가 함께 소리를 지니네"라는 표현은 매우
상징적이다. 송나라의 주돈이(周敦頤)가 「애련설」(愛蓮說)에서 국화는
은자를 상징하고 그 대표적 인물로 도연명을 거명하였다. 여기서의
황국은 역시 은자인 길재를 지칭하는 것으로 제삿날에 은자인 길재
의 넋이 함께 호응한다는 뜻이 되겠다.

　백이숙제 형제가 수양산에서 고사리를 캐 먹으면서 지은 「채미조」
(採薇操)라는 노래가 있다. 이 노래가 자손들에게 전해 내려와서 오
래도록 불러서 우국지사의 넋을 기리기를 바라며, 길재는 바로 정몽
주와 함께 같은 계통의 지사임을 확인시켜 주었다.

영천군은 경상북도 남동부의 중앙에 위치하고 있으며, 군의 동쪽 경계는 태백산맥의 남쪽 여맥에 해당하며, 이 부근에는 산세가 약해져서 운주산雲住山, 도덕산 등의 낮은 산으로 이루어져 있고 서쪽에는 팔공산이 있다.

낙동강의 대지류인 금호강琴湖江은 영천분지의 물을 모아서 낙동강으로 흘러 보낸다.

금호강 절벽 위의 : 조양각(朝陽閣)

— 경상북도 영천시 창구동(유형문화재 제144호)

이 누각은 영천 시내를 가로지르는 도로변에 있으며 금호강을 내려다보며 남동향으로 자리잡고 있다. 명원루(明遠樓), 또는 서세루(瑞世樓)라는 이름도 함께 지니고 있다.

1368년에 고려말 충신인 포은(圃隱) 정몽주(鄭夢周)가 당시 이 고을 부사였던 이용(李容)과 마을 유림들이 합심하여 세운 누각이다.

1482년에 군수 신윤종(申允宗)이 조양각을 중심으로 동서 별실인 청량당(淸凉堂)과 쌍청당(雙淸堂)을 지었다.

그러나 임진왜란 때 모두 소실되었고, 1637년 군수 한덕급(韓德及)이 중건하고 명월루를 조양각이라 이름을 바꾸었다.

그 후 1742년에는 군수 윤봉오(尹鳳五)가 중수하면서 서세루(瑞世樓)라고 다시 새 이름을 달았다. 지금 정면에는 조양각 현판이 있고 서세루는 뒷면에 걸려 있으니 한 건물에 두 가지 현판이 걸려 있고, 누각 안에는 정몽주를 비롯하여 70여 점의 제영시가 걸려 있다.

이 건물은 지형에 맞추어 2단으로 축조한 기단 위에 세웠으며 정면 5칸, 측면 3칸의 팔작 겹처마 기와집이다.

누각 왼쪽 공원의 한 구석에 「황성옛터」의 노래비가 서 있다. 일본이 우리 나라를 강점하던 시절 나라 잃은 설음을 읊은 이 노래는 온 국민이 지금도 애창하는 노래이다.

중양절 명원루에서

정몽주(鄭夢周)[39]

맑은 시내는 석벽의 고을을 안고 돌고
새 누각 이루니 눈이 환하게 열리네
남쪽 들판 황금물결은 풍년임을 알겠고
서산의 서늘한 기운은 아침이 분명하네
풍류의 태수는 녹봉이 이천석이고
우연히 만난 옛 친구와 마실 술 삼백잔이네
곧바로 밤이 깊어 옥피리 불면서
높이 뜬 밝은 달을 잡아 함께 노닐고자 하네

淸溪石壁抱州回　更起新樓眼豁開　南畝黃雲知歲熟　西山爽氣覺朝來
風流太守二千石　邂逅故人三百盃　直欲夜深吹玉笛　高攀明月共徘徊
(鄭夢周 : 重陽節題 明遠樓·板上詩)

누각 아래 석벽 밑을 흐르는 금호강은 마을을 안고 흘러가고, 절벽 위에 새로 세운 누각은 눈을 놀라게 할 정도로 아름답다.

---

39) 정몽주(鄭夢周) 주) 22 참조

한편, 들판에는 오곡이 익어서 황금물결이 일고 벌써 가을도 저물어서 아침이면 서늘한 기운이 감돈다.

풍류객인 이 고을 태수는 2천석의 박봉을 받으면서 옛 친구를 만나면 삼백 잔의 술에 취해 버린다.

누각에 밤이 오니 옥피리를 불면서 밝은 달과 함께 노닐고 싶다는 소원을 밝혔다. 화자의 도학자적인 풍모는 아주 감추어 버리고 낭만과 풍류적 서정이 넘치는 작품이다.

중양절 명원루에 오르다

이 용(李 容)[40]

새 누각이 우뚝 솟으니 새 날아 돌아오고
누각에 오르니 좋은 회포 저절로 열려 오네
다른 고을에 사는 옛 친구 다시 만나기 어렵고
금년의 오늘은 지나가면 다시 오지 않으리
시냇물 맑으니 기녀들의 부채춤 물에 비치고
산이 가까우니 가을빛이 술잔에 떨러지네
2년 동안 녹봉 받으며 무슨 일 이루었나
또다시 고향 떠나 천리 밖에서 혼자 서성거리네

新樓突兀鳥飛回　懷抱登臨得好開　異縣故人難再會　今年此日不重來
溪虛水影橈歌扇　山近秋光落酒盃　五斗二年成底事　更堪千里獨徘徊
(李容 : 九日登明遠樓·板上詩)

---

40) 이용(李容). 미상.

이 시는 앞의 정몽주 시를 차운하였다. 시인은 당시 영천부사로 재직 중 정몽주와 힘을 합하여 이 누각을 창건하였다.

새로 세운 누각이 우뚝 솟아 있으니 날아가던 새들도 이곳에 돌아와 놀고 있다. 누각에 오르니 시적 정서가 저절로 일어난다.

다른 고을에 사는 친구는 만나기 어렵고, 이 누각에 오늘처럼 다시 오르는 것도 기약할 수 없는 냉혹한 현실을 슬퍼한다.

시냇물이 맑으니 노래에 맞추어 부채를 돌리며 춤을 추는 기생들의 모습이 물에 비치고, 마시는 술잔에는 가을 산빛이 떨어진다.

그 동안 고향을 떠나 녹봉을 받으며 이룩한 일이 무엇이었던가 한탄스러운 일이지만 그래도 멀리 고향을 떠나 이런 생활을 되풀이하지 않으면 안 되는 화자의 외롭고 고달픈 심정이 드러나 있다.

조양각

유방선(柳方善)[41]

배처 높은 누각이 뜬더 대로 마음에 들어
높이 올라 반나절 홀로 난간에 기대네
수년 동안 떠돌아다니니 오래 나그네 되었고
만리길 떠나 왔는데 아직도 임을 그리네

---

41) 유방선(柳方善 : 1388~1443) 조선초기의 학자, 호는 태재(泰齋), 1405년에 사마시에 합격, 벼슬에 나가지 않고 송곡(松谷)에 서당을 짓고 교육에 전념하다. 『태재집』(泰齋集)이 있다.

짙푸른 하늘의 놀과 들의 꽃다운 풀에서
그윽한 향기가 땅 위에 퍼지는 꽃다운 마을이네
시를 짓고자 하나 재주가 모자라니
젊은 시절 글 배우지 못함이 한스럽네

百尺高樓愜所聞　登臨半日獨凭軒　數年漂泊長爲客　萬里歸來尙戀君
濃翠靄空芳草野　暗香浮地落花村　題詩欲記才華薄　苦恨當時不學文
(柳方善 : 朝陽閣·板上詩)

소문에 듣던 대로 누각은 마음에 든다. 반나절 난간에 기대어 떠돌인 자기를 되돌아본다. 임의 곁을 떠났으나 여전히 그립기만 하다.

짙푸른 하늘의 놀, 들꽃이 향기가 가득한 아름다운 마을을 보니 시흥이 저절로 일어난다. 그러나 글재주가 모자라서 쓰지 못한다. 젊은 시절에 글을 배우지 못한 것을 한탄한다.

시 전반부에는 화자의 나그네로서의 생활을 되돌아보면서 임을 그리워한다.

후반부에서는 아름다운 자연환경을 보고 시흥이 일어나지만 글재주가 없는 것을 후회한다.

그러나 이 정도의 가작을 남길 정도면 스스로 자기를 낮추는 화자의 인간미를 알 수 있다.

조양각 또는 서세루

『명원루연집』에 차운하다

최원우(崔元祐)[42]

날마다 여기 올라 놀아가기를 잊으니

눈 앞에 기이한 경치가 차례로 열러오네

어느 먼 멧부리인가 구름 밖에 솟아 있고

이따금 쏟아지는 비는 들가에 떨어지네

서늘한 저녁에 기둥에 의지하니 바람은 모자에 불고

고요한 밤 통소를 부니 달은 술잔에 가득하네

---

42) 최원우(崔元祐). 미상.

흐르는 물은 사람이 사랑함을 아는 듯
누각 앞에 바싹 와서 일부러 감돌고 있네

登臨日日却忘回 傍眼奇觀次第開 何處遼岑雲外出 有時飛雨野邊來
晚凉倚株風生帽 夜靜吹簫月滿杯 流水亦知人着愛 樓前直到故徘徊
(崔元祐 : 次明遠樓宴集韻·板上詩)

화자는 이 누각이 좋아서 돌아갈 생각이 없다.

높은 산은 구름 밖에 솟아 있고, 넓은 들판에는 가끔 비가 뿌린다.

기둥에 몸을 의지하고 있으면 써늘한 바람이 모자에 불어오고, 달밤에 퉁소를 부니 달빛은 술잔에 가득하다. 심지어 흐르는 물마저 누각 앞에서 사람이 좋아함을 아는 듯이 감돌고 있다. 산과 들, 바람, 물, 달 등 아름다운 자연 조건을 갖추고 있는 누각이 결국 화자가 돌아가는 것을 잊게 할 정도로 끌어당긴다.

화자는 눈앞에 전개되는 시각적인 현상을 사실적으로 포착하고 술을 마시면서 흐르는 물도 자기처럼 정처 없이 떠돌아다니는 것으로 생각한다.

조양각

서거정(徐居正)43)

백운과 황학이 몇 차례나 감돌았던가
이수 삼산이 차례로 열렸네
최호 같은 풍류는 사람들이 만나지 못하였는데
이백 같이 재주 있는 사람은 다시 왔다네
누각에 오름은 천고에 천고를 거듭하리니
이별에는 술 한 잔에 또 한 잔이라네
주인이 간절하게 가지 못하게 소매를 끌어서
붉은 난간에 잠깐 들었다가 다시 취하여 바장이네

白雲黃鶴幾時回 二水三山次第開 崔顥風流人不見 謫仙才調客重來
登臨千告復千古 離別一盃又一盃 爲被主人苦挽袖 朱欄徙倚醉徘徊
(徐居正：朝陽閣·板上詩)

이 누각에는 흰 구름과 황학이 자주 찾아오는 높고 아름다운 곳이며, 두 물줄기는 보현산에서 시작한 남천과 북천이 영천 중심지에서 합류하여 다시 금호상과 합류하는 사실을 말하는 것이며, 세 산은 어느 산인지 분명하지 않으나 누각 주변의 산을 말한 것이다.

이 시구는 이백의 「금릉 봉황대에 올라」(登金陵鳳凰臺)에 나오는 시구를 의식하고 썼다.

---

43) 서거정(徐居正 : 1420~1488) 조선초기 학자. 호는 서거정(四佳亭). 1444년에 문과에 급제. 대사헌을 비롯하여 조정에 봉사한 것이 45년. 창경궁의 건물 명칭 모두 명명. 『사가집』(四佳集)·『필원잡기』(筆苑雜記)·『동국통감』(東國通鑑) 등의 저서가 있다.

최호(崔顥)같은 풍류객은 만날 수 없으나 이백의 재주를 가진 사람은 다시 왔다는 것은 화자 자신이 우수한 시인은 아니지만 시를 쓸 수 있다는 것을 말한 것이다.

최호는 성당(盛唐) 때 「황학루」(黃鶴樓)라는 시를 써서 최고의 시인으로 대우를 받았다. 이백(李白)이 이 누각에 올라와서 이 시를 보고 감탄하여 여기서 시를 쓰지 못하고 남경(南京)의 봉황대에 올라 시를 썼다는 이야기가 전한다.

화자는 이 사실에 근거하여 최호를 이백보다 실력 있는 시인으로 대접하였다.

누각에 오르는 일은 영원히 계속할 것이며, 이별할 때 술은 한 잔씩 계속하면서 취할 때까지 마신다. 주인이 소매를 끌어당기며 계속 마시기를 권하니 마다하지 못하고, 붉은 난간에 들었다가 다시 취하여 주위를 서성거린다.

절승지에서 화자의 시정이 담뿍 드러난 작품이다.

금호강 상류 언덕 위의 : 호연정(浩然亭)

– 경상북도 영천시 성내동

금호강 상류 조양각 서쪽 높은 돌담이 둘러 있는 살림집 같은 정자다.

1700년 병와(瓶窩) 이형상(李衡祥)이 경주 부윤을 그만두고 이곳에 와서 정자를 짓고 호연정이라고 이름 짓고 후학을 양성하면서 저술에 전념하던 곳이다. 그는 청백리이며, 실학자였다.

건물구조는 정면 3칸, 측면 2칸의 팔작기와집이다. 주위에는 난간이 둘러 있고, 처마 밑에는 역락료(亦樂寮)와 이양루(二養樓)라는 현판이 걸려 있고, 호연정은 실내에 현판되어 있다.

정자와 함께 경내에는 유고각(遺稿閣)이 있다. 이는 이형상의 무려 142종 326책의 방대한 초고본을 보관하는 건물로 보물 제 652호로 지정되어 있다.

호연정

운암잡영 : 호연정

이형상(李衡祥)[44]

차라리 백정이 되었다면
벼슬아치는 되지 않았네
몸이 한가하면 마음도 편한데
어찌 다만 천석에만 관계되랴

---

44) 이형상(李衡祥 : 1635~1733) 조선조 영조 때 문관, 호는 병와(瓶窩), 1680년에
   문과에 급제, 호조좌랑(戶曹佐郞), 제주목사, 경주부윤을 지냈다. 『병와집』(瓶
   窩集)이 있다.

寧作鼓刀人 不爲珠履客 身閑志亦泰 何獨關泉石
(李衡祥 : 雲岩雜詠 · 浩然亭 · 板上詩)

「운암잡영」(雲岩雜詠)이란 큰 제목 속에 6수의 소제목으로 각각 오언절구 형식으로 한 수씩 읊었다. 그리고 중국 송나라 때 주자의 「무이구곡가」(武夷九曲歌)를 차운하였다.

벼슬아치보다 차라리 백정이 되는 것이 좋았다고 생각한 화자는 「영천우거서」(永川寓居序)에서 "세로(世路)는 양장(羊腸)마냥 험난하고 공명은 개미구멍처럼 하잘 것 없다"는 말에서 찾아볼 수 있다. 현실에 대한 부패와 부정, 그리고 혐오와 자신이 잠시나마 벼슬아치로 살았던 사실에 대한 회한이다.

인간이 누구나 몸이 한가하면 마음도 편안해지는 것이 가장 바람직한 삶이며, 이것은 비단 산수의 경치가 아름다운 것에만 있는 것이 아니고 마음이 넓고 뜻을 크게 가지는 이른바 호연지기에서만 가능하다는 굳은 의지를 분명히 하였다.

운암잡영 : 이양루

이형상(李衡祥)

동(動)은 물(物) 속에서 불이 되고
정(靜)은 마음 속의 물이 되나니
마음을 맑게 하는 방법을 안다면
속세에 산다 해도 무엇이 방해되랴

動爲物裡火 靜作心中水 苟識澄淸方 何妨在邑里
(李衡祥 : 雲岩雜詠·二養樓·板上詩)

이 시도 호연정에 걸려 있는 또 다른 현판으로 시 제목으로 이용하여 읊은 시이다.

마음이 움직이면 물질에 대한 욕심이 일어나고 반대로 마음이 안정되면 물과 같아서 불과 같은 물질에 대한 욕심을 지워버린다는 논리이다.

그렇기 때문에 늘 마음을 편안하게 가지는 방법만 알고 있으면 어지러운 세상에서 살아도 편안하게 사는데 방해될 것이 없다는 뜻이다.

화자의 처세술이 엿보이는 작품이다.

운암잡영 : 역락료

이형상(李衡祥)

멀리서 벗이 찾아오니 또한 즐겁지 아니한가
나는 홀로 속세에서 살고 있으니 부끄럽다네
서로 계발하고 서로 도움을 주니
학문하는 힘에 무슨 관계있으랴

遠來不亦樂 我獨慚塵席 相發又相資 何關稽古力
(李衡祥 : 雲岩雜詠·亦樂寮·板上詩)

이 시도 호연정에 있는 또 다른 현판 이름이다.

『논어』의 학이편(學而篇)에 나오는 "벗이 있어 멀리서 찾아오니 또한 기쁘지 아니한가"의 글을 그대로 옮겨 왔다.

화자에게는 찾아오는 벗이 없다. 홀로 속세에서 살고 있으니 부끄럽다고 하였다.

친구가 있어 서로 식견을 열어 주고 서로 도움을 준다면 아무리 힘든 학문을 공부하더라도 힘들 것이 무엇이 있겠는가 반문한다. 친구들끼리 서로 도우면 결국 쉽게 모든 것이 이루어질 것이라는 소신이다.

경상북도

청도군

청도군은 경상북도 최남단에 위치하고 있으며 동쪽은 운문산雲門山, 가지산迦智山 등이
솟아 있으며, 이들 사이로 동창천東倉川이 남류한다. 한편 청도읍을 관류하는 창도천은
여러 강과 합류하여 밀양강으로 흘러 들어간다.

운강고택 별당 : 만화정(萬和亭)

- 경상북도 청도군 금천면 신지리

이 정자는 동창천(일명 錦川) 시냇물이 넓게 흐르던 밀양 박씨 집성촌에 있는 운강고택(雲岡古宅)의 별당이다.

운문댐에 막혀 가는 시냇물로 바뀌고 그 위에 놓인 시멘트 다리와 마을을 관통하는 아스팔트길은 옛 운치를 빼앗았으나 다행히도 민속자료인 운강고택이 옛 정취를 간직하고 있다.

만화정은 동창천 오른쪽에 위치한 운강의 별당이다. ㄱ형의 정자와 몇 채의 고택건물과 붙어 있다. 몸채에서 꺾여 남쪽을 향한 부분이 누마루로 되어 있어 주변경치를 조망하기에 알맞다. 집 앞에는 300년쯤 되는 버드나무가 몇 그루 서 있고 뒤편 언덕에는 짙푸른 소나무 숲이 정자 주변의 환경을 운치 있게 만들었다.

고택은 현재 중요민속자료 제106호로 지정되어 있으며 박하람(1479~1560)이 낙향하여 서당을 짓고 후진을 교육하던 터에 1809년 박정주(朴廷周)가 재건한 것을 그의 아들 박시묵(朴時默)이 1824년에 다시 중건하여 지금 규모의 고택촌이 되었다.

만화정

만화정은 1856년에 건립하였으며 박시묵이 수양 강학하던 곳이다. 답사 간 날에 마침 해체 작업이 진행 중이어서 건물 전체의 모습은 볼 수 없었고 제영시 현판만 한곳에 모아 놓은 것을 보고 적어 가지고 돌아왔다.

만화정

박시묵(朴時默)[45]

누각 아래 참된 근원인 활수가 깊고
연기와 놀이 십리에 개이니 음지가 보이네
자취를 탐내 때에 따라 숨는 것 나쁘지 않고
삼가 내 몸 잊고 종일 읊음이 좋겠네
반 세상 뜬 구름은 누구의 부귀인가
한 내의 밝은 달은 나의 가슴 속이네

---

45) 박시묵(朴時默). 미상.

시비는 빈 산 속에 이르지 않으니
고기는 못에 있고 새는 수풀에 있네

樓下眞源活水深 烟霞十里見晴陰 不妨歛跡隨時遯 祇可忘形盡日吟
半世浮雲誰富貴 一川明月我胸襟 是非不到空山裏 魚在于淵鳥在林
(朴時默 : 萬和亭·板上詩)

운문산 아래로 동창천의 흐르는 모습과 안개가 걷히니 음지가 환히 밝아진 정경부터 시작한다.

경승지를 탐내어 찾아와서 은거하는 것도 좋고, 자신을 잊고 하루 종일 시 쓰기에 골몰하는 것 또한 바람직한 일이라 하였으니 화자의 시적 풍류생활을 엿볼 수 있다.

반평생 뜬 구름같은 부귀를 누리며 벼슬살이한 자신을 자책한다.

동창천을 비치는 밝은 달은 화자의 가슴 속에 들어와서 마음을 맑고 깨끗하게 하고 속세에 대한 욕심은 빈 산에는 이르지 못하니 근심 걱정은 없다.

못에 사는 물고기와 숲에 사는 새는 나름대로 살 곳을 찾아 한가하게 지낸다.

속세를 떠나 자연과의 합일을 즐기는 화자의 한가하고 편안한 생활 모습이 반영되었다.

만화정

이은상(李銀祥)46)

속세를 떠나 사는 곳이 어찌 깊은 산 뿐이리오
가까이에 있는 정자는 집 그늘에 닿았네
자손과 종들은 부르면 모아들고
산수와 운연의 경치는 즉석에서 읊고 있네
원래 세속물이 자리를 침범함이 없으니
그 중간에 높은 선비 있어 홀로 옷깃을 여미네
스스로 한탄함은 평생 재주 없음이 심하여
그대의 예쁘게 꾸민 좋은 원림이 부럽네

幽居何必萬山深 咫尺亭臺接屋陰 子孫僮僕應聲集 水石雲烟卽席吟
元無俗物來侵坐 中有高人獨整襟 自歎平生鳩拙甚 羨君粧點好園林
(李銀祥 : 萬和亭・板上詩)

　속세를 떠나 사는 곳이 반드시 깊은 산만은 아니다. 만화정은 살림집에 닿아있는 별당이기 때문이다.

　살림집과 같은 울타리에 있는 정자이고 보니 자손들과 종들이 부르면 따라 모여들고, 산수 자연과 구름과 안개도 앉은 자리에서 쉽게 읊을 수 있는 시적 대상이니 풍류 생활하는데 마음의 부담을 느끼지 않는다.

　그윽한 곳에서 살고 있으니 자연히 속세와는 인연이 멀어지고, 지

---

46) 이은상(李銀祥), 미상.

난날 선비들의 제영을 보니 스스로 옷깃을 여미게 된다.

화자는 평생 재주가 없어서 시를 쓰지 못하는 것을 한탄한다. "예쁘게 꾸민 좋은 원림"은 아름다운 작품을 말하는 것으로 좋은 작품을 남긴 인물들을 부러워하고 있다.

부산광역시

해운대구

부산광역시는 우리나라 동남단에 위치하고 북서쪽으로 뻗은 험준한 태백산맥의 여맥
이 끝나는 지점에 있다.

서쪽에서 흐르는 낙동강등의 지형적 조건을 가지고 있으며 도시 발달에 많은 영향을
주었다. 우리나라 제2의 큰 도시며, 국제적인 무역항이다.

부산시 도심지에 우뚝 솟은 용두산은 일찍이 공원으로 조성되어 동해, 남해, 그리고
부산 시내를 한눈에 내려다 볼 수 있는 부산의 얼굴이다.

해운대구는 시의 동부에 위치하고 있으며 낮은 산지가 많고 중앙에는 장산, 해안 말단
부에는 수영강을 비롯하여 여러 작은 하천들이 해안으로 흘러 들어간다.

동백섬 바위 위의 : 해운정(海雲亭)

- 부산광역시 해운대구 우동

부산 시내에서 30분 거리인 해운대구는 청송과 백사의 수려한 경관으로 옛부터 대한팔경의 하나였다. 산의 절벽이 바다 속에 빠져 있어 그 형상이 누에머리 같으며, 그 위에 온통 동백나무와 두충나무 등으로 사철 푸르름이 한결같다.

신라말기의 대학자 고운(孤雲) 최치원(崔致遠)이 세상이 혼탁한 것을 비관하여 속세를 떠날 생각으로 해인사를 찾아가던 중 이곳의 절경에 감탄하여 동백섬의 암반 위에 자신의 자(字)인 해운(海雲)을 따서 해운대라고 새겼다는 데서 이 이름이 생겼다.

동백섬은 옛날에는 섬이었던 것 같다. 지금은 육지와 연결되어 있으나 동백섬 산 위에는 최치원의 시비, 동상, 유허비가 있고, 망망대해를 내려다 볼 수 있는 해운정이 있다. 동상을 중심으로 좌우에는 깎아 세운 벽면에 최치원의 시 5수를 이은상의 번역에 김충현의 글씨로 새겨 놓았다. 그리고 잘 포장된 일주로가 있어서 근처 시민들의 휴식공간과 산책로로 인기가 높다.

해운정

해운대시에 차운하다

강 혼(姜渾)[47]

끝없는 큰 바다 넓고도 넓은데

---

47) 강혼(姜渾 : 1464~1519) 조선조 중종 때 정국공신(靖國功臣), 호는 목계(木溪), 1486년에 문과에 급제, 좌찬성, 판중추부사 역임. 『목계일고』(木溪逸稿)가 있다.

하늘을 삼키는 거센 물결 막을 수 없네
대마도 푸른 산은 기러기 나는 밖에 외롭고
동해의 붉은 해는 상서로운 구름 끝에 솟았네
학을 탄 신선을 맞아들이니 바람이 차고
어룡이 놀라 일어나니 쇠저소리 슬프게 들리네
천고의 유선이 승경을 남겨 놓으니
높은 자취 따르려 해도 절뚝다리 어이하리

眼窮溟渤浩漫漫 駃浪呑空勢未闌 對馬靑山孤雁外 扶桑紅日靄雲端
招邀笙鶴天風冷 驚起魚龍鐵笛寒 千古儒仙分物色 欲追高步奈蹣跚
(姜渾 : 海雲臺次韻 『木溪逸稿』)

화자는 지금 해운대 높은 지대에 올라 망망대해를 내다보고 있다.
넓고 큰 바다에는 거센 파도가 휘몰아친다. 하늘에는 기러기 떼
날고 수평선 밖에는 푸른 산의 대마도가 외롭게 나타난다.

동해에는 상서로운 구름 밖에 멀리 붉은 해가 솟아오른다. 이렇게
시의 전반에는 하늘과 바다에 초점을 맞추고 거기서 전개되는 먼 풍
광을 읊었다.

후반에는 바람과 쇠저(신선의 피리) 소리를 차게 받아들이니 나분
히 감각적인 분위기를 형상화하였다.

오랜 옛날 최치원은 이곳의 뛰어나게 아름다운 경치를 알고 있었
으니 그 분의 고상한 취미를 따르려 해도 화자는 절뚝다리이기 때문
에 그렇게 할 수 없다고 아쉬워한다.

신선에 비유되는 최치원의 고상한 아취는 절뚝다리로 모든 면

에서 부족한 속세의 화자는 추종할 수 없다는 것이니 상대는 높이고 자기는 낮추는 자리에 있는 것이 당연하다고 생각한다.

해운대에 올라

주세붕(周世鵬)48)

해운대 아래는 끝없는 큰 바다
고운 신선이 한번 떠나니 학도 멀리 떠났네
날개 쳐 구만리를 날고자 하고
고금의 더러움을 씻는 술상을 부르네
눈이 다다른 곳 구름 없으니 대마도가 보이고
마음은 어느 곳인가 동해로 날아가네
여기 기이하고 절묘한 곳에 노니 평생에 으뜸이니
소매에 가득한 센 바람 불어도 방해될 것 없네

臺下無涯是大洋　儒仙一去鶴茫茫　搏搖九萬欲生羽　滌蕩古今呼滿觴
目極無雲看馬島　心飛何處是扶桑　玆遊奇絶平生冠　滿袖天風吹不妨
(周世鵬 : 登海雲臺 · 武陵集原 11)

화자는 해운대 높은 바위 위에서 망망한 대해를 바라보고 이곳에서 살다가 떠나간 신라 말의 대학자 최치원이 떠나니 학도 함께 떠나가서 지금 누대에는 정막만 감돌고 있는 외로운 심정을 토로한다.
구만리 높은 하늘로 날아서 신선세계에 가고 싶다. 그렇게 하려면

---

48) 주세붕(周世鵬) 주 48, 참조.

오래전부터 쌓인 속세의 먼지부터 씻어야 하는데 그것은 술을 마시는 것밖에 도리가 없다.

화자는 부단히 최치원을 신선으로 대우하고 그를 닮으려 한다. 구름이 걷히니 아득히 먼 곳에 대마도가 보인다. 마음은 저 바다로 날아가고 싶어한다. 그러나 절묘하게 아름다운 이곳에서 놀게 되어 일생에서 가장 행복을 맛볼 수 있으니 위안이 되고, 여기서 만족할 수밖에 없다고 생각한다.

시의 후반에서 화자는 날개를 달고 망망대해를 넘어 최치원처럼 신선세계로 갈 것을 갈망하다가 생각을 바꾼다. 이곳 절승지에 놀 수 있는 기회가 일생에 한 번밖에 없을 것을 생각하고 지금 자신의 위치에 만족한다.

해운대, 최치원이 대자리에 앉아 놀던 곳

고경명(高敬命)[49]

풍우에 거칠어진 해운대 어언 팔백년
고운의 큰 자취 이미 아득하네
남추강은 본래 강남의 나그네이며
최고운은 바다 위의 신선은 아니라네
반드시 뛰어난 사람은 하늘에 있으며

---

49) 고경명(高敬命 : 1533~1592) 조선조 선조 때의 병장, 호는 제봉(齊峰), 동래부사, 임란 때 의병 6천 명을 거느리고 금산(錦山)에서 항거하다가 전사. 『제봉집』(齊峰集)이 있다.

멋대로 써 남긴 문장은 연기 사라진 듯 하네
높은 돛을 동해의 신목에 걸고자 하니
바다는 밝고 산은 맑아 만리에 하늘이 열리네

風雨荒臺八百年 昔賢鴻蹟已茫然 南秋江是江南客 崔海雲非海上仙
定有英靈在霄漢 漫留文字灑巒烟 雲帆欲掛扶桑樹 海白山淸萬里天
(高敬命 : 海雲臺, 崔致遠嘗遊處·霽峰集 5 : 28)

주인을 잃은 이곳 해운대는 세상 풍우에 거칠게 된지 팔백년이나
되었으니 최치원의 자취도 아득하게 되었다.

남추강(南秋江은 南孝溫 1454~1492)은 생육신의 한 사람이며 단종
의 생모 릉(陵)을 복위할 것을 건의하다가 미친 사람이란 말만 듣고
받아들여지지 않자 세상에 뜻을 잃고 명승지를 유람하면서 세상을
한탄하였다. 최고운이 신라 말에 국운이 기울어지자 뜻을 버리고 명
승지를 돌아다니다 죽은 것처럼 화자는 실의에 의한 방랑객이란 점
에서 공통점을 발견하고 동일선상에 놓고 읊었다.

뛰어난 사람은 하늘에 있고, 남겨 놓은 글재주는 지금 사라졌으니
높은 돛단배를 동해의 신목(神木)에 매어 놓고 신선세계를 찾아가려
고 하는데 마침 바다와 산과 하늘이 만리나 열리니 신선세계를 찾으
려는 목적이 쉽게 이루어지리라는 소망을 가지고 있다.

역시 신선세계를 갈망하는 화자의 열망이 분명하게 드러났다.

울산광역시

울주군

울산광역시는 경상남도 동북부의 울산만에 위치한 경상남도 제1의 공업도시다.

지형은 동쪽에는 경주 토함산에서 남쪽으로 뻗어버린 동산산맥이 있으며, 서쪽에는

천황산지가 남쪽으로 자리잡고 있다. 산지에서 태화강과 동천이 발원하여 울산만으로

유입한다.

정몽주가 글 읽던 자리 : 작천정(酌川亭)

- 울산광역시 울주군 삼남면 교동리

부산으로 향하는 큰 길 언양에서 우측으로 약 2km 가량 들어가는 길가에 200년 됨직한 느티나무 가로수가 이색적이다. 늙어서 가지가 땅에 닿을 정도로 늘어진 나무도 있다.

언양 근처에서 가장 경치가 좋다는 작괘천(酌掛川)에서 발단한 계곡수는 사시에 구슬 같은 맑은 물이 흐른다. 깨끗한 물과 흰 바위가 잘 조화되어 하나의 선경을 이루고 있다.

사철 많은 사람들이 모여 들어 봄철의 벚꽃놀이, 여름철의 물놀이, 가을의 단풍 등 산자수명(山紫水明)한 이곳은 옛날부터 시인묵객들이 찾아와서 수많은 제영시를 남겼다.

수백 평이나 되는 바위가 오랜 세월의 물살에 깎이어 움푹 파인 현상이 마치 술잔을 걸어든 것 같다고 하여 작괘천이다.

고려말에 정몽주가 글 읽던 자리와 언양지방의 3·1운동 중심지로서의 역사성을 간직한 명소다.

작천정

  1448(세종 30)년에 지방유지들이 정몽주가 수학하던 곳을 기념하기 위하여 세운 정자다. 1976년에 재건하였다. 정면 3칸, 측면 2칸의 1층은 마루기둥을 세운 빈 공간이며 2층은 마루로 되어 있고 앞에만 난간을 설치하였다.

작천정

김호동(金晧東)50)

산봉우리의 남쪽 가장 아름다운 곳

---

50) 김호동(金晧東). 미상.

아껴서 숨겨둔 세월이 얼마던가
걸어 올라가서 늘 머물었던 곳
지팡이 집고 읊으며 오래 누각에서 살았네
천년이나 물에 깎겨서 돌은 희고
긴 세월 변함없이 작천은 흐리네
왕유(王維)가 지금 살아 있다면
그림 그리기를 사양하지 않았으리

巘南第一區 慳秘幾春秋 登履常留地 吟筇久住樓
千年磨石白 萬古酌川流 摩詰當今在 不辭畫裡收
(金晧東 : 酌川亭·板上詩)

  화자는 이 정자를 아껴서 숨겨놓고 싶을 정도로 애정을 보내고
있다.

  지팡이 짚고 올라가서 늘 이곳에 머무르며 시를 읊을 수 있는 풍
류생활을 하면서 여기를 찾아온다.

  정자 앞에는 쉬지 않고 흐르는 맑은 작괘천이 급하게 흘러간다.
물 밑에 바위는 물살에 깎이어서 하얀 속살을 드러낸다.

  중국의 성당 때 유명한 시인이며, 화가인 왕유(자는 摩詰)가 지금
살아 있다면 이 아름다운 정자를 그려 넣는 일을 사양하지 않았을
것이라고 믿고 있다.

  화자의 정자에 대한 사랑이 절실하게 반영된 시다.

작천정

최상민(崔商玟)[51]

괘작천은 비할 데 없이 기묘하고
누각 또한 어찌 칭찬하여 읊지 않으리
정자는 지금 오로지 빛남을 더해가고
신선이 옛날 술잔을 띄워 흘러 보냈다네
산빛은 예와 다름없이 푸르고
샘소리는 어찌하여 가을을 알리는가
눈은 깨고 있으나 마음은 취하고자 하니
드디어 취하여 근심 걱정을 잊었네

掛酌川寄絶 那無詠賞樓 亭今增制煥 仙昔泛觴流 山色靑依舊
泉聲奈何秋 眼醒心欲醉 到此却忘愁 (崔商玟 : 酌川亭·板上詩)

　작괘천(본문의 괘작천은 잘못된 것)의 비할 데 없이 맑은 물과 그곳을 내려다보는 정자 등 어느 것 하나도 놓칠 수 없는 아름다움에 옛날의 신선도 술잔을 물에 띄워 흘러 보내면서 시를 읊었다고 전한다. 지금 정자에 올라와서 보아도 산 빛은 예나 지금이나 다름없는데 흘러가는 냇물소리에 가을을 느끼니 세월만 부질없이 흘러감을 생각한다. 인생의 무상을 슬퍼하는 화자다.

　지금 눈은 뜨고 있으나 마음만은 취하고 있어 세상 모든 근심을

---

51) 최상민(崔商玟). 미상

잊게 된다.

화자는 맑은 시냇물과 정자가 빚어낸 아름다운 정경에 감탄한다. 옛날의 신선처럼 물 위에 술잔을 띄워 보내면서 술 마시는 풍류를 생각하고, 한편으로는 세월이 빨리 지나감을 아쉬워하면서 술을 마시니 모든 근심을 잊어버리고 싶은 소망이 반영된 작품이다.

울산의 태화강 기슭에 태화루라는 큰 누각이 있었다. 풍류객들의 사랑을 받아 많은 제영이 남아 있으나, 지금은 자취도 없게 되었다. 오직 이휴정(二休亭)이 남아 있어 찾아갔더니 바로 그 전날 밤에 화재로 타버렸다. 출입은 금지되었고 아직도 남은 연기가 오르는 것을 보고 발길을 돌렸다.

경상남도

거창군

거창군은 경상남도 서북부의 내륙 산간지방에 있으며 경상북도와 전라북도와의 접경
지대로 많은 산들이 분포되어 작은 분지를 형성하고 있다.

이 산들이 낙동강 지루인 황강, 남강, 감천, 금강 등의 원천이 되고 있다.

물 가운데 떠 있는 거북 모양의 : 수승대(搜勝臺)

– 경상남도 거창군 위천면 황산리

위천면은 군의 중서부에 위치하고 있으며, 덕유산에서 흘러내린 위천의 맑은 계곡과 곳곳에 기암괴석이 많아서 예로부터 풍류를 즐기는 곳으로 유명하다.

본래 백제의 사신이 중요한 임무를 띠고 신라로 떠날 때 이곳에서 이별했다 하여 "근심을 보낸다"는 뜻으로 수송대(愁送臺)라 불렀다. 퇴계가 후에 수승대로 이름을 바꾸었다.

거대한 거북 모양의 바위가 물 가운데 떠 있고 아름드리 푸른 소나무와 어울리는 요수정이 마주 보여 더욱 아름답다.

수승대 암벽에는 선비들의 시문과 이름이 가득하다. 수승대 바로 옆의 강언덕에는 관수루(觀水樓)라는 구연서원(龜淵書院)의 문루가 있다. 자연석 암반에 자연목을 구부러진 그대로 기둥을 세웠다.

수승대

'수승대'라는 이름을 붙이면서

이 황(李滉)[52]

수승으로 새로 이름을 바꾸니
봄을 만나 경치가 더욱 아름답네
먼 숲속의 꽃들은 피어나려 하는데
그늘진 골짜기엔 아직도 눈이 남았네
눈으로는 찾아 볼 수 없으니

---

52) 이황(李滉) 주) 11 참조

마음 속에 상상만 더해 가네
다른 해 술 한 통 마련하여
큰 붓으로 구름벼랑에 시를 쓰리라

搜勝名新換 逢春景益佳 遠林花欲動 陰壑雪猶埋
未寓搜尋眼 唯增想像懷 他年一尊酒 巨筆寫雲崖
(李滉 : 奇題搜勝臺·退溪先生文集別集 1 : 19)

　퇴계는 수송대를 수승대라고 이름을 바꾼 이유를 설명하고, 이곳
으로 찾아오는 도중에 왕의 부름을 받고 수승대에 들르지 못함을 아
쉬워하면서 시를 남겼다.
　수송대를 수승대로 이름을 바꾸니 마침 봄을 만나 경치가 더욱 아
름답게 보인다. 골짜기에는 아직도 눈이 남아 있는데도 봄꽃은 피기
시작한다. 수승대를 직접 보지 못했으니 마음속에서 상상은 더해간다.
그러나 화자는 후일을 기약한다. 그때에는 술 한 통 마련하여 마시면
서 큰 붓으로 벼랑에 시를 써서 새겨 놓겠다는 굳은 약속을 한다.
　이 시는 현재 수승대 암벽에 새겨져 있다.

'섭섭하게 보낸다는' 뜻을 풀어 여러분께 보임

임　훈(林薰)[53]

꽃은 강언덕에 만발하고 술은 술통에 가득한데

---

53) 임훈(林薰 : 1500~1584) 조선조 선조 때 문관, 호는 갈천(葛川), 비안(比安), 언
　　양(彦陽)현감 역임. 효행으로 표창을 받았다. 『갈천집』(葛川集)이 있다.

벗과 놀자고 옷소매를 이끌어도 어지럽게 뿌리치네
봄은 점차 저무는데 자네마저 떠나니
봄이 떠남의 섭섭함이 아니라 자네를 보냄이 섭섭하네

花滿江皐酒滿樽 遊人連袂謾紛紛 春將暮處君將去 不獨愁春愁送君
(林薰 : 解愁送意 以示諸君 · 葛川集 1 : 3)

퇴계가 수송대를 수승대로 개명하면서 시 한 수를 남겨 놓았다는 소식을 전해 듣고 답례식으로 쓴 시다.

봄이 되자 강 언덕의 꽃은 만발하고, 술통에 가득히 술을 준비했지만, 친구의 옷소매를 끌어당겨도 번번이 그 소원은 이루어지지 못하였다.

봄도 친구도 다 떠나버린 지금, 마음이 섭섭한 이유는 봄을 떠나보내서가 아니라 친구가 가버렸기 때문이다. 친구에 대한 극진한 우정을 읽을 수 있다. 친구가 떠나갔으니 오직 남은 것은 섭섭함과 외로움과 그리움, 그리고 인생의 무상만이다.

넓은 바위를 주춧돌로 서 있는 : 요수정(樂水亭)

덕유산 맑은 물이 흐르는 강 언덕의 넓은 바위를 주춧돌로 서 있는 정자. 울창한 소나무 숲이 있어 풍치가 이만저만이 아니다.

벼슬길을 마다하고 초야에 묻혀 학문을 닦은 요수(樂水) 신권(愼權)이 1542년에 창건한 정자로 임진왜란 때 불탄 것을 후손들이 1805년에 재건하였다.

구조는 정면 3칸, 측면 2칸의 팔작기와집이며 계자난간을 둘러 걸터앉게 하였고, 마루 가운데 판자로 한 칸의 온돌방을 둘렀다. 긴 소나무 때문에 정자의 정체를 제대로 볼 수 없다.

요수정

신 권(愼權)[54]

산수 사이에 정자를 지으니

---

54) 신권(愼權), 미상.

물을 사랑한다고 산을 버리지 않았네
물은 산으로부터 나오고
산은 물 위를 따라 돌았네
좋은 곳은 이로하여 열렸으니
물을 즐기는 뜻이 서로 관계하네
그리하여 인자와 지자의 일을 헤아리니
사소한 일을 들어 오히려 부끄럽네

亭於山水間 愛水非遺山 水自山邊出 山從水上環
靈區由是闢 樂意與相關 然爲仁智事 擧一猶慚顔
(愼權 : 樂水亭·板上詩)

요수정

화자는 아름다운 자연 속에 정자를 세워 놓고 공자의 "지혜 있는 이는 물을 좋아하고, 어진 이는 산을 좋아한다. 지혜 있는 이는 움직이고, 어진 이는 조용하다. 지혜 있는 이는 즐겁게 살고, 어진이는 오래 산다."(『논어』, 옹야편)는 말에 근거하여 요수정이란 정자 이름을 지었다. 짓고 나니 "산을 좋아한다"는 말이 없음을 서운하게 여겨서 산과 물의 의존관계를 빼놓지 않고 읊었다.

화자는 시 전반부에서는 산수의 밀접한 연관성을 읊었으나 후반부에서는 지자(知者)와 인자(仁者)의 이념적 논리를 끌어내면서 그것이 인생에 있어서 가치 있는 화두임을 부각시킨다. 나머지 일들은 모두 사소한 것으로 언급할 가치가 없음을 강조한다.

정자를 중심으로 처음부터 그 이름으로 인하여 촉발되는 가치 있는 인생의 삶에 대한 고양된 자세를 형상화하였다.

요수정

이기원(李基元)[55]

구름과 나무로 깊어진 이 신선이 사는 마을을
사람들은 신선이 모여 산다고 의심하네
숲의 샘은 마르지 않고 늘 넉넉하며
원숭이와 학이 서로 따르니 굳게 맹세하네
어진 조상 두터운 풍속을 남겨 전하니
높은 집에 색칠 더해 깃발을 걸었네

---

55) 이기원(李基元), 미상.

진심으로 고마운 주인은 큰 복을 지니고
문을 나와 웃으며 산수의 경치를 가리키네

雲樹深深此洞天 村人疑是萃群仙 林泉不竭居常足 猿鶴相隨盟自堅
賢祖遺謨傳厚俗 高閭增色揭旌扁 多謝主翁淸福大 出門笑指滿煙霞
(李基元 : 樂水亭·三洲先生文集乾 p.52)

　정자 주변의 환경이 아름답기가 신선이 사는 세계로 의심할 정도이며, 정자 앞을 흐르는 위천(渭川)은 언제나 물이 넘친다. 절승의 산천지대에는 원숭이와 학이 서로 따르니 이곳을 떠나지 않고 은자의 생활을 할 것을 맹서한다.
　후반부에서는 어진 조상이 남긴 풍속의 소중함과 단청이 아름다운 정자의 주인이 큰 복을 누렸다는 사실을 찬미한다.
　주인은 문을 나와 웃으면서 아름다움으로 가득찬 산수의 경치를 가리킨다.

경상남도

합천군

합천군은 경상남도 서북부에 위치하며 가야산을 중심으로 한 산간지대이며, 하천으로는 황강이 군의 중앙부를 가로질러 동쪽으로 흐르면서 심하게 곡류하여 낙동강 분류에 합류하고, 황강의 지루인 가야천이 가야산에서 발원하여 남류한다.

황강에 처마물이 떨어지는 : 함벽루(涵碧樓)

– 경상남도 합천군 합천면 합천리

연호사(烟湖寺) 대웅전 아래 위치한 누각은 석벽에 기대고 맑은 물이 발아래까지 다다른 절경을 연출한다. 강물이 불으면 강폭이 넓은 곳은 200m 가까이 된다. 물줄기가 빠르고 세서 차분하게 정서를 가다듬고 시상에 잠기기에는 힘들었을 것 같다.

누각 기둥 밑까지 바로 물이 흘러서 마치 물 위에 떠 있는 것 같은 느낌이 든다. 누각 북쪽의 큰 바위에는 우암 송시열의 '함벽루'라는 글씨가 새겨져 있으며 지금까지도 글씨가 선명하다.

함벽루

밤에 함벽루를 지나다가 거문고 타는 소리를 듣다

이첨[56](李詹)

신선 허리의 패옥소리 떵그렁 떵그렁
높은 다락에 올라 보니 창문이 벽에 걸려 있네
밤이 되자 다시 유수곡을 타니
한 수레바퀴 같은 달이 가을강에 비치네

---

56) 이첨(李詹: 1345~1405) 고려말 문신, 호는 쌍매당(雙梅堂), 1365년에 감시(監
試)에 합격, 예문관 검열(檢閱), 지신사(知申事), 조선조에는 지의정부사(知議政
府事)가 되어 중국에 다녀왔다. 『저생전』(楮生傳)이란 가전소설이 있다

神仙腰佩玉摐摐 來上高樓掛碧窓 入夜更彈流水曲 一輪月下秋江

(李詹：夜過涵碧樓聞彈琴聲有作·東文選 22：17)

화자가 고려 말 시인이란 점에서 누각의 역사가 오래되었음을 알 수 있다.

허리에 찬 패옥이 덩그렁 울린다는 의성어까지 사용하면서 신선이 살고 있는 지대임을 실감나게 표현했다.

높은 다락에 오르니 창문이 벽에 걸려 있다는 것은 누각이 바로 절벽과 잇닿아 있어서 벽에 걸려 있음을 느끼게 한다.

밤에는 유수곡을 타는 가야금 소리가 들리는 가운데 하늘에 떠 있는 둥근달이 가을의 황강을 내려 비치고 있다.

시 전반에서는 신선과 같은 분위기가 느껴질 정도로 아름다운 환경과 함께 정자의 위치가 바로 절벽과 잇닿아 있는 특성을 부각시켰다.

함벽루에 걸려 있는 퇴계의 시

후반에서는 음악 소리와 달과의 조화를 통한 아름다운 분위기를
제시하였다.

함벽루

이황(李滉)[57]

북으로는 산이 가파르고
동으로는 물이 질펀하게 흐르네
기러기는 개구리밥 물가에 내리고
연기는 대집 머리에서 오르네
한가하게 찾아오니 도리어 밝은 뜻은 요원하고
높은 다락에 의지하니 몸이 뜬 것 같네
다행히 명예스럽게 구속되리니
오히려 멋대로 머물렀다 떠나네

北來山陡起 東去水漫流 鴈落蘋洲外 烟生竹屋頭
閒尋知意遠 高倚覺身浮 幸未名韁絆 猶能任去留
(李滉 : 涵碧樓・板上詩)

이 누각에는 이 제영이 가장 아름다운 글씨로 깨끗하게 현판되어
있다.
바로 절벽 밑에 있는 누각과 앞에는 황강이 유유하게 흐르는 모
습의 실경을 읊었다. 거기에 금상첨화격으로 기러기가 날갯짓을 하

---

57) 이황(李滉). 주) 11.

고 안개가 자욱하니 자연의 조화를 통하여 별천지임을 보여 주고 있다.

시 후반에서는 절경에 매료되어 정신이 어리둥절하고 강과 직접 연결된 누각에 오르니 누각은 물론 자신도 함께 물 위에 떠 있는 기분이다. "명예스러운 구속"이란 이곳을 함부로 떠날 수 없다는 뜻이며, 이런 사실이 다행스럽게도 여기에 오래 머물러 있을 수 있는 구속 가운데 자유를 누리는 행복감에 젖어 있다.

함벽루를 찾아가는 길목에 자그마한 단청 비각이 눈에 띈다.

신라 선덕왕 때 백제군과 용감하게 싸우다 죽은 죽죽(竹竹)의 용맹스러운 충절을 기리기 위하여 세운 비이다.

죽죽은 신라의 대야성에서 벌어졌던 백제군과의 전투에서 최후까지 싸우다 전사한 인물이다. 죽죽이란 이름은 아버지가 대나무처럼 죽을 때에도 시들지 않고 꺾일지언정 굽히지 말라는 뜻에서 지은 것이라고 한다. (경남유형문화재 제28호)

경상남도

함양군

함양군은 경상남도 남북부에 위치하며, 소백산맥이 북에서 남으로 뻗어 있고 사방이 험한 산지로 둘러싸여 산간분지를 이룬다.

남계천이 덕유산에서 발원하여 남류하여 큰 산간분지를 만들고 옥산리 봉정마을에서부터 남쪽으로 좁은 계곡을 따라 흐르면서 아름다운 경관을 보여준다.

함양은 경북 안동과 더불어 유교 문화의 고장으로 손꼽히는 곳이다. 곳곳에 서원과 누각이 있고, 계곡을 바라보는 경치 좋은 곳에는 어김없이 정자가 들어서 있다.

하림동 계곡만 해도 반석 위의 곳곳에는 거연정, 동호정, 농월정 등 유서 깊은 정자들이 이어져 있어 정자마을이라고 부를만하다.

최치원이 음유하던 : 학사루(學士樓)

— 경상남도 함양군 함양면 상동 (경남 유형문화재 제90호)

함양은 병풍처럼 둘러싸인 높은 산에서 흘러나오는 물이 많아 산천이 매우 아름답고 수려하다.

북동부로 흐르는 푸른 남계천은 위천, 임천강 등과 합류하여 경호강이라는 큰 물줄기를 만들어 산청쪽으로 흘러간다.

신라 말엽 최치원이 이곳 태수였던 것을 비롯하여 김종직, 정여창, 박지원 등이 지방 관리를 거쳐 가면서 많은 업적과 자취를 남겼다.

최치원은 이곳 태수로 부임하여 위천의 홍수를 막기 위해 치수관개사업으로 인공 둑을 쌓고, 작은 길을 만들어 120개 종류의 나무를 제방에 따라 심었다.

이 누각의 창건연대는 알 수 없으나 대개 통일신라 때로 짐작된다.

최치원이 누각에 자주 올라 시를 짓고 읊으며 자연을 완상한 곳이라 하여 학사루라고 이름을 지었다고 한다.

학사루

　김종직이 함양군수로 부임하여 학사루에 걸린 유자광(柳子光)의 시판(詩板)을 철거하면서 두 사람의 개인적인 감정이 고조되어 연산군 때의 무오사화(戊午士禍)에서 김종직의 조의제문(弔義帝文)을 문제 삼아 그의 무덤을 파헤치고 시체를 칼질하는 형벌을 가하였고 문집도 일부 소각되는 화를 입게 되었다.

　이 누각은 임진왜란 때 소실, 1692년에 중건, 본래 함양초등학교 뒤뜰에 있던 것을 1979년에 지금의 위치인 군청 앞으로 옮겨 세웠다.

　건물 구조는 정면 5칸, 측면 2칸의 팔작 2층 목조기와집이며, 둥근 기둥을 받치는 초석은 자연석을 원형으로 가공한 것이며 댓돌을 길게 쌓아 기단을 만들었다. 2층 누각의 기둥에는 주련시가 걸려 있어 서부 내륙지방의 유학적 풍취를 보여 주고 있다.

학사루 기둥에 걸린 시

작자미상

칠월 매미소리 누각에 가득 찬데
다락에 올라 회고하니 쓸쓸한 가을이라네
상하림 긴 숲에 성만 높이 솟았고
큰 들 동남으로 두 냇물이 흐르네
학사는 이미 황학을 타고 가버렸고
길손은 부질없이 흰 구름만 쳐다보네
가련하다 풍물은 예나 지금이나 같은데
언제나 시편만은 처마 머리에 걸려 있네

七月蟬聲滿一樓 登臨回顧又傷秋 長林上下高城出 大野東南二水流
學士已乘黃鶴去 行人空見白雲留 可憐風物今猶昔 常有詩篇揚軒頭
(作者未詳 : 學士樓 柱聯詩)

이 시는 작자미상이며 현재 누각의 기둥에 걸려 있는 칠언율시이
다.

누각에서 맞이하는 계절은 매미 우는 쓸쓸한 가을이다. 상하림의
긴 숲과 성이 높이 솟아 있는 사이를 두 강줄기가 흘러가는 정경을
읊었다.

시 후반에서 화자는 이 누각에 올라 음유(吟遊)하던 신라 말엽의

학자 최치원을 생각한다. 그는 이미 황학을 타고 떠나갔다는 것은 신선이 되었다는 뜻이며, 지금 화자는 부질없이 하늘의 흰 구름만 쳐다본다.

가련하구나 누각 주변의 풍경은 예나 지금이나 변하지 않았는데 한번 가면 다시 오지 않는 인생은 무상하여 지금은 다만 누각 기둥에 걸어 놓은 시편만 그대로 남아 있는 쓸쓸한 감회를 읊었다.

학사루 아래 매화가 처음 피어서 병중에 두 수를 읊다

김종직(金宗直)58)

학사루 앞에 홀로 선 신선과
서로 만나 한번 웃으니 예전 그대로일세
가마 타고 지나려다 다시 잡고 위로하노니
금년에는 봄바람이 너무도 거세게 부네(첫째 수)

춘곤에 병까지 겹친 때 청명절을 보내니
벼슬살이 조용하여 잠 이르기도 쉽네
매화 곁에 가니 그윽한 향기 일어나 읊고 있는데
아전들이 서로 사군이 술이 깨었다고 말하네 (둘째 수)

學士樓前獨立仙　相逢一笑故依然　肩輿欲過還攀慰　今歲春風太劇顚
(其一)

---

58) 김종직(金宗直) 주) 31 참조.

春愮和疾過清明 官況惛惛睡易成 吟到梅邊幽興動 胥爭道使君醒
(其二)
(金宗直：學士樓下梅花始開花病中吟得二首・佔畢齋集 7:1)

학사루 앞에 홀로 선 신선은 지난 세월 이 누각에 올라 시를 읊으며 놀던 최치원이며, 여기 오니 그 사람과 대면한 것처럼 기뻐서 웃는다.

지나가다 미련이 남아 다시 누각을 찾아와서 마음의 위로를 받는다. "봄바람이 거세다" 함은 화자는 지금 병중에 있기 때문이다. 즐거운 봄을 맞이하여 매화가 처음 핀 것을 보면 한없이 마음이 기뻤을 터인데 봄바람을 오히려 부담스럽게 느끼니 결국 건강 때문이다. (첫째 수)

춘곤과 병에 시달리는 몸이 청명절기를 지나면서 몸이 회복된 기미를 보인다. 관리 생활도 순조로우니 근심걱정이 사라져서 마음 편안하게 잠을 이룰 수 있고, 매화도 피어서 그윽한 향기를 뿜으니 흥취가 일어나서 시를 읊고 있는 여유를 보내는데 옆에서 자기를 지켜보던 아전들이 사군이 술에서 깨었다고 떠드는 소리를 듣는다

첫 수에 비해 이 두 번째 시에서는 화자가 유감없이 매화가 핀 봄을 즐기고 있는 모습이 잘 반영되었다.

학사루

노진(盧禛)59)

산수에 아름답게 둘러싸인 하나의 별천지
이곳 누각에 와 있으니 신선이 된 것 같네
마을에 이어진 푸른 대자리에 드니 시원하고
연기로 어두운 긴 숲의 그림자 자리에 와 잠기네
점필재의 풍류는 백년이 지나갔고
최고운의 남긴 흔적은 천년이 지났네
인간세계를 살펴보니 부질없이 오래 머물었고
난간에서 시를 읊으니 소년시절 생각나네

山水縈迴別一天 樓居此地怳若仙 村連碧篠凉侵席 烟暝長林影蘸延
佔畢風流年過百 孤雲陳跡歲垂千 人間俯仰空延佇 嘯詠欄楯憶少年
(盧禛 : 學士樓 · 咸陽樓亭誌)

화자의 "별천지"나 "신선 같네"라는 용어에서 이곳의 정경을 하나의 이상향으로 상정하고 있다.

마을의 푸른 대나무, 연기 낀 긴 숲의 그림자 등이 앉은 자리를 시원하게 하니 자연과의 조화가 잘 이루어진 평화스러운 분위기를 보여주었다.

시 후반에서 화자는 김종직의 풍류가 흘러간 지 백년이 되었고,

---

59) 노진(盧禛:1518~1578) 조선조 선조 때 문관, 호는 옥계(玉溪), 1546년에 문과에 급제, 대사간, 대사헌을 역임, 『옥계집』(玉溪集)이 있다.

최치원의 흔적은 천년의 세월이 흘렀다며, 모두 이 고을의 지난날의 이름난 지방관들이며 그들의 자취를 회상하였다.

그들이 남기고 간 여러 자취를 생각하는 가운데 화자는 난간에서 시를 읊으며 어린시절 자신에 대한 생각에 빠져든다.

기암괴석에 올라앉은 : 거연정(居然亭)

— 경상남도 함양군 서하면 봉전리

육십령을 넘어 안의면으로 향하는 길을 따라 화림동 계곡을 내려오다가 만나는 첫 번째 정자가 거연정이다. 맑은 물살이 흐르다가 심연을 만들고 그 가운데 집채만한 바위가 시냇물 가운데 솟구쳐 있는데 거연정은 그 바위에 앉아 있다.

정자까지 가려면 아치형의 구름다리를 건너야 한다. 누각에서 계곡을 바라보는 것보다 멀찌감치 떨어져서 바라보는 정자가 오히려 운치가 있다.

울퉁불퉁한 바위 위에 길고 짧은 기둥으로 높이를 맞춘 이른바 자연을 훼손하지 않고 만들어진 특이한 건물이다.

이 정자는 1613년에 중추부사를 지낸 전시서(全時叙)가 지은 초옥을 1885년에 후손들이 기와를 얹어서 고쳐지었다.

정자의 구조는 정면 3칸, 측면 2칸의 팔작기와집이며, 팔각의 주초석을 놓고 추녀 네 귀에는 활주를 세워 안정감 있게 보이도록 하였다. 뒤쪽 가운데에 한 칸의 방을 두고 방문을 뗄 수 있도록 하여 필요한 경우 넓은 마루로 이용할 수 있게 하였다.

거연정

거연정

송병선(宋秉璿)[60]

늙어감에 오히려 흥이 겨워서
좋은 때에 문득 유람하게 되었네
아름답기로 소문난 세 고을 땅에는
전씨 가문의 백년된 정자가 있네
사람은 태어날 때부터 터전이 있고

---

60) 송병선(宋秉璿: 1836~1905) 구한말 충신. 호는 연재(淵齋). 참판·대사헌을 지
   냈다. 을사보호조약 체결 후 울분을 참지 못하여 자살.

산은 태고의 정을 머금었네
조용하고 앞이 탁 트이면서 열려 있어
낮은 소리로 읊으면서 물가로 내려가네

老去猶餘興 佳辰輒有行 名區三洞地 全氏百年亭
人在先天界 山含太古情 幽閑兼敞豁 微詠下空汀
(宋秉璿 : 居然亭·板上詩)

흥이 겨워서 이 정자를 찾아 유람하게 된 동기와 이 안의에 있는
삼동(三洞)으로 불리는 경치 좋고 아름다운 화림동, 심진동, 원학동
등은 함양을 대표하는 절승지에 있는 백년 역사를 간직한 가문의 정
자를 찾아왔다는 목적을 분명하게 밝혔다.

후반에서는 인간은 본래 태어날 때부터 생활 터전이 마련되어 있
고, 산은 태고 때부터 인간에게 무한한 정취를 제공한다. 인간과 자
연을 대조하면서 서로의 의존 관계를 밝혔다.

정자는 앞이 탁 트이고 열려 있어서 낮은 소리로 시를 읊으면서 물
가로 내려갔다는 모습에서 화자의 풍류생활을 여실하게 볼 수 있다.

거연정

전우대(全瑀大)[61]

거연정을 바위 틈에 세우니
천지가 비밀리에 간직한 물체로 되었네

---

61) 전우대(全瑀大). 미상

예로부터 어진 분들의 발자취가 머물었고
지금까지 산수에는 정기가 흐르고 있네
지금까지 산수에는 정기가 흐르고 있네
꽃 피고 숲이 무성한 깊은 고울이 되어
고기는 뛰놀고 용이 날으는 깨끗한 물가라네
선조가 남긴 법에 따라 좇는다면
시로서 조상을 생각하며 말씀 새기리라

居然亭立作岩局　地秘天藏物以形　自古仁賢留杖履　至今山水流精靈
花開林茂深深洞　魚躍龍飛淡淡汀　先祖遺模因勿替　詩能追遠敢言銘
(全璃大 : 居然亭·板上詩)

　바위틈에 세워진 정자가 하나의 물체로 세상에 나타났고, 옛날부터 어진 사람들이 이곳에 머물었던 발자취가 남아 있다. 그분들의 정신이 지금도 흘러내려오고 있다는 것은 정자의 건립과 그 후의 선비들의 행보에 대한 회상이다.

　육지에서는 화림이란 이름처럼 꽃이 피고 숲이 무성하여 깊고, 물에서는 고기가 뛰어놀고 용이 나는 정경은 정자 주변의 아름다움을 돋보이게 하기 위한 미화(美化)적 표현이다.

　선조들이 남긴 법에 따라 시를 지어 후세에 오래 남을 수 있게 새겨 놓겠다고 다짐한다.

너럭바위를 바라보는 : 동호정(東湖亭)

거여정에서 가던 길을 따라 1.5 km 더 가면 길 오른쪽으로 동호정이 나온다.

물가의 겹겹한 너럭바위를 바라보고 있는 동호정 앞의 계곡에는 길이 60m, 폭 40m 정도의 암반이 섬처럼 솟아 있고, 그 가운데에 생긴 웅덩이에 물이 고여 있다가 암반 양쪽으로 잔잔하게 흘러내린다. 차일암이라고 부르는 이 암반 곳곳에 금적암(琴笛岩), 영가대(詠歌臺) 등 왕년에 풍류스럽게 놀던 선비들이 새겨 놓은 글씨가 지금도 선명하다.

정자의 창건 연대는 분명하지 않으나 임진왜란 때 좌승지를 지낸 동호(東湖) 장만리(章萬里)가 벼슬에서 물러나 만년을 보낸 곳으로 후손인 장대진(章大震)등이 세웠다.

정자의 구조는 정면 3칸, 측면 2칸의 팔작기와지붕의 2층 누각으로 노송에 둘러싸여 있다. 추녀의 네 귀에는 활주를 세웠고, 나무의 자연미를 살려 주춧돌 없이 암반 위에 기둥을 세웠다. 커다란 통나무 두 개를 잇대어 비스듬하게 세우고 도끼로 내리쳐 홈을 파서 만든 계단이 나무의 자연스러운 맛을 잘 살려 운치가 있다. 2층에는 사방에 난간이 둘러 있다.

초현(綃峴)에 살 곳을 정하다

장만리(章萬里)[62]

동으로 흐르는 물의 호숫가에
이름난 곳을 찾아 새롭게 집을 지었네
자연과의 인연이 있어 먼저 착수하였고
운림에 욕됨이 없이 생을 마칠 수 있네
낚시터에서 도롱이와 삿갓 쓰고 안개비를 맞고
절벽의 복사꽃은 아름다운 마을의 봄을 맞으니
바위굴에서 원학과 한편이 되어 벗을 하니
성스럽고 밝은 세상에 오직 한가한 사람이라네

東流湖水水之濱　尋得名區卜築新　泉石有緣先着手　雲林無辱可終身
釣臺蓑笠烟波雨　絶壁桃花玉洞春　岩穴許爲猿鶴友　聖明天地一閒人
(章萬里：綃峴卜居·板上詩)

　새집을 동쪽으로 흐르는 물가의 이름 난 곳에 지었다는 사실과 구름 낀 숲속에 인연이 닿아 집을 지었으니 생을 마칠 때까지 욕됨

---

62) 장만리(章萬里), 미상.

동호정

이 없는 인생을 살고 싶은 것이 화자의 바람이다.

후반에서 화자는 낚시터에서 도롱이와 삿갓을 쓰고 안개비를 맞고 있으며, 아름다운 마을의 절벽에서는 복숭아꽃이 봄을 맞아 피고 있는 그림과 같은 정경이 전개되고 있다.

바위굴 주변의 원숭이와 학과 짝이 되어 벗을 삼고 있는 자신을 신성스럽고 밝은 세상에서 살고 있는 한가한 사람으로 인식하고 있다. 화자는 밝고 평화스럽고 한가한 생활에서 자연과 합일된 긍정적 삶을 영위하면서 만족하고 있다. (초현은 정자가 있는 땅 이름)

동호정

유인영(柳寅榮)[63]

동호의 정자 비단 물가에서
붉은 빛 나르는 듯 눈에 띄어 새롭네
천석에 자주 머물다 지나가는 길손이
산수가 지켜주니 넌지시 몸을 가까이 하네
내가 와도 바위에는 아직 꽃이 필지 못하고
고개 마루에 구름이 감돌아 마을의 봄이 묻혔네
장한 자취는 운퇴하여 삼백년 뒤에
자손들이 많아서 선인을 이었다네

東湖亭子錦之濱 丹臒翬如入眼新 泉石頻留經過客 烟霞來護隱接身
吾行未及岩花節 嶺雲還埋洞府春 壯蹟龍蛇三百後 雲孫多有繼先人
(柳寅榮 : 東湖亭·板上詩)

비단처럼 아름다운 물가에 서 있는 동호정은 붉은 빛으로 단장하여 더욱 아름답게 화자의 눈에 비친다. 자연을 찾아 세상을 등지고 사는 은둔자들은 안개와 놀이 자신들의 환경을 지켜주는 것을 알고 넌지시 가까이 한다.

화자는 바위에 꽃이 피는 계절을 놓쳤고, 고갯마루의 그름이 감돌아 마을의 봄도 묻혀 버려서 아름다운 자연을 완상할 수 있는 행운을 얻지 못한다. 선조가 이곳에 남긴 장한 자취가 삼백년 지난 오늘에도 후손들이 유지를 계승한데 대하여 대견스럽게 생각한다.

---

63) 유인영(柳寅榮), 미상.

풍치가 으뜸인 : 농월정(弄月亭)

— 경상남도 함양군 안의면 월림리

한림동 계곡은 안의향교에서 시작된다. 황석산을 바라보며 4km 가량 계속 거슬러 올라가면 천 평이 됨직한 너럭바위 위에 농월정이 시선을 끈다.

농월정은 함양의 여덟 정자 중에서도 당연 풍치가 으뜸이라고 한다. 계곡 물에 떨어진 교교한 달빛을 바람이 일렁이며 희롱한다. 그래서 농월이란 이름이 붙여졌나 본다.

이 정자는 관찰사와 예조참판을 지내고 임진왜란 때 의병을 일으켰던 지족당(知足堂) 박명부(朴明榑)가 노닐던 곳으로 1721년에 그의 후손들이 세웠다. "달빛이 비치는 연못 바위(月淵岩)"라는 뜻의 너럭바위 위에 정자를 세웠다.

물줄기가 크게 돌고 한 아름씩 되는 구멍이 뚫린 바위가 발아래 펼쳐 있어 절경을 이룬다.

누각에서 오른쪽을 바라보면 "지족당이 지팡이 짚고 신을 끌던 곳"(知足堂杖履之所)라는 힘있게 바위 위에 새긴 지족당의 글씨가 지

농월정

금도 선명하게 남아 있다.

　정자의 구조는 정면 3칸, 측면 2칸의 팔작지붕으로 지어진 누각으로 추녀 네 귀에는 활주를 세웠다. 3면에 계자 난간을 둘렀고, 뒤쪽 가운데 한 칸의 바람막이 작은 방을 두었다.

농월정

박명부(朴明榑)64)

길 옆에 있는 별천지의 그윽한 곳을 누가 알리오
산은 빙 들러 있고 물은 머무는 듯하네
섬돌을 비친 못의 물은 맑고도 가득차고

---

64) 박명부(朴明榑), 미상.

창에 찾아드는 푸른 가운은 걷히다가 다시 뜨네
주린 아이 죽으로 입에 풀칠하여도 성내지 않고
손님이 와서 집에 머리를 부딪쳐도 싫어하지 않네
노는 사람들 일 없다 말하지 말게나
늙어서 멋대로 속세를 떠나니 또한 풍류일세

路傍誰識別區幽　山若盤回水若留　映砌池塘澄更滿　撲窓嵐翠捲還浮
兒飢不慍饘糊口　客至寧嫌屋打頭　莫道散人無事業　晩專邱壑亦風流
(朴明榑 : 弄月亭·板上詩)

화자는 정자 주변의 자연환경을 별천지로 규정한다. 그윽한 곳에 사방이 산이 둘러 있고, 흐르는 물은 머물다가 흘러가고, 섬돌의 그림자가 비친 못의 물은 넉넉하고 맑고, 창가에 찾아든 푸른 기운은 걷혔다가 다시 뜨기 시작한다. 이 모든 현상이 화자가 보고 느낀 주변의 아름다운 자연현상이다.

후반에서는 화자의 산속에서의 가난한 실상을 그렸다. 죽으로 끼니를 대신하면서도 불평이 없고, 찾아오는 손님들이 초막 처마에 부딪쳐도 싫어하지 않는다. 문자 그대로 청빈낙도의 경지에서 살아가는 생활상을 형상화하였다.

나이가 들어 아무런 할일이 없는 길손에게 화자는 자신이 늙어서 속세를 버리고 와 마음껏 풍류생활을 할 수 있다는 소신을 말하고 있다.

농월정

박이식(朴以植)[65]

한 폭의 그림 같은 숲속의 샘이 점점 그윽한데
선조께서 남긴 자취 이 가운데 머물렀네
솔바람이 깨끗이 물러나니 맑고 높은 기운이 일고
칠월달이 뜰에 가득하니 귀한 거울이 뜨네
성주의 은혜에 감동하여 늘 북쪽을 바라보고
노년을 즐겁게 보내니 생각은 남쪽으로 향하네
난간에 올라 지나간 긴 세월을 우러르고
바야흐로 못을 찾아가니 물만 흐르네

一幅林泉境轉幽 祖先遺躅此中留 松風灑辟淸高發 梧月盈庭寶鑑浮
聖世感恩常北望 老年寓樂是南頭 登欄溯仰千秋意 爲取方塘活水流
(朴以植 : 弄月亭·板上詩)

한 폭의 그림 같은 물가에 선조가 남긴 아름다운 농월정이 있다.

솔바람이 밈추니 맑고 높은 기운이 일어나고 귀중한 거울 같은 둥근 달이 온 마을을 비친다.

"시원한 맑은 바람과 밝은 달은 돈 한 푼 들이지 않고 누구나 다 완상할 수 있다"(淸風朗月不用一錢買)는 경지를 보여주고 있다.

성스러운 임금의 은혜에 감동하여 늘 임금이 계신 북쪽을 바라보지만, 노년의 즐거움은 남쪽에 있다고 생각한다.

---

65) 박이식(朴以植). 미상

미련(7·8시구)에서는 정자에 올라 지나간 긴 세월을 회상하기도 하고, 쉴 새 없이 흐르는 물을 쳐다보면서 화자의 인생도 저 물처럼 빨리 흘러감을 생각하고 서글픈 생각에 잠긴다.

경상남도

밀양군

밀양군은 경상남도 북부에 위치하며, 지세는 태백산맥의 산지가 군의 동부에 뻗어 있어 대체로 동부쪽으로 높고, 남쪽으로 갈수록 낮은 지대를 이루면서 낙동강과 밀양강 연안에 비옥한 평야가 있다.

동서북쪽으로 높은 산지가 있으며 여기서 발원한 하천이 모두 낙동강의 지루를 이루고 있다. 추화산推火山 남쪽 산기슭에는 영남루가 있는데 진주의 촉석루, 평양의 부벽루와 더불어 우리나라 삼대 누각의 하나다.

넓은 강을 낀 절벽 위의 : 영남루(嶺南樓)

— 경상남도 밀양군 밀양시 내일동 (국가지정 문화재 제147호)

영남루는 밀양시 추화산(推火山) 남쪽 산기슭 절벽 위에 남북으로 길게 뻗은 밀양강변 절벽 위에 자리 잡고 있다.

땅이 기름지고 물 맑고 수려한 산과 절이 많아서 시인묵객과 승려들이 많이 드나들었던 곳이다.

1931년에 조선 16경을 투표로 선출할 때 선정된 명승지이다.

본래 이 누각은 신라 법흥왕 때부터 내려온 절터의 종각인 금벽루(金壁樓)를 고쳐서 고려 공민왕 1263년에 밀양군수 김진(金溱)이 영남루라고 불렀다. 조선조 1460년에 부사인 강숙경(姜叔卿)이 중수하면서 구조물을 크게 넓혔고, 임진왜란 때 소실된 것을 1637년에 다시 중건, 또 불탄 것을 1844년에 부사 이인재(李寅在)가 다시 세워 오늘에 이르렀다.

건물 구조는 정면 5칸, 측면 4칸의 겹처마 팔작기와지붕으로 익공식 건물이다. 서쪽에는 작은 부속건물이 있어 지붕이 여러 단으로 낮아지면서 아름다움을 더해준다.

누각 담벼락을 따라 몇 걸음 내려가면 대밭에 아랑각(阿娘閣)이 있다. 400여년 전에 밀양부사 딸인 아랑낭자가 유모와 통인(通引)의 간계에 빠져 영남루에 달 구경을 나왔다가 통인이 범하려 하자 죽음으로서 정절을 지킨 일을 기리기 위하여 지은 사당이다. 또 누각 옆에는 밀양아리랑의 노래비도 있다.

밀양 영남루시에 차운하다

권 근(權近)66)

백척 높은 다락이 하늘을 떠받치고
온갖 풍경이 책상 앞에 펼쳤네
시내가 가까우니 물소리 난간 밖에서 들리고
구름 개인 푸른 산 기운이 처마 끝에 모이네
천 아랑 밭두둑에는 비 맞은 벼요
십리 마을의 나무에는 연기가 끼었네
필마로 귀양길에 경치 좋은 곳 지나다가
올라와 바라보고 손님 자리에 끼었네

高樓百尺控長天　風景森羅几案前　川近水聲流檻外　雲開山翠滴簷邊
千畦壟畝禾經雨　十里閭閻樹帶烟　匹馬南遷過勝地　可堪登眺添賓筵
(權近 : 次密城嶺南樓韻・陽村集 7 : 2)

---

66) 권근(權近 : 1352~1409) 조선초기 문신, 호는 양촌(陽村), 14세에 병과에 급제, 대제학 역임, 성리학에 조예가 깊었고 문장에 능하였다. 『양촌집』(陽村集)이 있다.

영남루

화자는 지금 책상 앞에서 누각과 그 주변의 아름다운 경치를 바라보고 있다.

다락이 하늘에 솟아 있다는 것이 일반적인 표현인데 화자는 "다락이 하늘을 떠받친"다는 특색 있는 의인법을 사용하였다. 누각이 한없이 높다는 현상을 주목할 만한 기법을 사용하여 형상화하였다.

"푸른 산 기운이 처마 끝에 모이네" 등의 활유법도 화자 고유의 시각을 통한 절묘한 관찰법을 구사하였다. 그리고 비가 내리고 연기 낀 전원 마을의 아름다운 자연 풍경도 놓치지 않았다.

경치 좋은 곳을 그냥 지나칠 수 없어서 누각에 올라 바라보는데 마침 술자리가 열리고 있어 거기에 끼어 어울리는 화자의 여유 있고 풍류스러운 생활 실상을 여실하게 보여 주고 있다.

영남루

하 륜(河崙)[67]

누가 높은 다락을 지어 하늘 가까이 올렸나
벽 사이에 걸린 판상시가 기둥머리를 다 채웠네
세월은 세차게 흘러 개울 속에 임하니
지난 일 아득하여 기둥 가에 기대네
십리 뽕나무와 삼에는 비와 이슬이 깊었고
한 지경 산과 물에는 구름과 연기가 자욱하네
늦게 찾아오니 저무는 해 아름답게 보이고
달빛 가득한 긴 강에 다시 자리를 펼치네

誰構岑樓上接天 壁間題詠盡廬前　流年衮衮臨川裏　往事悠悠倚柱邊
十里桑麻深雨露　一區山水老雲煙　晚來已見斜陽好　月滿長江更肆筵
(河崙 : 嶺南樓・浩亭集 1 : 6)

　절벽 위에 높이 솟은 누각과 그 안에 빈틈없이 걸려있는 제영시
에 시선을 보낸다. 세월은 개울물과 함께 사정없이 흘러가니 기둥에
기대어 부질없이 저 물과 함께 흘러간 지난날의 허무한 일들을 회상
한다.

---

67) 하륜(河崙 : 1347~1416) 조선조 초기의 문신, 호는 호정(浩亭), 1365년에 문과
　　에 급제, 충청 도관찰사(都觀察使). 왕자의 난 편정, 우의정, 영의정 역임.『호
　　정집』(浩亭集)이 있다.

화자는 거리를 두고 비와 이슬, 구름과 연기가 자욱한 전원 풍경을 보고 호기심에 찬 정서를 보낸다.

저물어가는 햇빛의 아름다움을 감상하면서 달 밝은 밤에는 긴 강변에 마련한 술자리에 어울리면서 한가로운 풍류생활에 빠져든다.

영남루시

이숭인(李崇仁)[68]

높은 다락에 올라 바라보니 하늘에 오르는 듯하고
경치가 어지럽게 앞뒤에 갑작스럽게 전개되네
바람과 달이 맑기는 예나 지금이나 같은데
강과 산은 10리로 가운데인지 가인지 모르겠네
가을이 깊어 관도에는 단풍이 비치고
날 저른 어촌에는 흰 연기 일어나네
길손이 오래도록 읊어도 시를 이루지 못하는데
사군이 술상을 차려 첫 자리를 마련하였네

高樓登眺若登天　景物紛然後忽前　風月雙淸是今古　山川十里自中邊
秋深官道映紅樹　日暮漁村生白烟　客子長吟詩未就　使君尊俎秩初筵
(李崇仁 : 題嶺南樓 · 陶隱集 2 : 24)

절벽 위의 다락에 직접 오르니 하늘에 닿은 기분이다. 어지러울

---

68) 이숭인(李崇仁 : 1349~1392) 고려말 학자, 호는 도은(陶隱), 공민왕 때 문과에
　급제, 밀직제학(密直提學)이 되어 정몽수와 함께 실록을 편수하고 동지사사
　(同知司事)가 되었다. 『도운집』(陶隱集)이 있다.

정도로 아름다운 주위 환경이 전방 위에 전개된다.

바람과 달이 맑고 밝음을 옛 선비들은 쌍청(雙淸)이라고 하여 가장 아름다운 분위기로 대우하여 왔다. 바람과 달뿐만 아니라 강과 산의 자연스런 경치가 사방을 에워싸고 있으니 화자는 자기가 지금 어디 있는지 분간하지 못할 정도로 흥분되고 어지러운 상태다.

시선을 전원으로 옮겨서 깊은 가을의 단풍과 어촌의 흰 연기가 빚어내는 풍경에 감동한다.

길손인 화자는 절승을 감상하고 시를 읊을 생각이 간절하나 뜻대로 이루지 못한다.

마침 지방 관리가 술상을 마련하였으니 거기에 참여하여 풍류스러운 한때를 보내려고 한다.

영남루

신석균(申奭均)[69]

가을바람에 나그네가 영남루에 오르니
수구천산의 경치를 거둬들이기 어렵네
만호장안에 생황의 노래 들리는 밝은 달밤에
큰 강 흰 구름의 가을에 어부의 피리소리 들리네
노승원 속의 밤 종소리는 은은하고
열녀의 사당 앞에는 낙엽이 떨어지네
눈에 가득찬 갈대꽃은 삼십인데

---

69) 신석균(申奭均), 미상.

기러기떼 수없이 긴 물가에 날아드네

西風人倚嶺南樓 水國靑山散不收 萬戶笙歌明月夜 一江漁笛白雲秋
老僧院裏疎鐘晩 烈女祠前落葉流 滿眼蘆花三十里 鴈鴻無數下長洲
(申維均 : 嶺南樓 · 大東詩選 10 : 12)

화자는 가을바람을 맞으며 누각에 오른다. 물 맑고 푸른 산이 빚어낸 승경을 다 받아들일 수 없다는 감격스러운 심정을 드러내었다.

달 밝은 밤에 큰 저잣거리에서는 생황 부는 소리가 들리는가 하면 한편으로는 구름 낀 가을 하늘에 어부의 피리소리가 들리고 노승들이 살고 있는 산사에서는 해질녘 은은하게 종소리가 들인다. 청각을 자극하는 여러 가지 소리를 동시에 듣는다. 가을 달밤의 교향곡이다.

절개를 지키기 위하여 스스로 목숨을 끊는 아름다운 처녀를 모신 아랑각 사당에는 지금 낙엽이 떨어진다. 화자의 쓸쓸한 마음이 적절하게 반영되었다.

삼십리나 멀게 펼쳐진 갈대꽃 핀 들판 물가에는 수없이 많은 기러기 떼가 날아든다.

그림처럼 아름다운 누각 주변의 가을 환경에 도취된 화자는 삶에 대한 걱정은 한 마디도 없이 자연에 몰입하여 물아일체의 경지에서 한가한 한때를 보내고 있다.

경상남도

함안군

함안군은 경상남도 중남부, 마산의 서북부에 위치하고 있다. 지형은 남동 중앙에 많은 산이 남쪽과 동쪽 주변에 잇달아 있고, 북쪽은 낙동강 지루인 남강연안에는 평야가 비교적 넓게 발달되어 있다.

동쪽은 구마고속도로, 남쪽은 남해고속도로가 지나가고 있어 편리한 교통을 자랑한다. 곳곳에 있는 성곽, 고분, 서원, 정자 등은 함안의 오래된 역사를 느끼게 한다.

두 강이 합류하는 지점의 : 합강정(合江亭)

- 경상남도 함안군 대산면 장암리

정자는 낙동강 절벽 위에 있다. 강변의 갈대밭을 바라보며 주위는 온통 소나무 숲으로 덮여 있고, 강 쪽을 내려다보면 유유히 흘러내리는 낙동강 허리부분에 남강이 합류하여 정자 아래로 흘러가는 모습은 문자 그대로 장관이다.

강 건너에는 넓은 백사장이 시야에 들어온다. 정자 앞에는 수백년의 넘는 은행나무가 정자의 역사를 말하듯 서 있고, 멀리 강변에는 낚시를 드리운 강태공의 모습이 아득하게 보인다.

정자는 1633년에 건립하였으며 공조좌랑을 지낸 간송(澗松) 조임도(趙任道)가 은거 수학하던 곳이다.

건물 구조는 정면 3칸, 측면 2칸, 지붕은 팔작기와로 건축되었고 건물 내부에는 '강재12영(江齋十二詠)'이란 현판이 걸려 있다.

합강정

조찬한(趙纘韓)70)

천 층이나 되는 쇠낭떨어지 푸른 병풍을 끼고
물결에 거꾸로 비친 푸른 그림자 흔들리며 떠가네
산이 열린 작은 기슭에서 세상에서 달아나듯
힘찬 강물은 짝을 지어 흐르면서 정자를 둘러싸네
봉래산에는 아직 속세의 자취를 멀리하지 않았고
무릉은 하필 신선세계의 빗장을 잠가버렸는가
쓸쓸히 배를 돌려 큰 길을 찾아가니
비와 구름의 모습이 다시 아득하고 쓸쓸하네

鐵崿千層擁翠屏 倒波搖影碧浮浮 山開小麓如逃世 江合雙流爲遠亭
蓬島未應遠俗迹 武陵何必鎖仙扃 悄然回棹尋官路 雨候雲容更杳冥
(趙纘韓 : 合江亭·玄洲集 6 : 29)

화자는 천층이나 되는 높은 지대에 있는 정자 위에서 낙동강과 남강이 합쳐서 흐르는 장관을 보고 있다.

사방이 산으로 둘러싸인 열린 틈을 뚫고 물줄기가 정자를 둘러싸면서 흐르는 모습을 예리한 관찰과 특징적인 필치로 표현하였다.

---

70) 조찬한(趙纘韓 1572~1631) 인조 때 문관. 호는 현주(玄洲). 1606년에 문과에 급제. 영암·영주군수, 삼도토포사(三道討捕使)가 되어 남도에 출몰하는 덕적을 소탕, 예조참의와 동부승지 등을 역임하였다.

합강정

산속에 파묻힌 정자에 오르니 화자는 역시 신선세계에 대한 동경심이 일어난다고 말하였다.

신선세계인 봉래산에는 아직도 속세와의 인연을 멀리하지 않았다. 무릉도원(茂陵桃源)의 신선세계에 들어가는 문에 빗장을 잠겨버려서 길이 막혀 있어 갈 수 없다고 절망한다. 할 수 없이 배를 돌려 큰길로 나가니 비구름의 모습이 아득하고 쓸쓸하게 느껴진다.

경상남도

하동군

하동군은 경상남도 남서부에 위치하고 있으며, 지형은 동서의 폭이 좁고, 남북으로 길게 뻗어 있는데 북쪽으로 지리산 국립공원이 있고, 남쪽으로 갈수록 고도가 낮아지면서 주위에는 많은 산들이 있다.

하천으로는 북쪽에서 발원하여 남쪽으로 흐르는 섬진강이 군의 서쪽 경계를 이루며 남해로 유입하여 자연적인 경계와 거의 일치하고 있고, 섬진강의 지루인 화개면 대성리에서 발원한 화개천이 남으로 흘러 합류한다.

하동의 동정호를 조망하는 : 악양루(岳陽樓)

- 경상남도 하동군 악양면 미점리

악양루라는 이름은 중국 호남성 악양현에 있는 상벽 서문에 솟아 있는 3층 누각이다. 동정호를 정면으로 조망할 수 있는 웅대한 경관으로 유명하다.

당나라 때 중국의 위대한 시인인 두보(杜甫)의 「등악양루」(登岳陽樓)라는 칠언율시와 송나라 때 범중엄(范仲淹)의 「악양루기」에서 널리 알려졌다.

하동의 악양루는 그 주소 자체가 악양면에 있고, 평사리 앞에는 동정호가에 소상팔경(瀟湘八景)이 있다. 중국의 지명, 하천, 호수, 누각 이름까지 그대로 끌어다 명명하였다.

소상팔경(瀟湘八景)은 중국 호남성 남쪽의 소수(瀟水)와 상수(湘水)가 합치는 지점에 있고, 그 근처에는 여덟 곳의 절승한 풍경이 있는데, 이것을 지칭하는 말이다.

송나라 송적(宋迪)이 8폭의 화폭에 그려 넣는 후부터 유명해졌다. 이곳 하동에서도 소상팔경이 있어 8수의 시로 읊었다.

하동의 악양루는 창건연대가 분명하지 않으며 1936년에 유적을 찾아 면내 유지들이 재건하였다. 누각에 오르면 멀고 가까운 경치를 조망할 수 있는 위치에 있다.

건물 구조는 정면 3칸, 측면 2칸, 팔작겹처마 2층 기와집이다. 아래층은 자연석 주초에 등근 기둥을 세운 공간이며, 정면에는 2층 누마루에 오르는 계단이 있고, 2층은 사방으로 난간을 둘렀다.

소상팔경

작자미상

구름 끝에 황금덩이의 달이 번쩍이고
서리 내린 뒤 푸른 구슬 물결이 출렁이네
밤이 깊어 바람길 소중하여 알고자 하니
고기배의 불이 한결 높이 보이네
(동정의 가을달)

수평선 위 먼 하늘에 햇살이 비기고
햇빛 따라 돌아오는 기러기는 물가 모래에 내리네
가을 하늘 푸른네 굴시어 오다가 흩이지고
나직히 누런 갈대를 헤치니 눈꽃이 일어나네
(모래톱에 내리는 기러기)

雲端澈澈黃金餠 霜後溶溶碧玉濤 欲識夜深風路重 倚船漁火一肩高
(洞庭秋月)

水遠天長日脚斜 隨陽歸雁下汀沙 行行點破秋空碧 低拂黃蘆動雪花
(平沙落雁)

악양루

구름 위에 솟아오른 황금덩이 같은 밝고 찬란한 가을 달빛에 동정의 물결이 푸른 구슬처럼 출렁이는 밤풍경에 감동한다.

밤이 깊어 바람 부는 방향을 알고자 하는데 달은 벌써 고깃배에 걸린 등불보다 높이 떠 있다.

동정호 주변을 비치는 밝고 아름다운 달빛이 빚어내는 서정을 그림을 감상하는 듯이 표현하였다.

수평선 저 멀리 하늘에서 햇살이 비추고 있을 때 햇빛 따라 날아오는 기러기들이 물가 모래톱에 내리는 평화스러운 모습을 화자는 발견한다. 푸른 가을 하늘에서 흩어져서 갈대밭에 내리니 마치 눈꽃같이 핀 갈대꽃이 아름답기 그지없다.

멀리서 철따라 날아오는 기러기에 초점을 맞추어 갈대밭에 앉는
기러기의 아름다운 광경을 사랑스런 눈으로 바라본다.

악양루

정승현(鄭承鉉)[71]

이름난 곳은 본시 자취만 남아있어
옛터에 새로 다락을 세웠네
산은 멀리 하늘과 서로 연접하고
강은 높이 누각과 견주어 떠 있네
아침 저녁 경치에는 흐림과 갬이 있고
고금의 시름에는 성쇠가 있네
범중엄 재상은 감탄하여 글짓기 어려웠으니
누구에게 진퇴하는 근심을 맡기리

名區元不廢 舊址更新樓 山逈天相接 江高比共浮 陰清朝暮景 興替古
今愁 范相嗟難作 誰任進退憂 (鄭承鉉 : 岳陽樓·柱聯詩)

화자는 먼저 재건된 이 누각의 환경이 특수함을 발견한다.

지리산 봉우리는 높아서 하늘에 닿아있고, 긴 섬진강은 누각과 견
주어 함께 떠 있는 섬진강 주변의 특수성을 형상화하였다.

아침 저녁의 경치에는 흐리고 개인 때가 있듯이 자연과 우리 인
생에는 흥할 때와 쇠퇴할 때가 있다.

---

71) 정승현(鄭承鉉), 미상.

　　중국 송나라 때 범중엄 재상은 『단양집』(丹陽集)에 「악양루기」를 써서 이 누각이 유명해졌다. 너무 감동하여 글쓰기에 어려움을 겪었다. 그리고 벼슬길에 나아가고 물러나는 것도 어려운 일이니 거기에 대한 걱정은 자기 몫이며 남에게 맡길 수 없다는 것이 화자의 소신이다. 좋은 일이나 궂은 일 모두가 우리 인생에는 근심스럽고 어려운 일이라는 것이 화자의 인생을 보는 눈이다.

경상남도

진주시

진주시는 경상남도 서남부에 위치하고, 북쪽 비봉산, 남쪽 망진산, 동쪽 선학산 등 100m 내외의 낮은 산으로 둘러싸여 있고, 시가지 중앙은 남강이 동서로 흘러 시를 남북으로 나눈다. 남간 줄기가 분류하여 촉석루 아래 머물었다가 동남방향으로 흘러 높은 절벽과 강물이 맞닿는 곳으로 진주를 찾는 길손들에게 아름다운 인상을 심어 준다. 진주는 역사와 문화의 흥취가 짙게 배어있는 고장이며, 경제, 문화, 교통, 교육 등 모든 분야에서 서부 경남의 중심 역할을 하고 있다.

남강 바위 위에 장엄하게 솟은 : 촉석루(矗石樓)

남강 절벽 위의 진주성은 석성으로 길이 1.7km이며, 성문을 들어서면 바로 눈앞에 유명한 촉석루가 남강을 내려다보고 있다.

우리나라 삼대 누각의 하나로 그 모습이 웅장하고 아름답다.

이 지방 출신인 하륜(河崙)의 기문(記文)에 의하면 "누각이 크고 높으며 확 트여서 굽어보면 긴 강이 밑에 흐르고 여러 봉우리가 그 바깥에 벌여 있다. …푸른 석벽과 긴 모래밭이 곁에 연하여 있다… 새들이 울고 날며, 물고기와 자라가 헤엄치며 자맥질하는 것도, 또한 이 지역의 경물로서 즐거움을 얻은 것이 모두 볼 만하다."(하륜 : 촉석루기문) 이렇게 촉석루는 진주의 명물이며, 승경을 한눈으로 조망할 수 있는 위치에 있다.

이 누각은 임진왜란 당시의 슬픈 역사와 관련되어 있다. 삼대대첩의 하나로 꼽히는 진주대첩이 있었으나 이차 방어 전투에서는 성이 함락 당하는 비운을 맞이하였다. 이때 왜장을 누각 바로 밑 물속에 섬처럼 보이는 작은 바위로 유인하여 껴안고 남강에 몸을 던져 여인의 기개를 유감없이 발휘한 의기(義妓) 논개(論介)의 충절이 얽힌 곳이기도 하다. 그 후부터 이 바위는 의암(義岩)이라고 부르게 되었으며 누각 옆에 1739년에 건립한 의기사(義妓祠)가 있다.

이 누각은 1365(공민왕 14)년에 부사 김중광(金仲光)이 시작하여 안상헌(安常軒)이 완성하였는데, 둘 다 과거에 장원급제한 까닭에 장원루(壯元樓)라고 불렸고, 임진왜란 때는 장군의 지위본부로 남장대(南將臺)라고 부르기도 하였다. 촉석정이란 이름은 강 가운데 뾰족뾰족한 돌이 있어서 붙여졌다고 한다.

임진왜란 때 전소된 것을 1618년에 병사 남이흥(南以興)이 중창, 1725년에 부사 안극효(安克孝)가 8번째로 중수, 6·25 때 소실된 것을 1973년에 중건하여 옛 모습대로 복원하였고, 건물 하단의 나무기둥은 돌기둥으로 교체하였다.

구조는 정면 5칸, 측면 4칸 겹처마에 팔작지붕으로 익공식 2층 누각이다.

진주 촉석루

정을보(鄭乙輔)[72]

황학이란 누각이 이름을 떨치던 그 시절에
호사가 최공이 황학루라는 시를 남겼네
올라와 보니 경치가 예와 다름없건만

---

72) 정을보(鄭乙輔) 고려말 문인, 호는 면재(勉齋), 상서공부시랑(尙書工部侍郞)을 지내다.

시 짓고 읊은 편액의 풍류에는 성쇠가 있네
소치는 언덕과 낚시터에는 가을 풀이 잠기고
무수리 있는 언덕과 백로의 물가에는 석양이 저물고
사면이 모두 푸른 산은 새로 그린 그림같고
세 줄로 선 기생들은 옛노래 부르네
옥피리소리 높이 날으는 산에는 달이 떠오르고
주렴을 반만 걷으니 고개엔 구름이 드리었네
난간에 기대어 머리 돌리니 하늘과 땅이 작아 보이니
이제야 우리 고을이 경치 특별하고 기이함을 믿게 되네

黃鶴名樓彼一時　崔公好事爲留詩　登臨景物無增損　題詠風流有盛衰
牛壟魚磯秋草沒　鶩梁鷺渚夕陽遲　靑山四面皆新畫　紅粉三行唱古詞
玉笛高飛山月上　珠簾半捲嶺雲垂　倚欄回首乾坤小　方信吾鄕特地奇
(鄭乙輔 : 晋州矗石樓・板上詩)

촉석루에 대한 제영시에는 특징이 있다. 현판시를 위시하여 칠언
배율(七言排律)의 시체가 많다는 사실이다. 이 누각에 오르면 시인

들은 역사와 함께 주위의 경관이 수려하며 이에 자극 받아 저마다 시상이 풍부하여 좀더 긴 시를 쓰고 싶은 충동을 느꼈기 때문일 것이다.

화자는 누각을 보자마자 당나라 시인 최호(崔顥)가 「황학루」 시를 발표한 후 유명한 시인이 되었음을 상기하였다.

누각에 올라와 보니 경치는 예나 지금이나 변함없이 아름다운데 누각 안에 걸려 있는 많은 제영시를 보니 풍류에는 성쇠가 있음을 깨닫고 세월이 무상함을 감지한다.

촉석루

누각에서 내려다보니 멀리 강 언덕과 낚시터에는 바야흐로 가을

이 찾아왔고, 새들이 놀고 있는 강가에는 벌써 석양이 찾아 왔다. 고요한 가운데 움직이는 물체를 통하여 계절과 시간의 추이(推移)에 주목한다.

푸른 산은 그림 같이 아름답고, 누각 안에서는 술자리가 베풀어져서 기생들이 피리소리에 맞추어 옛노래를 부른다. 누각에서의 풍류스러운 잔치가 벌어졌다.

밤이 되어 달이 떠오른다. 주렴을 반만 걸어 올리니 산마루에는 구름이 드리웠다. 다시 원경에 시선을 옮기니 하늘과 땅이 작게 보일 정도로 누각이 높이 솟아 있음을 느끼게 한다.

이와 같은 모든 사실로 보아 이제야 내 고향이 경치가 기이함을 화자는 확인한다.

촉석루

백문보(白文寶)[73]

> 누에 올라 놀던 때를 생각하여
> 역지로 강산에 답하여 다시 시를 지으러 하네
> 나라에 어찌 난세를 평정할 어진 사람 없으리
> 술에 취하여 어지러우니 늙어 쇠약한 나를 슬프게 하네
> 맑은 이 경계에 속진의 자취 끊기기 쉽고
> 자리가 넓으니 춤추는 소매 어찌 방해되리
> 붓에 먹을 찍어 멋대로 춘초구조를 이르고

---

73) 백문보(白文寶 : ? ~1374) 고려 공민왕 때 충신, 충숙왕 때 과거에 급제, 우상시(右常侍), 전리판서(典理判書)를 지냈다.

술잔 멈추고 다시 죽지가를 부르네
기생들은 다가앉으니 즐겁고 정다우며
사람들은 시절과 함께 빨리 가기 싫어하네
이 땅의 높은 회포 진정 속세 아니니
적성과 현포도 기이함을 독차지 못하리

登臨偏憶舊遊時　强答江山更覓詩　國豈無賢戡世亂　酒能撩我感年衰
境淸易使塵蹤絶　席闊何妨舞手垂　點筆謾成春草句　停杯且唱竹枝詞
妓從坐促爲歡密　人與時偕欲去遲　此地高懷眞不世　赤城玄圃未全寄
(白文寶：矗石樓·東文選 18：15)

화자는 과거에도 여러 번 이 누각을 찾아왔다. 아름다운 강산을 보고 그냥 갈 수가 없어서 시를 짓고자 한다.

진주성에 대한 비극적 역사를 회상하면서 나라에는 난세를 평정할 어진 사람이 어찌 없으랴, 화자는 이미 늙어서 젊은 기개를 펼칠 수 없으니 그 사실을 슬퍼한다.

이 청정지대에는 속세의 바람이 불어올 수가 없을 것이며, 이 넓은 곳에서 마음껏 춤을 추며 즐기고 싶어 한다.

중국 양(梁)나라 때 강엄(江淹)의 「별부」(別賦)에 "봄풀은 푸른색이며, 봄물은 초록물결"(春草碧色水綠波)이란 시를 본받아 "춘초"라는 시를 짓고 나서, 술잔을 멈추고 「죽지」(竹枝)의 노래를 부른다. 이 노래는 당나라 유우석(劉寓錫)이 낭주(朗州)의 귀양지에서 읊은 남녀의 정사와 지방 풍속을 노래한 악부체의 작품이다.

기생들은 노래가 끝나면 다정스럽게 옆자리에 와서 앉는다. 이렇게 풍류생활이 즐거워서 이곳을 떠나기 싫어한다.

모든 것이 속세가 아닌 신선세계와 같은 이 고장은 중국의 천태산 입구에 있는 아름다운 적성산이나 곤륜산에 있다는 선경이 이 촉석루를 따돌릴 수는 없을 것이다. 이처럼 이 누각은 세계의 유명한 명승지와 견줄 수 있는 선경임을 확인한다.

촉석루

유호인(兪好仁)[74]

푸르고 아득한 강호에서 가장 아름다운 곳에
하늘이 글 짓는 신하를 여기 보냈네
아득안 강언덕에 핀 꽃은 밝기가 비단 같고
겹겹으로 연기 낀 나무는 푸르기가 흐르는 듯하네
오랜 세월 이어온 풍경을 누가 즐기며
술 실은 한 돛배는 멋대로 멈추었다 떴다 하네
해질 무렵 누하주에 취해 잠드는 좋은 곳에
일부러 한평생 남쪽 고을에 머물게 하네

蒼茫湖海最名區　天遣詞臣着此樓　漠漠江花明似錦　重重煙樹翠如流
百年風物誰驅使　一棹艅船任泊浮　落日流霞睡美處　故敎身世滯南州
(兪好仁 : 次矗石樓韻・東國輿地勝覽九)

---

74) 유호인(兪好仁 : 1445~1494) 조선조 초기의 문장가, 호는 임계(林溪), 1474년에 문과에 급제, 합천군수를 지냈으며 당대 삼절이라고 불렸다.

푸르고 아득한 자연의 이름난 곳에 와서 화자는 시를 짓고 싶은
생각이 간절하다.

강언덕의 "꽃은 비단같고", 나무는 "푸르기가 흐르는 듯하네"는
평범한 표현 같이 보이나 아름답고 평온한 정서를 느끼게 하기에 충
분하다.

오랜 세월 이어온 풍경을 즐기기 위하여 술을 싣고 뱃노래를 하
면서 술에 취해 잠이 든다. 소동파의 풍류를 재연한다. 이 아름다운
고장에서 한평생 살고 싶은 것이 화자의 소망이다.

촉석루

신유한(申維翰)75)

긴 강 물줄기 흐름이 도도하고
물줄기 마르지 않으며 넋도 죽지 않았네
진양성 밖의 물은 동쪽으로 흐르고
대숲의 꽃다운 난초의 푸른 빛 못가에 비치네
천지간에 충성 다한 삼장사가 있고
강산의 나그네는 높은 다락에 오르네
노래하는 자리 날씨 따뜻하니 물속의 상어 춤추며
검막에 가을이 깊으니 깃든 백로는 시름하네
남쪽에서 북두성을 보니 전쟁 기미는 없고
장대의 피리와 북소리 봄놀이에 맞추네

---

75) 신유한(申維翰 : 1681~ ?) 조선조 문장가, 호는 청천(靑泉), 1713년에 과거에
급제, 봉상첨정(奉常僉正)을 지냈다. 『청천집』(靑泉集)이 있다.

長江之水流滔滔　波不渴兮魂不死　晋陽城外水東流　叢竹芳蘭綠映洲
天地報君三壯士　江山留客一高樓　歌屛日暖潛鮫舞　劍幕霜浸宿鷺愁
南望斗邊無戰氣　將壇笳鼓伴春遊
(申維翰 : 矗石樓 · 大東詩選 6 : 20)

　진주성 밖에 마르지 않고 변함없이 흐르는 도도한 남강물과 못가
의 푸른빛도 꽃다운 대상으로 찬미하였다.

　화자는 시상을 자연물에서 인간의 삶으로 옮긴다.

　정유재란 때 용감하게 왜놈과 싸우다가 전사한 김천일(金千鎰), 최
경회(崔慶會), 황진(黃進)의 충성스러운 세 장사와 다락에 오른 한가
한 나그네의 모습을 대조하면서 세월의 변화를 실감케 한다.

　노래에 맞추어 물속의 상어가 장단을 맞추고, 시름하는 백로의 상
반된 감정을 대비하면서 희비가 엇갈리는 현실세계의 단면을 드러
낸다.

　점성술(占星術)을 통하여 임진왜란과 같은 악몽이 다시 찾아오지
않을 것을 확신하고, 남장대(촉석루)에서는 평화를 구가하는 악기에
맞추어 즐거운 봄놀이가 벌어진다.

　자연과 역사와 현실을 함께 다루고자 하는 화자의 노력에도 불구
하고 작품이 좀 산만하고 따라서 긴축성이 결여된 느낌을 준다.

호남지방

전라북도

전주시

전주시는 전라북도 중앙부에 위치하고 있으며, 자연환경은 시의 동남과 북동쪽이 모두 노령산맥에 속하는 산지로 북동쪽에 종남산, 동남쪽에 만덕산, 남동쪽에는 고덕산 등이 시의 주변인 완주군에 있다.

하천은 만경강의 상류가 되는 전주천과 삼천천이 있다. 전주천은 임실군 관촉면에서 발원하여 전주 시가를 관류하면서 북동쪽으로 흐른다.

승암산 서쪽 기슭에는 승암사와 전주 천변의 한벽당이 있다. 이 산은 옛날부터 진달래로 유명하다.

전주 팔경 속의 : 한벽당(寒碧堂)

— 전라북도 전주시 완산구 교동 1가 (지방문화재 제15호)

한벽당은 승암산(僧岩山) 기슭에 있는 발산(鉢山) 허리 절벽을 깎아 세운 누정이다. '한벽청운(寒碧晴雲)'이란 전주팔경 중의 하나로 꼽힌 그 속에 자리잡고 있으며, 처음에는 월당루(月塘樓)였으나, 후세 사람들이 벽옥한류(碧玉寒流)라는 글귀에서 따서 지금 이름으로 부르게 된 것으로 추정된다.

전주천은 맑은 골짜기의 물을 불러 모으면서 여러 동네 좁은 목을 굽이 틀어 한벽당 바위돌에 부딪쳐 백옥처럼 부서지면서 계속 흘러 남천으로 흘러간다. 구례, 곡성, 순천, 진주로 가는 나그네들이 발을 멈추고 서로 객수를 달래던 곳이다. 호남 명승지답게 시인묵객들이 남긴 제영시가 건물 안에 많이 걸려 있다.

이 건물은 조선 건국의 충신인 월당(月塘) 최담(崔霮)이 벼슬을 내놓고 고향인 이곳에 와서 한벽당을 짓고 "비가 개인 뒤의 달과 바람(光風霽月), 솔개는 날고 고기는 뛴다(鳶飛漁躍)." 즉 깨끗하고 맑은 마음과 천지조화의 묘함을 이룬다는 뜻의 글자를 돌에 새기고 유유자적하였다.

　정자의 구조는 바위를 깎아서 길고 짧은 주석을 받치고 그 위에는 원형기둥의 겹처마에 팔작기와집으로 되어있으며 정면 3칸 측면 2칸 이며, 처마 밑기둥에는 아름다운 채색의 조각품이 달려 있다. 정자 오른쪽에는 요월대(邀月臺)라는 한 칸 규모의 부속 건물의 별채가 있다.

한벽당시

한　호(韓濩)[76]

푸른 나무가 정자를 둘러싸니 여름날이 서늘하고
산마을에 사는 선비들 모두가 즐거워하네.
좋은 소식을 손님들이 머무는 곳에서 전해 듣고
아름다운 풍속이 좋아 오래된 정자를 공경하네.
도로의 기세는 돌이 얽혀 고르지 못하고
시냇물은 얕았다 깊었다 하여 여울이 생겼네.
지금은 노소를 막론하고 여기에 오르니
명성을 잘 보전하기가 그리 어려운 일 아닐세.

碧樹環亭夏日寒　山村居士諸位歡　仁風傳聞留賓處　美俗縱看敬老欄
路勢有無橫纏石　澗流深淺轉生灘　如今年少長躋此　善養名聲不亦難
(韓濩 : 寒碧堂韻·石峰遺稿)

---

76) 한호(韓濩 : 1543~1605) 조선조의 명필가. 호는 석봉(石峰). 안평대군·김구(金絿)·양사언(楊士彦)과 함께 조선초기의 4대 서도가로 꼽힌다. 개성의 남대문 액서(額書), 행주승전비 등에 필적이 남아 있다. 『석봉유고(石峰遺稿)』가 전한다.

한벽당

정자 주위의 무성한 나무가 그늘을 만들어 여름에도 서늘하고, 이 마을 선비들의 표정도 즐거워 보인다.

세상 소식은 이 정자를 찾아오는 나그네들에게서 전해 들을 수 있다. 아름다운 선조들의 풍속을 좇아 후손들은 대대로 이 정자를 소중하게 생각한다.

정자에서 오르내리는 길은 돌이 얽혀 고르지 못하고, 밑에서 흘러 가는 전주천은 여울을 만들었다.

정자에 오르는 돌길과 푸른 나무, 그 밑으로 흐르는 강의 특이한 자연환경과 정자를 소중하게 여기는 마을의 인심, 길손들에게서 듣는 세상 소식 등 다양한 정자의 기능을 읊었다.

지금은 노소 구별 없이 이 정자에 오르고 있으니 정자에 대한 명성은 변하지 않고 오래 보존할 수 있을 것으로 기대한다.

한벽당

신광수(申光洙)[77]

> 한벽당 앞의 강물은
> 전주 서북으로 흘러오네.
> 글 쓰는 사람들의 세대가 바뀌고
> 가무를 즐기던 손님들을 보내고 맞이하기 바쁘네.
> 난간에 기대니 회포는 멀어지고
> 바람연기 걷히니 넓은 들이 열리네.
> 덧없는 인생이 정을 억누르면서
> 또다시 떠돌아다니네.

寒碧堂前水 全州西北來 文章人代異 歌舞送迎催 懷抱憑欄遠
風煙盡野開 浮生情自勝 未免更徘徊 (申光洙 : 寒碧堂 · 石北集 1 : 9)

　전주시 서북쪽으로 흐르는 전주천은 한벽당 앞으로 흘러간다. 물이 흘러가듯이 시인묵객들의 세대도 바뀌고, 이곳은 잔치를 베풀고 가무를 즐기던 나그네들을 보내고 맞이하기에 바빴다. 지금은 세월이 바뀌어 옛 사람은 볼 수 없다. 모든 것이 떠나고 바뀐다는 사실을 화자는 슬프게 생각한다. 난간에 기대니 회포는 오히려 멀어진다.

---

77) 신광수(申光洙 : 1712~1775) 조선조 영조 때 문신. 호는 석북(石北). 금부도사, 연천현감을 역임. 『부해록(浮海錄)』, 『석북집(石北集)』이 있다.

연기가 걷히니 정자 앞에는 넓은 들이 전개된다. 화자는 흐르는 물을 보고 덧없는 인생 유전을 생각한다. 다시 정자에 올라 탁 트인 무한한 정경을 보고 더욱 감정을 억제하지 못한다. 외롭고 쓸쓸한 마음을 안고 정자 주변을 떠돌아다닌다.

삼가 한벽당 벽상시에 차운하다

최병조(崔秉照)[78]

백척 높은 언덕 앞의 탁 트인 땅 위에
한벽당 이름이 남쪽 고을에 우뚝하네.
여울이 넘쳐흐르는 곳에 고기들은 멋대로 놀고
우뚝 솟은 봉우리와 짙은 그늘에는 새소리 그윽하네.
선조들이 산수에 은거하여 배회함이 만대에 남아 있고
자손들은 계승하여 천년을 맹세하네.
다락에 올라 우러러 뛰어난 이들의 자취가 생각나고
밤마다 동쪽 하늘엔 다락 위에는 달이 떴네.

百尺高岡爽塏頭　堂名寒碧冠南州　飛湍漲濠魚游闊　秀嶂繁陰鳥語幽
先祖考槃遺萬代　後孫肯構誓千秋　登臨仰想英靈跡　夜夜東天月上樓
(崔秉照 : 敬次寒碧堂韻·板上詩)

전망이 좋은 높은 언덕 위에 자리잡은 이름난 정자의 좋은 위치

---

78) 최병조(崔秉照). 미상.

와 깊은 산속에서 우는 새소리가 들려온다. 정자 아래에서 넘쳐흐르는 전주천에서는 고기들이 멋대로 뛰놀고 있다.

그윽하고 정적인 정자 주변과 그 아래 살아 움직이는 동적인 하천을 나란히 놓고 과연 명승지의 정자임을 확인한다.

시 후반에서는 만대에 남을 선조들의 지조가 깃든 자취와 그것을 계승할 자손들의 굳은 결의를 피력한다.

화자는 다시 다락에 올라 우러러 뛰어난 사람들의 지나온 자취를 생각한다. 그때마다 동쪽 하늘에는 밝은 달이 예전과 다름없이 정자 위에 있는 감격스러운 풍경을 만난다.

시 전반부에서는 정자 주변의 아름다운 자연환경을 읊었고, 후반부에서는 정자를 통하여 화자가 받은 정서를 형상화하였다. 한시에서의 전경후정(前景後情)의 전형을 보여 주었다.

전라북도

무주군

무주군은 전라북도 북동부에 위치하고, 5개 도道가 접경을 이루고 있는 곳이다.

자연환경은 군 전체가 소백산맥에 속하여 대부분 산악지대를 이루고 있고, 중앙부에

적상산이 솟아 있으며, 주변에는 덕유산, 대덕산 등 많은 산들이 솟아 있다.

하천으로는 남대천이 구천동에서 발원하고, 구리향천이 덕유산에서 시작하여 금강에

합류하고 있다.

우람한 자태를 자랑하는 : 한풍루(寒風樓)

— 전라북도 무주군 무주읍 당산리 (전북유형문화재 제19호)

아래에는 남대천의 맑은 시냇물, 누 위에는 울창한 나무들이 어우러져 청정하기 이를 데 없는 산수의 수려함을 자랑한다. 이 누각은 전주의 한벽당, 남원의 광한루와 함께 전라북도 삼한(三寒)의 하나다.

창건 연대는 분명하지 않으나 14세기경으로 추정되며 시원한 바람이 주변을 감싸는 곳에 자리잡고 있다.

임진왜란 때 왜군의 방화로 소실된 것을 1599년 무주현감 임환(林懽)이 재건, 1646년에 현감 이휘조(李徽祚)가 중건, 1783년에 현감 이종원이 중수, 일제 강섬기에는 일본인의 손으로 넘어가서 불교 포교 교당으로 사용하다가 충북 영동의 이명주(李命周)에게 넘어가서 이름도 금호정(錦湖亭)으로 바뀌었다. 1971년 무주 군민들의 노력으로 매입하여 현 장소로 이전하였다.

건물 구조는 하층이 전면 3칸, 측면 4칸, 위층은 정면 3칸, 측면 2칸의 팔작기와집에 난간을 둘렀다. '한풍루'라고 쓴 현판 뒷면에는 '한석봉 선생'이란 글씨가 뚜렷하게 적혀 있어 한석봉 선생의 필적

임을 입증한다.

　누각의 위치는 시민공원 안에 있으며, 좌우에는 역대 관찰사들의 공적비, 기념비 등이 서 있다.

무주 한풍루 시에 차운하다

김 담(金淡)79)

　　반은 벼랑에 반은 물가에 걸쳐 있고
　　사립문의 초가집에 세월이 지났네.
　　서적에는 세상 밖의 땅도 들어 있어
　　찾아서 놀러오니 신선세계에 들어온 듯하네.
　　태수의 신선주를 부질없이 마시면서
　　여러분의 '백설'편을 그릇 화답하네.
　　같은 장군의 군막에서 두 상서랑이 먼저 시구를 지으니
　　그 재주 노조린 앞에 있을 만하네.

　　半在山崖半水邊　柴門茅屋度年年　版籍未刪方外地　巡遊如入洞中天
　　浪傾太守丹霞液　錯和諸公白雪篇　共幕二郎先占句　才名定合在盧前
　　(金淡 : 次茂朱寒風樓韻 · 東文選 17 · 17)

　누각의 현재 위치는 '산벼랑'이나 '물가'가 아니니 처음 창건 당시의 모습은 알 수 없다. '사립문'과 '초가'라면 초기의 누각 양상을

---

79) 김담(金淡 : 1416~1468) 조선조 세조 때 문관. 호는 무송헌(撫松軒). 세종 때 문과에 급제, 천문에 뛰어나서 집현전정자(正字)로 있었다. 충주목사로 있을 때 치안을 잘하여 민심을 평안하게 하였다. 『제가력상(諸家曆像)』이 있다.

한풍루

알 수 있다. 그동안 재건과 중수, 그리고 이전 등으로 인하여 많은 변화가 있었다.

"세상 밖의 땅"이란 표현은 신선세계에 들어왔다는 화자의 심정을 나타낸 것이다. 태수가 대접한 '신선주'라는 술에 취하여 정신이 몽롱해 '백설'편에 대한 시에 화답하는 것도 제대로 못한다.

같은 군인의 막사에 살고 있는 두 상서랑이 먼저 시를 지었는데, 재주로 평판이 있는 이들은 분명 당나라의 문장가 노조린(盧照隣 : 문장에 능하여 왕발(王勃)·양형(楊炯)·낙빈왕(駱賓王)과 함께 초당의 4걸이라 일컬었다)보다 문장 솜씨가 낫다고 찬양하였다. 고사에 의하면 양형이 "내가 노(盧)의 앞에 있음이 부끄럽고 왕(王)의 뒤에

처함이 창피하노라"라고 말하였다고 한다. 이 사실을 인용하여 두 상서랑의 문장 솜씨를 칭찬하였다.

창건 당시 누각은 사립문 초가의 모습이어서 신선세계와 같은 진기한 환경이었음을 이 시가 말해준다. 태수가 보낸 신선주로 주연과 시작(詩作) 풍류를 즐기는 모습이 역력하다.

무주 한풍루

성 임(成任)80)

하나의 채찍을 들고 길 떠나는 모습으로 다리를 건너니
색칠한 기둥과 층층한 난간의 기세가 높네.
궁벽한 숲속에 새소리 떠들썩하다가 다시 조용하고
살랑 바람에 물그림자 멈췄다 다시 흔들리네.
처마 앞에 오동잎은 쟁반처럼 크고
둑 위에 버들꽃은 눈처럼 휘날리네.
눈에 가득 찬 맑은 산을 어찌 등에 질 수 있으리
흥겨워 시 읊조리며 힘써 붓을 휘두르네.

一鞭行色過溪橋　畫棟層欄氣勢高　林僻鳥聲喧且寂　風微水影定還搖
簷前梧葉如盤大　堤上楊花學雪飄　滿目淸山那可負　興來吟詠强揮毫
(成任：茂朱寒風樓·增補東國輿地勝覽 39：33)

화자는 말을 타고 이 정자를 찾아온다. 눈에 들어오는 첫 모습은

---

80) 성임(成任：1421~1484) 조선초기 학자. 호는 일재(逸齋). 1447년에 문과에 급제, 전라도 관찰사, 이조·공조판서, 우참찬 역임. 『태평통재(太平通載)』가 있다.

기세가 높은 색칠한 아름다운 누각이다. 머리를 돌려 주위 환경을 바라보니 먼저 귀에 들어오는 것이 숲속의 새소리이며, 눈에 보이는 것은 바람에 흔들리는 물그림자의 특이한 광경이다.

집 처마 앞의 쟁반 같은 오동잎과 둑 위의 눈처럼 흰 버들꽃 등은 모두 가까운 곳이나 먼 곳에서 전개되는 아름다운 모습들이다. 여기서 화자의 소재 선택과 표현의 특색을 찾아볼 수 있다.

"산을 어찌 등에 걸 수 있으리"라든지 "힘써 붓을 휘두르네"에서 알 수 있듯이 화자는 분명히 이곳 분위기에 자극을 받아 흥분된 어조로 이 시를 지었을 것이다. 수준 높은 시작 솜씨를 엿볼 수 있다.

무주 객관에서 문곡 선생 시를 차운하다

송상기(宋相琦)[81]

푸른 구슬인 양 맑은 강이 시골 입구를 둘러싸고
고을 다락이 아주 맑아 정신이 번쩍 드네.
임금이 남긴 자취 알아 여러 곳 돌아다니니
또 다시 성은을 비라는 것 깨달았네.
천리를 왕래하면서 시일을 다투고
백년의 기거동작을 천지에 맡기네.
남긴 시편 한번 읽으면 도리어 느낌이 더하고
육십이란 세월은 물이 흐르듯 달려갔네.

---

81) 송상기(宋相琦 : 1657~1723) 조선조 문신. 호는 옥오재(玉吾齋). 1684년에 문과에 급제, 충주목사, 대제학, 대사헌을 거쳐 판돈녕부사(判敦寧府事)를 역임. 『옥오재집(玉吾齋集)』이 있다.

翠壁澄江繞縣門 官樓淸絶醒心魂 從知跋涉元王事
更覺遨遊亦聖恩 千里往來爭日月 百年行止任乾坤
遺編一讀還增感 六十光陰逝水奔
(宋相琦：寒碧樓·茂朱客館 次文谷韻·玉吾齋集 4：14)

누각 앞의 맑은 물과 아름다운 다락을 보는 순간 화자는 정신이 번쩍 들 정도로 긴장하고 있다.

임금의 남긴 자취를 두루 살피는 과정에서 무한한 은혜를 받았음을 깨달았고, 앞으로 계속 그렇게 되기를 희망한다.

긴 여정을 조급하게 왕래하면서 자신의 평생 기거동작을 자연에 맡긴다. 시인이 남긴 시 작품 하나하나를 감상할 때마다 감동이 더해 간다. 세상 모든 일에 호기심이 많은 화자도 이미 60세 노인이 되고 보니 세월이 빨리 지나감을 아쉬워한다.

화자는 자신의 운명을 자연에 맡기면서 매우 바쁘게 돌아다닌다. 청정세계에 있는 누각을 찾고, 성은에 감사하고 시 한편이라도 읽을 수 있는 여유도 가질 수 있다.

전라북도

익산시

익산시는 전라북도의 노령산맥 서부에 위치하고 있으며, 동부는 산지로 되어 있고 서부는 구릉과 연결된다.

하천으로는 영동천과 익산천 등이 있어 관개용수로 이용되고 있다.

마한과 백제의 고도인 이 익산은 험준한 산줄기가 있으나 미륵산에 와서 문득 끝나 버리니 일망무제의 호남평야와 이어진다. 이곳에는 〈서동요〉의 주인공인 서동의 설화가 전해 오는 고장이다.

선영을 망모하는 : 망모당(望慕堂)
— 전라북도 익산시 왕궁면 광암리(전북유형문화재 제90호)

이 망모당은 1607년에 표옹(瓢翁) 송영구(宋英耉)가 선친 상을 당한 뒤 자신의 거처 후원 구릉에 이 누당을 짓고 동쪽의 우산(紆山)에 모신 대대로 이어지는 선영을 망모하기 위하여 지었다고 한다.

누정 부근에는 100여 명 정도 앉아서 놀 수 있는 넓은 바위가 있어서 마을 이름을 장암(長岩)이라 부르게 되었다. 이 바위 밑으로 맑은 왕궁천이 흐르고 있다. 표옹은 사신으로 여러 번 중국에 다녀왔는데, 그 때 중국에서 백련을 우리나라에 들여와서 이곳 장암관 선영이 있는 우산 아래에 연지를 만들고 심었다고 한다.

망모당이란 이름은 중국 사신인 주지번(朱之蕃)이 직접 썼다고 전하는데 그 사연은 이렇다.

표옹이 중국 명나라에 사신으로 가서 객사에 머물고 있을 때 한 통인이 글 읽는 소리를 듣고 그를 방으로 불렀다. 그는 서쪽에서 이곳에 와서 과거시험에 낙방하고 다음 과거를 기다린다고 하였다. 표옹이 그가 쓴 시를 살펴보니 잘못된 것이 있어 지적하여 가르쳐 주었는데 후일 그는 재상자리까지 올랐다. 그가 바로 주지번이다. 조선에 사신으로 와서 표옹을 만나려고 하였으나 이미 고인이 되어 할 수 없이 성묘하고 「망모당」이란 현판을 써주었다고 한다.

누당의 구조는 정면 3칸의 정사방형이다. 전면에는 4개의 주초석, 높이가 1m 정도이고, 후면 주초는 얕게 지반을 세웠으며, 오른쪽 1칸은 방을 들렸다. 건물에는 단청을 입히지 않았다.

삼가 망모당 판상운에 차운하다

성락현(成樂賢)[82]

표옹이 그 해 이 집에 도달하여
남긴 풍습과 시운이 지금도 그대로 있네.
벽에 가득한 기이한 글들은 아름다움을 칭송하고
처마에 걸린 달필을 우러러보니 존경스럽네.
후손들이 조상이 이룬 일 정성스럽게 계승하고
선산에 제사 지내는 일 번거롭게 생각하지 않네.
천국서 내려온 효성스런 사람으로 모두 칭송하니
외손이 어찌 군소리 하겠는가.

瓢老當年達此軒　餘風遺韻尙今存　滿壁奇文稱頌美　懸楣達筆視瞻尊
後孫肯構誠無替　先壟精煙禮不煩　出天極孝人皆誦　外裔何能費贅言
(成樂賢 : 敬次望慕堂板上韻 · 板上韻)

---

82) 성락현(成樂賢), 미상.

망보당

　이 당루를 창건한 표옹(瓢翁) 송영구(宋英耉)가 남쪽에 있는 이 집에 와서 남긴 유풍과 기이한 문장이 지금도 그대로 남아 있고, 화자는 벽에 걸린 이를 칭송하는 시와 달필을 보고 매우 존경스럽게 느꼈다.

　후손들은 조상이 남긴 유업을 정성스럽게 계승하고 선산에 제사 지내는 일을 번거롭게 생각하지 않으니 모두 천국이 낳은 효성스러운 사람들이라고 칭송하고, 외손까지도 군소리 없이 함께 효성스러운 사람임을 대견스럽게 생각한다.

　이 당루를 지은 목적이 조상숭배에 있었던 만큼 주변의 아름다운 환경의 칭송보다 유교적 효정신이 중심 과제로 되어 있는 작시이다. 풍류를 읊던 여느 작품과 다르다는 것을 느낄 수 있다.

망모당을 중수할 때 시

송원식(宋遠植)[83]

나의 조상 남쪽에 와서 이 집을 지었고
동산 언덕에는 세밑을 맞은 소나무만 살아 있네.
천사들은 군자의 효도를 특별히 기록하고
마을 사람들과 사대부들도 칭송하고 존경하네.
골짜기의 산은 십리에 많은 정을 느끼게 하고
예복 입은 관리 백세까지 번거로운 일 없네.
집을 다스리기 위하여 사시에 제사를 올리고
위에 있는 신명에게 말로서 응답하네.

我祖南歸創此軒　邱園歲暮檜松存　天使特題君子孝　鄕人幷頌大夫尊
溪山十里多情感　簪笏百齡了事煩　爲修棟宇以時祀　在上精靈應有言
(宋遠植 : 望慕堂重修韻·板上韻)

　화자는 자기 조상이 정계에서 물러나 이 남쪽 지방에 와서 집을
지었다는 사실과 지금은 날씨가 추운 세밑이 되어 오직 소나무만 살
아 있으니, 이는 변치 않는 절개와 같은 것으로 생각한다.
　마을 사람들과 사대부들은 함께 표옹을 칭송하고 존경한다. 주변
의 자연은 멀리까지 정을 느끼게 하고, 표옹의 은덕으로 예복을 입
은 관리들은 백세까지 번거로움이 없이 편안하게 살아갈 것으로 믿

---

83) 송원식(宋遠植), 미상.

는다.

후손들은 집안을 잘 다스리기 위하여 사시에 조상님께 제사를 올리면서 말로서 서로 응답한다. 조상에 대한 후손들의 효심과 정성을 칭송하는 것이 주제로 된 작품이다.

전라북도

정읍군

정읍시는 전라북도 남서부에 위치하고 있으며, 노령산맥이 뻗어내려 동남부는 산악지대를 이루며, 그 밖의 대부분 지역은 구릉과 평야지대이다.

동부는 상두산, 동남부는 고당산, 중서부는 두승산 등의 산지가 솟아 있고, 하천은 동진강, 정읍천, 고부천 등이 황해로 유입한다.

연꽃 향기 그윽한 : 피향정(披香亭)

— 전라북도 정읍군 신태인읍 태창리(보물 제289호)

이 정자는 신라 헌안왕(憲安王 : 857~860) 때 동방 유학자의 시조로 일컬어지는 고운(孤雲) 최치원(崔致遠)이 태인현감으로 재직 중에 세웠다하나 정확한 창건 연대는 알 수 없다. 본래 이 정자에는 상련지(上蓮池)와 하련지(下蓮池)의 두 연못이 있어서 연꽃이 만발할 때에는 향기가 누정에 가득 퍼진다 하여 피향정이라고 불렀다. 그러나 일제 때 동편의 상련지는 매몰되어 없어지고 현재는 서편의 하련지만 남아 있다. 그리하여 옛 정취는 사라지고 정자는 평지 위에 서 있는 것처럼 보인다.

1617년에 현감 이지굉(李志宏)이 중건, 1661~1664년에 현감 박숭고(朴崇古)가 확장 중건, 1716년에 현감 유근(柳根)이, 1882년에 다시 중수, 1957년에 원상 복원하였다. 건물 구조는 정면 5칸, 측면 4칸의 팔작기와집이며, 28개의 화강암 석초 위에 놓여 있다. 사방은 모두 개방되어 있고, 주위에는 난간이 둘러 있다.

피향정

김종직(金宗直)[84]

닭 잡던 그날 맑은 향기 뿌리니
탱자나무와 가시나무에 난새 깃든 격이네.
천년의 시 읊던 마음 어디서 찾으리
부용 만 줄기가 모두 고운같네.

割鷄當日播淸芬　枳棘棲鸞衆所云　千載吟魂何處覓　芙蕖萬柄萬孤雲
(金宗直 : 披香亭·板上詩)

나쁜 일과 좋은 일이 한 곳에 어울리니, 이는 마치 탱자나무와 가시나무와 같은 좋지 않은 나무에 난새 무리가 깃든 것과 같다고 하였다.

"탱자나무나 가시나무처럼 좋지 않은 나무에는 난새나 봉황 같은 신령스런 새는 깃들지 않는다."(후한서 구람전)는 말이 있다. 이는 어진이나 설술한 선비는 천한 사리나 낮은 지위에 있지 않는다는 뜻이며, 화자는 이 말을 근거로 연꽃과 고운의 품격을 높은 위치에 올려 놓았다.

송나라 주돈이는 「애련설(愛蓮說)」에서 군자를 연에 비유하였다.

---

84) 김종직(金宗直 : 1431∼1492) 조선조 초기의 학자. 호는 점필재(佔畢齋). 1459년에 문과에 급제, 형조판서 역임, 문장과 경서에 뛰어났다. 무오사화로 무덤을 파헤치고 시체를 칼질 당하는 형벌을 당하였다. 『점필재집(佔畢齋集)』이 있다.

결국 군자란 인품이 매우 높고, 마음 속이 깨끗하고 속기가 없고, 맑은 바람과 밝은 달과 같고, 명리에 대한 욕심이 없는 인품이며, 정적인 분위기를 좋아하는 철학자를 말한다. 화자가 말하고자 하는 핵심은 연꽃과 고운(孤雲)을 동격으로 생각하고 고운의 고매한 인격을 찬양하였다.

오랜 세월 시 읊던 그 마음을 어디서 찾을 수 있겠는가, 연꽃이만 줄기에는 고운의 시혼이 그만큼 많이 깃들어 있다. 연꽃을 통하여 고운의 성현다운 인품과 그의 많은 작품에 대한 공적을 높이 평가하였다.

피향정

임억령(林億齡)[85]

도연명은 땅에 묻혔고
고운은 이미 하늘에 올라갔네.
쓸쓸하게 연못만 남아있고
흰 이슬이 가을 연잎에 내렸네.

元亮新埋土 孤雲已上天 空餘池水在 白露滴秋蓮
(林億齡 : 披香亭・板上韻)

---

85) 임억령(林億齡 : 1496~1568) 조선조 문신. 호는 석천(石川). 1525년에 문과에 급제, 금산군수, 강원감사를 역임, 문장에 뛰어났다. 『석천집(石川集)』이 있다.

피향정

　도연명은 속세의 인간으로, 고운(孤雲)은 신선으로 대우하였다. 고
운이 떠나간 자리에는 쓸쓸하게도 연못만 남아 있다. 마침 가을이
되어 흰 이슬이 연잎에 내렸다.

　전원 세계에 집착했던 중국의 진나라 시인 도연명과 이상을 추구
했던 성현인 고운을 대비하면서 결국 고운을 추모하였다. 고운이 없
는 빈 터에는 연못만 남아 있고, 계절은 어김없이 찾아들어 가을이
되니 영롱한 이슬이 연잎에 내렸다. 화자는 투명한 이슬같이, 맑고
깨끗하고 명리도 욕심도 없는 현명하고 어질고 정적인 고운의 인품
을 찬양하였다.

피향정 판상시에 차운하다

김상헌(金尙憲)[86]

연못가 한 가운데를 쌍쌍이 날아 와서
잠자리는 느린 모양으로 나그네의 옷에 앉았네.
큰 못에 정이 많은 변방의 나그네는
큰 다리에 말을 매니 지는 해에 날은 저물어 가네.

護水元央兩兩飛 蜻蜓款款點衣行 多情大液池邊客 駐馬官橋盡落暉
(金尙憲 : 披香亭次板韻·淸陰先生集 2 : 6)

　연못을 날아다니는 잠자리가 나그네의 옷에 앉는다는 것은 한가하고 평화스러운 분위기에 대한 정경이다.

　연못에 애정이 많은 화자는 다리에 말을 매 놓고 정자에 오를 준비를 한다. 때마침 날이 저물어가는 아쉬운 순간을 맞이한다.

　잠자리와 말과 같은 동적인 소재에 연못과 큰 다리와 같은 정적인 대상을 배치하여 정과 동에 대한 균형을 잡으면서 서정적인 풍경화를 그렸다.

　화자는 정자에 오르기 전에 연못 주변의 서정적 분위기부터 읊었다.

---

86) 김상헌(金尙憲 : 1570~1652) 조선조 중기의 학자. 호는 청음(淸陰). 1596년 문과에 급제, 대사헌, 예조판서, 좌의정을 역임. 『청음집(淸陰集)』이 있다.

피향정

심능숙(沈能淑)[87]

신선은 이미 외로운 구름을 타고 떠났고
구름 밖에 푸른 산은 점점이 늘어섰네.
팔월의 연꽃은 군자의 뜻과 같고
십년 후에 호수에는 친구가 왔네.
서풍의 개인 경치 소매에 들어오고
남쪽 하늘 가을빛은 술잔에 비치네.
홀로 언덕에 서 있는 피향정에 기대니
위 아래 연못에는 뒤섞인 이끼가 푸르네.

詩仙已騎孤雲去　雲外靑山點點開　八月芙蓉君子志　十年湖海故人來
西風霽景生衣袂　南斗秋光入配杯　獨倚披香亭畔立　上池下池綠渾苔
(沈能淑 : 披香亭 · 板上韻)

고운이 떠난 후에 푸른 산만 늘어섰다 함은 고요하고 쓸쓸한 정감을 나타낸다.

팔월은 연꽃이 피는 아름다운 풍광이 전개되는 계절이다. 연꽃은 마음이 맑고 속기가 없는 광풍제월과 같은 군자에 비유한다. 화자는 연꽃에서 이미 가버린 연꽃 같은 고운을 회상한다.

10년 후에 찾아온 옛 친구는 화자 자신이다. 자연과 친화하는 마

---

87) 심능숙(沈能淑), 미상.

음을 읽을 수 있다. 연못 주변의 서쪽에서 불어오는 가을바람이나, 남쪽 하늘의 가을빛도 다 같은 다정한 친구가 된다.

화자는 피향정에 올라 난간에 기댄다. 눈에 들어오는 연못에 있는 많은 이끼가 오랜 역사를 말해준다. 고운이 떠난 다음의 연꽃의 모습과 가을바람을 맞으며 술잔을 기울이고 풍류를 즐기는 모습이 역력하다. "가을바람이 소매에 들어오고"와 "가을빛 술잔에 비치네" 등은 화자의 수준 높은 기교적 표현수법이며, 아울러 자연친화의 사상이 배어 있다.

전라북도

남원시

남원시는 전라북도 지리산 서쪽에 위치하고 있으며, 자연환경은 북서부에 청룡산, 교룡산 등의 산지로 둘러 싸여 있다. 하천으로는 요천蓼川이 장수군과 함양군으로부터 시의 동쪽을 동북쪽에서 서남쪽으로 흐른 뒤 대산면에서 흘러오는 지류를 합친 뒤 적성강과 합류한다.

지상의 월궁 : 광한루(廣寒樓)
― 전라북도 남원시 천거동(보물 제281호)

이 광한루는 우리나라 4대 누각의 하나이며, 남원부사 신감(申鑑)은 "광한루의 뛰어난 경치는 삼남 일대에서 제일이라"(광한루 중수 서문)하였다. 이 말은 지금도 매우 타당성이 있다.

이 누각은 황희(黃喜) 정승의 선조인 황감평(黃監平)이 이곳에 와서 일재(逸齋)라는 서실을 짓고 독서하던 곳인데, 그 아들 황희 정승이 1417년 이곳에 유배되었을 때 요천에 조그마한 정자를 짓고 광통루(廣通樓)라 하였다. 그 후 1434년에 남원부사 민여공(閔汝恭)이 중수하고, 1444년에 전라도 관찰사였던 정인지(鄭麟址)가 중건하고 그 아름다움을 월궁에 비유하여 광한청허부(廣寒淸虛府)라고 일컫던 데서 광한루라고 부르게 되었다.

1461년에 새로 부임한 남원부사 장의국(張義國)이 요천 강물을 끌어다가 은하수를 상징하는 연못을 만들었고, 견우와 직녀가 만난다는 오작교를 가설하였다.

광한루

1582년에 송강 정철이 전라도 관찰사로 부임하여 퇴락한 누각을 수리하고, 호수에 삼신산을 상징하는 봉래산·방장산·영주산을 만들었다. 그리고 다리를 놓아 건너가게 했으며, 봉래산에는 배롱나무, 방장산에는 대나무, 영주산에는 아담한 정자를 지어 은하수가 흐르는 천상의 세계에 심취하도록 누원 전체를 우주를 상징하는 모습으로 완성하였다.

그러나 이 건물은 1597년 정유재란으로 인해 소실되었고, 당시 남원부사 신감이 복원하여 오늘에 이르고 있다. 1930년에 대대적인 중수를 하면서 현재의 모습을 찾게 되었다.

광한루의 앞뒤에는 「호남제일루」, 「계관」(桂觀), 「광한루」라는 편액이 걸려 있다. 「광한」과 「청허부」는 하늘 나라 월궁(月宮)의 옥경

(玉京)에 들어가면 있다는 전설이 있고, 「계관」은 달나라의 계수나무 신궁(神宮)을 상징한다.

「광한루」의 현판은 신익성(申翊聖)이, 「호남제일루」와 「계관」은 이상억(李象億)이 본관을 중수하면서 써 걸었다.

건물의 구조는 정면 5칸, 측면이 4칸의 팔작지붕의 누마루집이다. 기단은 막돌초석을 놓고 그 위에 원형의 돌기둥을 세웠고 누마루를 깔았으며, 주위에는 계자 난간을 둘렀고, 기둥 사이에는 모두 분합문의 들창을 달아 사방이 모두 개방되게 하여 북쪽에는 교룡산, 남쪽에는 금암봉, 멀리는 지리산 노고단과 반야봉이 보인다.

광한루

강희맹(姜希孟)[88]

남국에 있는 이름난 광한루에
유월에 찾아 올라오니 가을처럼 서늘하네.
홀연히 달그림자 비치니 하늘이 가깝고
붉은 난간의 굽은 곳에 견우성이 지나가네.

知名南國廣寒樓 六月登臨骨欲秋 桂影忽來天宇逼 朱欄曲處過牽牛
(姜希孟 : 廣寒樓・板上詩)

---

88) 강희맹(姜希孟 : 1424~1483) 조선조 초기의 문신. 호는 사숙재(私淑齋). 1447년에 문과에 급제, 이조・형조판서, 좌찬성 역임. 『사숙재집(私淑齋集)』이 있다.

화자는 유월에 이름이 알려진 광한루에 오른다. 먼저 기분이 가을
처럼 서늘함과 달그림자가 가까움을 느낀다. 이러한 감각적인 표현
은 둘 다 누각이 높다는 것을 의미한다.

견우성이 지나간다는 것도 누원에 만들어 놓은 오작교와 연관시
킨 것이다. 하늘의 세계와 누각의 누원을 동일시하면서 광한루 주변
이 신선세계 또는 이상적 세계임을 자각한다.

광한루

이석형(李石亨)89)

방장산 앞 백 척이나 높은 누각에는
붉은 사다리가 푸른 산머리에 높이 걸렸네.
물은 넓은 들판에 이어져 안개빛과 어울리고
구름 걷히니 비 개인 먼 산봉우리엔 빛이 비추네.
물가에 임하니 천상에 앉은 듯하고
바람 맞으니 도리어 달 가운데 노는 것 같네.
인간에게는 저절로 달세계가 있는데
무엇 때문에 구구하게 세상 밖에서 구하리.

方丈山前百尺樓　丹梯高架碧山頭　水連平野煙光合　雲捲遙岑雨色收
臨水却疑天上坐　倚風還似月中遊　人間自有淸虛府　何用區區世外求
(李石亨：廣寒樓·板上詩)

---

89) 이석형(李石亨 : 1415~1477) 조선조 초기의 문신. 호는 저헌(樗軒). 1441년에
　　문과에 급제, 전라관찰사, 예조참판 역임. 『저헌집』(樗軒集)이 있다.

광한루 앞에는 월궁과 삼신산이 조성되어 있다. 거기에는 삼신산의 하나인 방장산이 있어 그 산에 오르도록 붉은 사다리를 가설하였다. 화자는 그 신선세계에 눈을 돌린다.

먼 들판을 흘러가는 요천의 안개 낀 모습과 방금 비 개인 먼 산의 상쾌한 모습도 눈에 들어온다.

누각 앞의 은하수에 임하니 하늘에 올라온 듯하고, 바람을 맞으니 달세계에 와 있는 듯하다. 신선세계가 이렇게 지상에 있는데 사람들은 무엇 때문에 세상 밖에서 찾으려 하는지 이해할 수 없다는 것이다.

화자는 이상세계나 신선세계가 천상에만 있는 것이 아니고 우리가 사는 이 지상에도 있다는 것을 강조한다. 따라서 광한루 일대는 신선세계이며, 지금 신선세계에 들어와서 영광과 행복을 동시에 맛보는 심정을 읊었다.

광한루

성 임(成任)[90]

상쾌한 기운이 물가 누각 가까이 찾아드니
광한루의 선경이 요천 머리 위에 펼쳤네.
남쪽 언덕에 바람이 이니 더운 먼지도 멀어지고
주렴을 걸으니 서산에는 저녁비 개이었네.

---

90) 성임(成任), 주) 80 참조.

달은 알맞게 맑은 밤 가득 찬데
은하수 다리에서 누가 옛 사람의 놀이를 이을까.
하늘 빛은 아래 위에 밝은 거울처럼 밝아서
몸은 저절로 청허부(달나라)에 들게 되었네.

爽氣侵入近水樓　廣寒仙境蓼溪頭　風生南佰炎塵隔　簾捲西山暮雨收
桂魄正當淸夜滿　銀橋誰繼昔人遊　天光上下明如鏡　身入淸虛不待求
(成任：廣寒樓·板上詩)

　요천 물가 선경에 서 있는 광한루 주변에는 상쾌한 기운이 찾아
들고, 서산에는 저녁비가 개이자 마침 둥근 달이 떠오르는 맑고 깨
끗한 풍정을 그림 그리듯이 사실적으로 표현하였다.

　은하수 다리는 오작교를 말하는 것이며, 옛 사람들의 놀이란 전설
속의 견우와 직녀의 즐거운 만남과 슬픈 이별을 말한다. 여기서 천
상 이야기는 누각 정원에 꾸민 삼신산과 월궁의 아름다운 모습과 연
결시켜 형상화하였다.

　화자는 누각 주변의 아름다운 모습만 발견한다. 그리고 거기에 대
한 호기심과 만족스러운 심정을 남김없이 표현하였다.

　누각 동산에 와 있는 화자는 지금 달세계에 와 있는 신선과 같은
기분을 느끼고 있다.

광한루

허 침(許琛)91)

저녁에 풍류를 데리고 아름다운 누각에 오르니
옥봉에 비낀 해가 성 머리에 걸렸네.
시정이 바다처럼 움직이니 봄의 정서를 느끼지 못하네
칼날의 기운은 하늘까지 미치며 밤에도 끝나지 아니하네.
눈처럼 춤추면서 패옥을 던지며 걸어가며
우아한 걸음으로 구슬을 돌리면서 놀기도 하네.
인간에게는 역시 청허부가 있으니
좋은 놀이를 세상 밖에서 구하지 말게나.

晚擁笙歌上畫樓 玉峰斜日在城頭 詩情盪海春無情 劍氣浮空夜不收
舞雪相將投佩去 凌波還要弄珠遊 人間亦有淸虛府 勝事休從物外求
(許琛 : 廣寒樓 · 板上詩)

저녁에 풍류패들을 데리고 누각에 오르니 옥봉에는 이미 저녁 해
가 걸려 있고 날이 저물어 간다.

시를 쓰고픈 생각이 물결처럼 일어나니 흥분되어 제대로 봄의 정
서를 느낄 수 없다.

칼춤이 시작되어 하늘까지 미치며 밤까지도 오히려 끝날 줄 모른
다. 한편에서는 눈처럼 흰 옷을 입고 춤을 추는데 패옥을 서로 던지

---

91) 허침(許琛 : 1444~1505) 조선조 문신. 호는 이헌(頤軒). 1475년에 문과에 급제,
   대사헌 이조판서, 좌의정을 역임했다.

면서 걸어가고, 또 한편에서는 우아한 걸음으로 구슬을 돌리면서 놀
고 있다.

음악과 춤이 한데 어우러져 풍류놀이는 밤이 깊은 줄도 모르고
성대하게 진행되고 있다.

화자는 이 풍류놀이를 방관자의 입장에서 호기심에 찬 시선으로
관찰하고 실감나게 형상화하였다.

인간세계와 천상세계가 다 같은 낙원인데 구태여 천상세계에서
구할 필요가 있겠는가! 광한루 누원이 바로 신선세계이며, 천상세계
와 다를 바 없다고 생각한다.

광주광역시

광산구

광주광역시는 전라남도 중북부에 위치하고 있으며, 동쪽에는 진산인 무등산의 지맥들이 시가지를 둘러싸고 그 가운데 광주분지를 형성하였다. 광산구는 비교적 낮은 구릉과 비옥한 평야로 되어 있다. 동쪽 지역은 영산강의 지루인 극락강이 흐르고, 서쪽 지역은 황룡강이 흘러 연안에 비옥한 평야가 넓게 전개되어 있다.

호남의 작시 활동 중심무대 : 풍영정(風詠亭)

— 광주광역시 광산구 신창동(지방문화재 제4호)

이 정자는 선창산(先倉山)과 극락강(極樂江)이 마주치는 강변 절벽 위에 우뚝 솟아 있다. 지금은 강물이 줄고 바로 바위 아래에는 큰 길이 나서 자동차의 왕래가 빈번하여 운치가 옛날 같이 않으나 멀리 보이는 무등산의 위용은 장관이라고 할 수 있다.

1560년에 승문원 판교(承文院判校)를 끝으로 칠계(漆溪) 김언거(金彦琚)가 벼슬에서 물러난 뒤 고향에 돌아와 칠천(漆川 : 지금의 극락강) 상류에 이 정자를 지었다.

당시 영호남의 일류 명사들, 김하서, 이퇴계, 조남명, 송면앙, 정송강 등이 이곳에서 함께 학문을 논하고, 한편으로는 시작과 창주를 하던 곳이다.

건물 내부에는 한석봉의 「제일호산(第一湖山)」이란 편액과 명사들의 제영이 20여 수가 걸려 있다.

『논어』의 「선진편」에서 공자가 네 제자에게 "남이 너희들을 알아서 등용한다면 무엇을 하겠는가?" 하는 질문에 증점(曾點)은 "…기수

(沂水)에서 목욕하고 무우에 올라 바람 쐬다가 시를 읊으며 돌아오겠습니다"[92]라고 대답하였다. 이 말은 명리를 추구하지 않고 자연을 즐기며 우유자적함을 비유한 것이다. 정자의 이름은 바로 여기서 나온 것이며, 이는 칠계의 소망이 담겨 있는 이름이다.

정자의 구조는 정면 4칸, 측면 2칸의 팔작기와집이며 겹처마로 되어 있다. 기단을 높이 쌓고 자연석 주초석에 원형 기둥을 세웠고, 난간은 걸터앉아서 쉴 수 있게 벤치식으로 만들었으며 단청은 은은하여 운치가 있어 보인다.

이 정자에는 두 가지 전설이 있다.

칠계가 무주구천동에서 은거하는 명인 갈(葛)처사를 찾아가서 현판 글씨를 청하러 갔으나, 13차 방문 때 겨우 만난 처사는 칡덩굴 붓으로 써 주면서 도중에 절대로 봉투를 열어보지 말라고 하였다. 그러나 호기심에 열었더니 순간 돌풍이 풀어 풍(風)자가 날아가 버렸다. 다시 가서 간청하였으나 거절당하고, 제자인 황(黃)처사를 소개 받아서 써 가지고 돌아왔다. 지금 현판을 자세히 보면 풍자가 다른 두 자보다 조금 가늘어서 다른 사람의 글씨임을 알 수 있다.

또 다른 전설이 있다. 부속건물까지 합하면 모두 12동 건물이 이곳에 있었는데 임진왜란 때 화재가 나서 11동이 소실되었다. 신기하게도 풍영정 현판 석 자가 변하여 오리가 되어 극락강에 떠 있었다. 그것을 보고 왜장군이 감탄하여 본관의 불을 끄게 하니 오리들은 다시 제자리에 올라와서 풍영정 석 자로 변하였다.

정자에 대한 취재를 할 때 칠계의 14대손인 김량중(金良中) 선생

---

92) 「浴乎沂 風乎舞雩 詠而歸」(『論語』 先進篇)

을 만났다. 근처에 있는 「칠계회관」에 안내를 받았다. 총 책임을 맡고 있어서 정자에 대한 자세한 내력을 들을 수 있었다. 한 치의 소홀함이 없어 보였다. 전국의 정자를 답사하면서 이곳만큼 깨끗하고 정돈된, 마치 살림집과 같이 정화된 곳은 만나보지 못하였다.

손님을 맞으려면 주인이 이 정도의 정성은 있어야 한다고 생각하였다.

이퇴계에게 드리는 2수의 시

김언거(金彦琚)[93]

온 골짜기의 물결이 작은 못을 덮었으니
가을이 와도 어찌 맑은 향기를 만나리오.
붉은 꽃 푸른 잎 구분되지 않으니 면목 없고
밤이 들면 난간에 기대어 달빛만 감상하네. (제1수)

어찌하여 많은 꽃은 저녁 바람에 날아가고
다만 푸른 풀만 못 속 가득 보이네.
실속 없는 이름만 벽에 걸려 흥 없음 알았고
깨끗하게 심는 법 저 염계옹에게 물어보리라. (제2수)

百谷波濤裏小塘　秋來那得見淸香　紅雲翠幄慚無分　入夜憑欄賞月光
（一首）

---

93) 김언거(金彦琚 : 1503~1584) 조선조 초기의 문신, 학자. 호는 칠계(漆溪). 1531년에 문과에 급제, 상주목사, 통정대부, 연안부사, 1560년 승문원 판교(承文院判校)를 역임. 『칠계유집(漆溪遺集)』이 있다.

那得繁英颺晚風 只看靑草滿池中 空名掛壁知無興 淨植問夫濂上翁
(二首)(金彦琚 : 呈李退溪二首·漆琚遺集)

이 시는 제목에 나타난 바와 같이 화자가 이퇴계에게 보낸 시다. 『칠계문집』을 보면 이 두 사람이 교환한 시가 다른 사람에 비해 가장 많다. 그 만큼 우정의 깊이를 짐작할 수 있다.

여름의 홍수로 골짜기의 물결이 연못을 덮치고 지나갔다. 붉은 꽃과 푸른 풀을 구분할 수 없을 정도로 황폐하였으니 이제 가을이 되어서 맑은 향기를 맡을 수 없어서 참기 힘든 서운한 심정을 읊었다.

연꽃에 대한 기대가 무너졌으니 밤에는 정자에 올라 난간에 기대어 밝은 달을 쳐다볼 수밖에 없는 외롭고 쓸쓸한 처지가 되었다.

제2수에서도 여름에 잃어버린 연꽃에 대한 미련이 이어졌다. 꽃은 없고 푸른 잎만 물에 떠 있는 실정이다.

시상은 급변하며 연꽃의 아름다움을 읊었던 벽에 걸린 많은 제영도 지금은 흥미를 잃었다. 차라리 연꽃의 아름다움을 사랑했던 송나라 도학자 주염계에게 연꽃의 재배법을 물어서 잘 키워 보겠다는 심정을 토로하였다. 잃어버린 연꽃에 대한 미련은 끝까지 남아 있다.

퇴계가 화답한 시

이 황(李滉)[94]

산에 살면서 그윽한 흥취를 연못에만 두었는데
해마다 맑은 향기 나지 않음을 늘 원망 하였겠네.
사랑하는 벗 끝내 보지 못하니 어찌 견디리
나도 또한 햇빛이 드러나길 다시 꾀하겠네.(제1수)

시원한 맑은 향기 맞바람에 멀어지고
못이 묻혔다고 알린 글에 문득 놀랐네.
명년에 다시 함께 맑은 향기 나는 곳에서
한가하게 살면서 정자에 의지하는 주인 되겠지.(제2수)

山居幽興屬蓮塘　常恨年年閟淨香　愛友豈堪終不見　更謀吾亦發天光
(第1首)
淸遠淸香遠遡風　忽驚池沒報書中　明年更與淸香地　憑仗閑居亭主翁
(第2首) (李滉：退溪答韻·漆溪遺集)

칠계의 시를 받고 화답한 시다.

홍수로 연꽃을 보지 못했다는 안타까운 사연의 시를 전해 받은
화자는 칠계에게 위로 인사부터 전한다. "사랑하는 벗"은 칠계를 말

---

94) 이황(李滉 : 1501~1570) 조선조 중기 학자. 호는 퇴계(退溪). 1534년에 문과에
　　급제, 성리학의 대가, 동방의 주자라는 칭호를 받았다. 대사성, 공조참판, 예
　　조판서, 풍기군수를 역임, 도산서원 창건.『퇴계집(退溪集)』이 있다.

풍영정

할 수도 있으나, 여기서는 칠계가 사랑하는 연꽃으로 보는 것이 타당할 것 같다 "햇빛이 드러나기를" 바라는 것은 홍수로 인한 피해가 빨리 회복되기를 바라는 소망을 담았다. 칠계의 마음을 잘 이해하는 화자는 철저하게 일관되게 위로하는 내용으로 시를 읊었다. 우정이 짙게 묻어나는 작품이다.

　제2수에서는 친구의 서운한 심정을 다시 확인한다. 그리고 명년에는 맑은 향기를 만날 수 있을 것이라는 희망도 안겨 준다. 꽃이 피면 다시 한가하게 살면서 정자의 주인으로 거듭나게 될 것이라는 밝은 전망도 함께 전하였다.

풍영정 주인에게 드린다

김인후(金麟厚)95)

정자 이름이 마침 옛 누각과 같아서
이곳은 오래 머무를 만하네.
고향 그리는 꿈을 금하지 못하고
오히려 병으로 누우니 걱정만 더해 가네.
임명장을 받고 목사의 저택으로 돌아올 때
시집을 주며 친구와 작별하였네.
천금 같은 몸 잘 보전하여
다른 해에도 명승지에서 놀 기회를 만들어 보세.

亭名偶似樓 是處可淹留 不禁思鄕夢 仍添臥病愁 符章歸使邸 詩卷別
朋儔 好保千金骨 他年作勝遊 (金麟厚 : 贈風詠亭主人 · 漆溪遺集)

"정자 이름이 마침 옛 누각과 같아서"는 칠계가 1546년에 상주목
사로 있을 때 그 곳에 풍영루라는 누각을 창건한 사실을 말한다.

타향에서 고향에 대한 그리움과 병이 든 몸 때문에 걱정이 많다.
시에서는 가끔 화자가 병에 대한 고충을 말할 때가 있다. 이는 몸에
대한 병보다 향수병이나 자연을 사랑하는 마음의 병인 경우가 많다.
객지에 있는 관리나 은둔처사들의 작품에서 많이 발견된다.

---

95) 김인후(金麟厚 : 1510~1560) 조선조 인종 때 문신. 호는 하서(河西). 1540년에
　　문과에 급제, 부수찬(副修撰)을 역임, 을사사화 후 고향에 돌아가 성리학 연
　　구. 『하서집(河西集)』이 있다.

임명장을 받고 임지로 향할 때 친구와 시집을 서로 교환하는 모습은 고상하고도 운치가 있는 정경이다.

건강에 유의하여 다른 날 함께 명승지를 구경할 수 있는 기회를 만들 것을 주문한다. 두터운 우정을 느낄 수 있다. 이렇게 서로 교환하는 시는 내용이나 형식에 있어서 편지글과 유사함을 알 수 있다.

원운을 따라 짓다

고경명(高敬命)96)

돌아가 쉬겠다고 말한 사람 돌아가지 못했는데
그대처럼 마음 내키는 대로 살면 어찌 근심이 있으리.
분별하여 한가한 몸이 되어 자연을 차지하고
시골에서 성인의 도리를 가르치는 일 맡았네.
갈대에 가랑비 내리면 고기그물 걷고
버드나무에 솔솔바람 불면 꾀꼬리 소리 들리네.
도산에서 말 전하면 응당 받아드릴 것이니
이제부터 좋은 시절 저버리지 말게나.

說歸休者未歸休　高臥如公有底愁　判得閒身占雲水　任敎吾道付滄洲
蒹葭細雨收漁網　楊柳微風聽栗留97)　傳語陶山應首肯　從今不負好春
秋 (高敬命 : 次原韻. 漆溪遺集)

---

96) 고경명(高敬命 : 1533~1592) 조선조 선조 때 의병장. 호는 제봉(霽峰). 동래부
　　사를 역임, 임진왜란 때 의병장으로 금산에서 싸우다 전사. 『제봉집(霽峰集)』
　　이 있다.
97) 율류(栗留) : 꾀꼬리의 다른 이름.

화자는 관직을 버리고 도연명처럼 전원으로 돌아가서 쉴 생각은 오래전부터 가지고 있었으나 뜻대로 되지 않았다. 그런데 칠계는 마음 내키는대로 전원에 돌아와서 자연을 차지하여 정자를 짓고 휴식 공간을 만들었으니 근심걱정 될 것이 없을 뿐더러, 시골에서 성인의 도리를 가르치는 훈장일까지 맡았으니 모든 소원이 이루어진 이 사실에 대하여 매우 부러운 마음으로 받아들인다.

"갈대"와 "가랑비", "미풍"과 "꾀꼬리"와 같은 서정적인 용어를 사용하여 고기잡이 그물과 꾀꼬리 소리를 연결시켜 전원생활의 즐거움을 나타내었다.

퇴계와의 시작 왕래가 빈번하였던 사실은 칠계에게는 또 하나의 풍류적 삶의 즐거움이었으며, 이제부터 좋은 계절을 부담없이 즐기라고 주문한다.

무등산 연봉을 조망하는 : 호가정(浩歌亭)

— 광주광역시 광산구 본덕동 (지방문화재 제14호)

극락강과 황룡강이 합류하는 지점에 위치하고 있는 이 정자는 무등산 연봉을 조망할 수 있는 언덕 위에 자리잡고 있다.

1548년에 설강(雪江) 유사(柳泗)가 정치계의 사화를 보고 위기감을 느껴 벼슬을 사양하고 낙향하여 정자를 짓고 유유자적 하던 곳이다.

당시에는 영호남의 명사인 이황(李滉), 이언적(李彦迪), 오겸(吳謙), 유희춘(柳希春), 이안눌(李安訥), 김성원(金成遠) 등이 이곳에 찾아와서 함께 창수(唱酬)하였다.

임진왜란 때 소실, 1871년에 후손들이 재건, 1933년에 중수하였다. 건물 안에는 이 정자를 왕래하였던 당대 문장가들의 시와 기문이 걸려 있다.

정자의 구조는 정면 3칸, 측면 2칸의 팔작골기와집이다. 방이 마루로 되어 있고, 분합(分閤) 문이 달려 있어 네 벽의 문을 천정으로 올리면 전체를 마루로 이용할 수 있다.

호가정 원운(原韻)

유 사(柳泗)98)

서늘한 돌베개에 솔그림자 찾아 들고
바람 부는 난간에는 들빛이 돌아오네.
차가운 강물의 밝은 달빛 속에는
눈 쌓인 작은 배가 오고 있네.

아래는 구강이요 위에는 하늘인데
할 일 없는 늙은이가 안개 속에 의지하네.
부산하고 바빴던 지난 일 무엇하러 생각하리
늦 사귄 물가의 새는 쓸쓸하게 졸고 있네.

石枕松陰轉　風欄野色回　寒江明月裏　裝雪小舟來
下有九江上有天　老夫無事倚風煙　奔忙往跡何心計　晚契堪憐岸鳥眠
(柳泗：浩歌亭原韻·板上詩)

이 정자를 창건한 유사의 원운(原韻)이다.

오언절구인 위의 시에서는 처음부터 철저하게 시각을 통한 사연 묘사에 일관하고 있다. 솔 그림자, 들 빛, 작은 배가 결국 시의 중요한 소재가 되어 있다. 시간의 경과에 따라 등장하는 자연물이다.

---

98) 유사(柳泗 : 연대미상) 명종 때 문신. 호는 설강(雪江). 1528년에 문과에 급제, 삼사(三司)에 드나들고 여러 요직을 역임하며 승지에 이르렀다. 권신들의 모함을 받고 고향에 와서 은둔하면서 호가정을 창건하였다.

호가정

　직접적인 표현은 삼가면서 돌, 그림자, 바람, 눈 등 차가운 감각적인 분위기를 조성할 수 있는 용어를 통하여 화자의 현실을 보는 시각이 외롭고 쓸쓸하다는 것을 알 수 있다.

　칠언절구에서는 앞의 시와는 달리 화자의 고민이 직접 담겨 있다. "안개 속에 의지하네"는 속세를 떠난 은자라는 뜻과 함께 몸을 자연에 의지하고 있는 생활에 자족하고 있음을 알 수 있다.

　명리를 쫓아 부지런하고 바삐 돌아다니던 속세에서의 과거사는 다 잊어버리고 자연 속에 파묻혀 걱정 없이 살고 싶다는 심정을 토로하였다. 이런 가운데 때마침 화자의 벗인 물가의 새가 쓸쓸하게 졸고 있는 모습을 발견한다. 이런 새의 모습은 바로 화자의 분신이다.

삼가 제영을 따라 읊다

이안눌(李安訥)99)

해지는 저녁 마을에는 푸른 연기 모여 있고
맑은 하늘 강가에는 백조들이 돌아오네.
높은 곳의 정자는 본디 비할 데 없이 기묘하여
좋은 사람 따라 자주 찾아오네.

해가 저가니 산은 밝고 물에는 하늘이 비치고
시내 건너 외로운 가게에는 밥 짓는 연이 떠오르네.
소나무 숲의 돌층계는 씻은 듯이 깨끗하고
맞은 편 모랫가에는 백로가 졸고 있네.

村晩靑煙合 江空白鳥回 高亭本奇絶 更與可人來
落日山明水映天 隔溪孤店起炊烟 松林石磴淸如洗
坐對沙邊白鷺眠 (李安訥 : 謹次題詠 板上韻)

저녁 한 때의 조용한 마을의 푸른 연기와 상가의 백조를 통하여 한 폭의 동양화를 그리듯이 아름답게 형상화하였다.

이러한 아름다운 자연 속에 비할 데 없이 기묘한 정자가 높이 솟아 있다. 화자는 가까운 친구 또는 시인묵객과 더불어 자주 찾아 올라온다.

---

99) 이안눌(李安訥 : 1571~1637) 조선 인조 때 문신. 호는 동악(東岳). 1599년에 문과에 급제, 안동감사, 강화부윤, 예조판서를 역임. 『동악집(東岳集)』이 있다.

다음의 칠언절구도 앞의 오언절구의 전개 방식과 함께 철저하게 시각적인 관찰로 일관되어 있다. 시 한 편이 그림 한 폭을 그린 것 같다.

저녁 한 때의 물 건너 가게를 중심으로 주위의 조용한 분위기를 실감나게 그렸다.

후반부에서는 깨끗한 돌층계의 가까운 거리와 모래사장과 백조와의 먼 거리를 통하여 자연스럽게 원근법을 구사하면서, 청정지역에서 홀로 외롭고 쓸쓸하게 있는 백조를 통해 화자 자신의 모습을 발견한다.

삼가 원운을 따라 읊다

오 겸(吳謙)[100]

계산으로 둘러있는 한 신선이 사는 마을을 찾아드니
명사십리를 구름과 안개가 지키고 있네.
주인의 맑은 뜻은 끝내 빼앗기 어려우니
우연히 참된 인연을 얻어 반나절을 졸고 있네.

爲訪溪山一洞天　沙明十里護雲烟　主人淸意終難奪　偶得眞緣半日眠
(吳謙 : 謹次原韻・板上詩)

신선세계와 같은 산촌마을에 찾아드니 명사십리에는 안개가 자욱

---

100) 오겸(吳謙). 미상

하다.

 정자 주인의 고아한 아취는 빼앗을 수 없으나 다만 참된 인연에 만족하고 마음 놓고 반나절 졸 수 있으니, 그것으로 만족하는 화자의 편안하고 한가한 마음이 여실히 반영되었다.

광주광역시

북구

이 지역은 시의 북부에 위치하고 있으며 1955년에 광주에 편입되었다. 아직도 농업 지역이 많이 있어서 임야와 경작지의 비율이 높다.

최근에 관공소의 이전과 도로 정비에 힘입어 신흥 주택지역으로 주목받고 있다.

벽오동나무 언덕에 있는 : 환벽당(環碧堂)

식영정 높은 언덕에서 내려오면 바로 광주에서 화순으로 이어지는 2차선 국도가 있다. 광주호는 바로 이 길을 제방 삼아 북쪽 끝에 있으며, 이 호수를 끼고 담양군 남면 쪽으로 조금 걸으면 넓은 호수가 보인다. 그 옆에 작은 다리를 건너면 담양군에서 광주광역시로 바뀐다. 왼쪽 언덕에 오르면 거기가 바로 환벽당이다. 식영정에서 불과 500m인 가까운 거리에 있다.

1555년에 김윤제(金允悌)가 창건하였다. 이 사람은 중종 때 문과에 급제한 후 홍문관 교리와 나주목사로 있다가 을사사화가 일어나자 고향인 이 곳 충효동에 내려와서 별당인 환벽당을 그의 집 뒤에 짓고 자연을 벗 삼아 한가롭게 지내면서 후진을 키웠다.

전설에 의하면 김윤제가 이곳에서 낮잠을 자다가 집 아래 용소(龍沼)에서 용이 놀고 있는 꿈을 꾸었다. 잠을 깨고 가보니 한 소년이 미역을 감고 있었다. 그 소년이 바로 송강 정철이었다.

환벽당

이런 인연으로 송강은 김윤제의 외손녀 사위가 되어 27세에 과거에 급제하기까지 10여 년 동안 머물면서 이곳에서 공부하였다. 그의 「성산별곡(星山別曲)」에는 환벽당 주변의 산수 경관이 담겨 있다.

짝맞은 늙은 솔은 조대(釣臺)에 세워 두고
그 아래 배를 띄워 가는대로 던져두니
홍료화(紅蓼花) 백빈주(白蘋洲) 어느 사이 지났는지
환벽당 용의 소(沼)에 뱃머리가 다았세라
청강 녹초변에 소먹이는 아이들이
석양에 흥에 겨워 단적을 빗기 부니
물 아래 잠긴 용이 잠 깨어 일어날 듯

「성산별곡(星山別曲)」

조대 아래에서 배를 타고 환벽당 밑의 소에 이르기까지 아름다운 주변의 경치와 석양에 피리 부는 목동들의 평화스러운 모습이 그림처럼 실감나게 표현되었다.

정자의 규모는 정면 3칸, 측면 2칸, 동쪽 2칸은 마루로 되어 있고, 서쪽 2칸은 방이며, 그 앞에 반 칸짜리 툇마루가 깔려 있다. 마루에 앉으면 남쪽 무등산이 잘 내려다보인다.

환벽당

김인후(金麟厚)101)

푸른 물결 부딪치는 소리 푸른 하늘에 잠기고
모래톱에 말을 세웠던 때 언제던가.
한공(韓公)의 집은 쑥과 띠로 덮였고
도령(陶令)의 밭에는 오히려 솔과 국화가 있었네.
여울의 물고기와 새우는 허리 굽혀 잡고
숲의 나뭇가지에는 원숭이 기어오르다 떨어졌네.
어느 때 창가에 술자리를 마련하여
말 술을 서로 권하며 자연과 어울리겠는가.

綠浪粼粼蘸碧天 沙邊立馬不知年 蓬茅自比韓公舍 松菊猶存陶令田
石瀨魚蝦供俯掇 林柯猿狖失攀緣 何當促席軒窓畔 斗酒相將合自然
(金麟厚 : 環碧堂 · 河西全集 10 : 25)

---

101) 김인후(金麟厚), 주) 95 참조.

화자는 이 정자를 찾아온 지 오래되었다. 이곳에 와 보니 띠집과 소나무와 국화를 볼 수 있었다. 한공은 당나라 때의 한퇴지를 말하는 것으로 이 곳 환벽당에 와 보니 그가 생각났고, 소나무와 국화를 만나니 도연명의 「귀거래사」에 "삼경은 손질하는 이 없어 거칠어졌으나 소나무와 국화만은 아직도 남아 있고(三經就荒 松菊猶存)"라는 문구를 차용하여 환벽당의 당시 모습을 표현하였다.

"여울의 물고기와 새우는 허리 굽혀 잡고"는 한퇴지의 「남산시」(南山詩)에 나오는 "魚蝦可俯掇"이란 시구를 차용하였고, 이 밖에 "숲속의 나뭇가지(林柯)"라든가 "기어오르다"(攀緣) 등도 「남산시」에 나오는 용어들이다. 이렇게 한퇴지의 시어를 차용하여 환벽당의 자연환경의 아름다움을 읊었다.

미연(7·8행)에서는 다정한 친구와 함께 술을 실컷 마시면서 자연과 어울리어 하나가 되기를 희구하였다.

이와 같은 시상은 이태백의 「달 아래에서 홀로 술을 마시다(月下獨酌)」에서 "석 잔 마시면 대도와 통하고, 한 말을 마시면 자연과 하나가 된다(三杯通大道 一斗合自然)"고 읊었는데 "대도"와 "합일"은 이태백의 이상적인 경지이다. 마음 내키는 대로 마시면 마음은 스스로 이러한 경지와 합치된다는 것인데, 이 시의 화자도 이와 같은 정신세계를 희구하였다.

환벽당

임억령(林億齡)[102]

석양의 강가 모래밭에는 자그마한 배 가로 놓였고
우산을 펼친 듯 연잎은 물 속에 밝게 비치네.
늙은이는 무병하여 체력 증강을 부추기고
비낀 바람에 가랑비는 오락가락 가볍게 내리네.

夕陽沙際小船橫　布傘如蓮水底明　衰老縱無恙濟力　斜風細雨往來輕
(林億齡 : 環碧堂 · 板上詩)

　환벽당 밑에는 광주호가 만들어지기 이전에는 하나의 작은 연못
이 있었다. 이 시의 전반부는 환벽당 아래에서 전개되는 자연 경관
의 한가로운 모습을 묘사하였고, 후반부는 이러한 분위기 속에서 살
고 있는 건강한 노인의 모습과 계절의 단면을 그림처럼 자연스럽게
읊었다.

---

102) 임억령(林億齡) 주) 85 참조.

충절을 기리던 취가정(醉歌亭)

— 광주광역시 북구 충효동

식영정 앞에서 소쇄원 쪽으로 0.4Km 정도 가면 오른쪽 창계천 위로 난 시멘트 다리를 건너 100m 쯤 가면 낮은 언덕 위에 취가정이 나타난다.

김덕령(金德齡)의 혼을 위로하고, 그를 기리기 위하여 후손인 김만식(金晩植) 등이 1890년에 세운 정자다. 정자의 이름은 김덕령과 권필(權韠)의 꿈 이야기에서 유래하였다.

김덕령은 무등산 아래 충효동에서 태어나 소년시절 무등산에서 문예를 닦았다. 지금도 무등산 곳곳에는 그와 관련된 전설이 많다. 그는 임진왜란 때 의병장이 되어 고경명, 곽재우 등과 함께 크게 활약하였으나, 모함을 받고 억울하게 옥사하였다. 이렇게 죽은 김덕령 장군은 어느 날 권필의 꿈에 나타나 한이 맺힌 「취시가」(醉時歌)를 불렀다. 노래는 다음과 같다.

술 취하여 부르는 노래

이 노래 듣은 사람 아무도 없네
나는 꽃이나 달에 취하고 싶지도 않고
나는 공훈을 세우고 싶지도 않네
공훈을 세우다니 이것은 뜬 구름이고
꽃과 달에 취하는 것 또한 뜬 구름이라네
술에 취하여 부르는 노래
이 노래 아는 사람 아무도 없네
내 마음 다만 긴 칼로 어진 임금 받들고자 하네

　정자는 사면이 산으로 둘러있고, 정자 앞 언덕에 Y자 모양의 줄기만 있는 나무 10그루가 하늘에 호소하는 듯이 서 있다.

　건물 구조는 정면 3칸, 측면 2칸의 팔작겹처마기와집이며, 처마 밑에는 「취가정기」, 「취가정상량문」이 나란히 걸려 있다. 6·25 때 소실된 것을 1955년에 김희중 등이 복원하였다.

취가정원운

김만식(金晩植)[103]

슬퍼 술잔을 멈추고 나는 오래 생각하니
강변 다리에는 이슬비가 내려서 아득하네.
말이 떠난 봄 언덕에는 신비스러운 채찍이 끊어지고
용이 잠긴 가을 물엔 한 칼이 무디었네.

---

103) 김만식(金晩植), 미상.

옛날 유업 계승하여 정자를 일으키니
그 전부터 이 마을에는 새로운 빛이 찾아왔네.
고기잡이 늙은이는 그 때 일을 어찌 알리
빈 낚시터에 돌아와 앉아 석양을 낚네.

悄悵停盃我思長　江橋烟雨正茫茫　春原馬去神鞭斷　秋水龍沈一劍荒
爲輯簷楹因舊業　從來閭里有新光　漁翁豈識當時事　還坐虛磯釣夕陽
(金晩植：醉歌亭原韻·板上詩)

취가정

화자는 김덕령의 후손이며, 이 정자의 창건자 중 한 사람이다.
　슬퍼서 술잔을 멈추는 이유는 화자의 조상인 김장군이 억울하게
죽은 사실 때문이다. "채찍"이나 "칼"은 김장군 생존시 소유물이며,

"끊어지고", "무디었네"는 모두 지금은 없는 장군의 좌절된 모습이다. "옛날 유업"도 장군이 국가를 위하여 신명을 바친 사실이며, 그 유업을 계승하는 뜻에서 정자를 지었다는 사실을 분명히 하였다. "새로운 빛"은 정조 임금이 김장군의 공적을 기리기 위하여 '충효'라는 마을 이름을 하사한 일을 말한다.

화자는 김장군이 국가를 위하여 충성을 바쳤는데도, 억울하게 죽은 사실이 세월과 더불어 잊혀져가는 현실을 어부를 등장시켜 억울함을 호소한다. 화자는 외롭고 쓸쓸한 심정을 달랠 길이 없어 석양의 햇빛을 받으며 낚시터에서 세월을 낚는다.

취가정 판상운을 따라 짓다

최 수화(崔洙華)[104]

정자에 올라 눈물을 뿌리며 오래 탄식하니
몸을 굽힌 그 이치 아득하기만 하네.
쓸쓸한 옛 마을에 느티나무는 늙었고
적막한 빈 산 위의 무덤에는 풀이 덮였네.
공을 이루었으나 당시에 모든 힘은 당하였고
임금이 명령 내린 이곳은 사랑의 빛을 받았네.
날쌔고 재빠른 그 용맹이 쓸데없이 되었으니
그 때를 슬퍼하며 석양빛을 마주하네.

灑淚登亭仰歎長　屈伸底理正茫茫　蕭條古里枌楡老　寂寞空山墓草荒
貝錦成時何譖酷　絲綸降處拜思光　勇如翼虎終無用　悵憶當年對夕陽

---

104) 최수화(崔洙華) 미상

(崔洙華：醉歌亭用板上韻·板上詩)

　　화자가 눈물을 뿌리며 오래 탄식하는 것은 억울하게 죽음을 당한 김장군 때문이며, 지금 정자 주위는 세월이 오래되어 나무들이 이미 늙어버렸다고 생각한다.

　　적막한 산 위에 있는 장군의 무덤에는 풀이 덮여있다는 사실과 의병장으로서의 전공에도 불구하고 호된 참소를 당한 억울한 역사적 사실을 회상한다.

　　장군의 생전의 전공을 기리기 위하여 임금께서 이 마을에 '충효'라는 이름을 하사하여 마을은 임금의 시혜를 받아서 영광을 누리게 되었는데, 장군의 날쌔고 용감한 기개를 펴지 못한 것은 천추의 한이 된다.

　　화자는 장군의 기구한 운명이 슬퍼서 몸 둘 바를 모른다. 외롭고 쓸쓸한 마음을 진정할 수 없어서 부질없이 석양의 햇빛을 받고 서 있다.

전라남도

담양군

담양군은 전라남도 북단에 위치하고 있으며 영산강 최상류 유역에 속하고 있다. 옛날부터 대나무가 많은 고장으로 유명하다. 지형은 북쪽지대가 높은 반면 남쪽은 낮은 편이다. 동서보다 남북으로 길며, 북쪽에는 노령산맥의 지맥인 수월산·광덕산 등의 높은 산이 있고, 영산강의 지류인 담양강이 군의 중앙을 지나간다. 담양은 선비정신을 자랑으로 삼는 옛 모습을 많이 간직하고 있는 곳이며, 또한 가사문학의 탯자리로 불린다. 추월산을 뒤로 하고 광주호·담양호를 끼고 있는 물과 대나무숲이 어우러져 있어 예부터 풍광이 아름답기로 유명하다. 영남에는 함양군에 정자가 집중된 정자마을이 있고, 호남에는 이곳 담양군에 비교되는 정자마을이 있다. 위치상 함양의 정자들은 바로 계곡물이 흐르는 암반 위에서 구슬처럼 흩어지는 깨끗하고 맑은 물을 감상하기에 알맞은 곳에 위치하고 있으며, 담양의 정자들은 높은 언덕에서 먼 곳에 전개되는 산수를 바라보는 경치를 감상하기 좋은 위치에 있다. 담양을 가사문학의 탯자리라고 부르게 된 것은 면앙정俛仰亭 송순宋純과 송강松江 정철鄭澈이 담양의 자연에 매료되어 「면앙정가俛仰亭歌」와 「성산별곡星山別曲」과 같은 가사문학을 탄생시켰기 때문이다.

16세기는 사화의 태풍이 거세게 몰아치던 시기였다. 중앙무대에서 쫓겨나거나 실망한 나머지 자진하여 낙향하는 선비들이 많았다. 담양에 고향을 눈 선비들도 예외는 아니었다. 어지럽고 시끄러운 세상을 벗어나서 고향 담양 땅에 정자와 원림園林을 만들고 우유자적하면서 학문연구와 시작으로 소일하는 한편 후진 양성에 주력하였다.

호남 제일 가단의 발생지 : 면앙정(俛仰亭)

— 전라남도 담양군 봉산면 제월리(전남기념물 제6호)

　면앙정은 담양의 제월봉 언덕 위에 자리잡고 있다. 여기서 바라보면 추월산에서부터 시작하여 무등산에 이르는 일백 리에 가까운 경치를 한눈에 조망할 수 있다.

　이 정자는 면앙정 송순이 1533년에 세웠으며, 그 때 나이 41세였고, 조선조 중종 28년이었다. ‘면앙’이란 뜻은 땅을 내려다보고 하늘을 쳐다본다는 뜻으로, 아무런 사심이나 꾸밈이 없는 너그럽고 당당한 경지를 바라는 마음을 말한 것이다.

　가파른 대숲 사이 비딜길을 오르면 돌게단이 이어진다. 비교적 넓은 평지가 있고 거기에 정자가 서 있다.

　송순은 77세에 의정부 우참판을 끝으로 은퇴하여 91세에 돌아갈 때까지 이 정자에서 우유자적하였다. 호남의 명사들인 김인후, 임억령, 고경명, 정철, 임제 등이 좋은 경치와 노학자를 찾아 이곳으로 드나들면서 시 짓기를 배우고 즐겨서 이곳을 호남 제일 가단이라고 부르게 되었다.

면앙정

정자 안에는 이황과 김인후의 시 외에 임제의 「면앙정부」, 임억령의 「면앙정 30영」, 송순 자신의 「면앙정 3언가」 등의 현판이 걸려 있다. 정자 앞뒤의 큰 참나무 두 그루는 송순이 정자를 지을 때 기념으로 심은 것이라고 전한다.

1597년 임진왜란으로 붕괴, 1654년에 후손들이 재건, 그 후에도 몇 차례 보수하였다. 건물 구조는 정면 3칸, 측면 2칸, 가운데 한 칸짜리 방이 있고, 삥 둘러 사방에 마루가 깔려 있어 주변의 아름다운 자연을 고루 구경하게끔 되어 있다.

송순이 나이 87세 때에 과거급제 60주년을 기념하기 위한 회방(回

榜) 잔치가 열렸다. 인근에 살던 명사 100여 명이 모일 정도로 성황이었다. 잔치가 끝나고 송순이 정자에서 내려올 때 제자인 정철, 임제, 고경명, 이후백 등 4명이 손가마를 만들어 스승을 메고 언덕길을 내려왔다고 한다. 이들은 후일 모두 유명한 인물이 되었다.

면앙정 삼언가

송 순(宋純)105)

굽어보면 땅이요, 우러르면 하늘이라
정자 속에는 크고 넓은 흥이 있네.
풍월을 불러들이고 아름다운 산천은 끌어 당겨
명아주 지팡이 짚고 가며 한 평생을 보내리라.

俛有地 仰有天 亭其中 興浩然 招風月 把山川 扶藜杖 送百年
(宋純 : 俛仰亭三言歌·板上韻)

　면앙정이란 이름의 유래가 이 시에서 분명하게 밝혀졌다. 이 정자 안에서 아름다운 자연과 더불어 호연지기를 펼치며 사는 즐거움을 노래하였으며, 한평생을 즐기며 보내고 싶다는 소망이 담겨 있다.

---

105) 송순(宋純 : 1493~1592) 호는 면앙정, 또는 기촌(企村). 1519년에 진사로 문과에 급제, 77세에 의정부 우참판, 판중추부사를 지냈다. 가야금을 잘 타는 풍류객이었다. 『기촌집(企村集)』이 있다.

면앙정가

송 순(宋純)

넓은 바위 위에 송죽을 헤치고
정자를 앉혔으니 구름 탄 청학이
천리를 가려고 두 날개 버렸는 듯
옥천산 용천산 나린 물이
정자 앞 넓은 들에 줄기마다 퍼진 듯이
넓거든 길지 말거나 푸르거든 희지 말거나
쌍용이 뒤트는 듯 긴 깁을 펴놓은 듯
어디로 가려고 무슨 일 바빠서
닫는 듯 따르는 듯 밤낮으로 흐르는 듯[106]

면앙정 뜰에 세운 「면앙정가사비」에 이 부분이 음각되어 있다.

처음에 송죽을 헤치고 정자를 짓고, 그 속에서 바라보는 아름다운 자연의 모습을 읊었다.

정자의 위치와 주변의 산세, 정자에서 내다본 사계절에 따르는 변화, 정자를 둘러싼 일곱 산의 원근, 강물이 흐르는 모양과 하얀 모래, 달밤에 고기 잡는 어부의 노래, 하늘을 나는 청학과 기러기, 가마 타고 좁은 길을 다니는 모습, 술이 익으면 벗을 불러 마시고, 임금의 은혜를 입어 강산풍월을 다 거느리고 신선이 되어 태평세월을 구가하며 이태백보다 더 멋있는 풍류를 즐기는 기쁨이 전 작품 속에 흘러넘친다.

---

106) 송순(宋純) : 「면앙정가(俛仰亭歌)」

면앙정에서 양자점운에 차운하다

이안눌(李安訥)[107]

높고 평평한 마을에 옛 숲이 높이 솟았고
올라와 바라보니 쏠리는 마음이 기록하기 힘드네.
서쪽을 바라보니 들판의 끝은 어디인가
남쪽에 와서 보니 뛰어난 경치 이 정자가 으뜸이네.
재주가 부끄러워 오래 사양하였으나 시 짓기 잘되니
기개는 산에 비할 수 있고 술 많이 드는 일은 숨기네.
도리어 저녁 구름을 향해 흰 머리를 긁는데
가을바람이 지는 잎에 불어오니 쓸쓸하고 번거롭네.

廣平鄕里舊林皐 登眺爲心簿領勞 西望川原何處極 南來形勝此亭高
才慚謝守裁詩妙 氣比山谷伏酒豪 却向暮雲搔白鬢 秋風吹葉落蕭騷
(李安訥 : 俛仰亭 次梁子漸韻 · 東岳集 9 : 17)

화자는 정자 주변의 자연 환경부터 살핀다.

정자에 올라와서 보니 기록하기 힘들 정도로 경치가 아름답다. 서쪽은 넓어 들판의 끝이 보이지 않고, 남쪽 땅에서는 이 정자의 주변 경치가 으뜸이다.

재주가 없어서 글짓기가 부끄러웠으나 여기 와서 좋은 경치에 자극받아 글짓기가 잘 된다. 기개는 산과 비교할 정도로 높으나 술 많이 마시는 일은 자랑거리가 못된다고 생각한다.

---

107) 이안눌(李安訥), 주) 99 참조.

아름다운 경치를 보니 화자는 상대적으로 이미 늙어서 흰 머리를 긁으며 걱정이 많다. 마침 가을바람에 나뭇잎이 지는 것을 보니 자기 처지와 같아서 마음이 쓸쓸하고 번거롭다.

삼가 기촌의 시운을 차운하다

임억령(林億齡)[108]

재주가 다하니 시 짓기가 어렵고
나이 드니 잠도 이루기 어렵네.
속세는 나그네에게 한이 되고
강과 바다는 고향에 대한 정을 일으키게 하네.
산을 끼고 있으니 오히려 바라보지 못하고
해바라기는 말라서 죽어가려 하네.
곤궁하여 수심에 잠긴 마음 어디다 쏟아 버리며
관가의 맑은 술은 단지에 가득찼네.

才盡詩難就 年衰睡不成 塵埃爲客恨 江海憶鄕情
山擁寧辭望 葵枯肯廢傾 窮愁何處瀉 官釀滿壺淸
(林億齡 : 奉次企村韻·石川詩集 3 : 16)

좋은 경치를 만나서 시를 짓고 싶은 생각이 간절하나 재주도 없고 늙어서 잠도 오지 않는다. 속세는 모든 것이 뜻대로 되지 않아서 길손에게는 한을 안겨 주고, 강과 바다는 화자에게 고향에 대한 그리운 정을 안겨 준다. 가고 싶어도 주위에는 산이 에워싸고 있으니

---

108) 임억령(林億齡) 주) 85 참조.

고향을 바라볼 수도 없다.

　화자는 속세에 대한 번뇌에 시달려서 어렵고 궁한 처지가 되고
수심에 잠긴 마음을 쏟아버릴 데도 없으니 술단지에 가득한 맑은 술
이나 실컷 마시면서 현실의 괴로움을 치유하려고 생각한다.

노송의 향기 짙은 : 송강정(松江亭)

— 전라남도 담양군 담양읍 원산리(지방기념물 제1호)

담양에서 광주로 들어가는 2차선의 옛길, 면앙정을 지나 비교적 가까운 거리에 송강정이 있다. 가다가 오른편 언덕에 늙은 소나무와 대나무 숲에 가리어 지붕 한 귀퉁이가 우뚝 솟아 있는 것이 보인다.

돌계단을 밟고 올라가니 죽록정(竹綠亭)이란 건물 이름이 먼저 보였다. 잘못 찾아온 것이 아닌가 의아해 하면서 끝까지 올라가니 송강정이란 또 하나의 현판이 뚜렷하게 걸려 있었다.

당쟁의 소용돌이 속에서 서인 진영에 속해 있던 송강이 1583년에 동인들의 탄핵을 받고 대사헌직에서 물러나 이곳에 내려와서 움막 같은 정자를 짓고 죽록정이라고 불렀다. 송강 사후 200년이 지나서 폐허가 된 집을 1770년에 후손들이 재건하여 송강정이라고 고쳐 부르게 되었다.

송강은 16세 때 어머니를 따라 외가인 이곳 창평으로 이주하였다. 여기서 기대승, 김인후, 송순 등 여러 학자에게서 수학하고, 임억령에게서는 시를 배웠다. 송강에게는 이곳이 휴식과 문학적 사색의 고장이어서 「사미인곡(思美人曲)」과 「속미인곡(續美人曲)」 같은 명작을 남겼다. 지금 송강정 뜰에는 1955년에 오석 바탕에 흰 글씨로 새긴 「사미인곡 비」가 서 있다.

정자의 구조는 정면 3칸, 측면 3칸의 팔작기와집에 안에는 따로 방이 하나 있고, 양옆이 마루로 되어 있어 손님을 맞이하거나 시원한 바람을 즐길 수 있게 설계되었다.

사미인곡

정 철(鄭澈)[109]

동풍이 건듯 불어 적설을 헤쳐내니
창 밖에 심은 매화 두세 가지 피었세라
가득 냉담한데 암향은 무슨 일인고
황혼에 달조차 베갯머리에 비치니
느끼는 듯 반기는 듯 님이신가 아니신가
저 매화 꺾어내어 님 계신데 보내고자
님이 너를 보고 어떻다 여기실고

「사미인곡」은 임금을 사모하는 정을, 한 여인이 남편을 생이별하여 연모하는 형식으로 읊었다. 외로운 신하가 임금을 그리워하는 갸륵한 충정이 유려한 필치로 묘사되어 있다. 작품내용은 사계절을 따

---

109) 정철(鄭澈 : 1536~1593) 조선조 문신, 호는 송강(松江), 1562년에 문가에 급제, 서인의 거두로 동인과의 당쟁에서 밀려나 귀양살이를 하다가 다시 정계에 복귀하여 우의정에 올랐다. 강원도 관찰사로 있을 때 지은 「관동별곡」을 비롯하여 「사미인곡」 등으로 국문학사상 가사문학의 대가가 되었다. 『송강집(松江集)』이 있다.

송강정

라 지었다. 여기 인용한 글은 봄에 대한 원한을 나타낸 부분이다.

봄이 와서 눈이 녹으니 매화가 피어 향기를 뿜고, 베갯머리에 달이 비치니 임이 찾아온 듯 반긴다. 매화를 꺾어 보내면 나를 만난 듯이 반가워할는지 안타까운 심정을 읊었다.

송강의 정자를 생각한다

임억령(林億齡)[110]

푸른 들에는 붉은 벼가 많고
맑은 강에는 흰 빛의 물고기가 많네.
가을이 오니 병이 걱정되고
늙어가니 나무하고 고기잡는 일 그립네.
소나무 아래 낚시 드리우고 기다리며
산 언덕에 이미 살 곳을 정하였네.
돌아갈 때가 걱정될 쯤에는
아이들아 너희들은 수레를 준비하려무나.

綠野多紅稻 淸江物白魚 秋來愁疾病 老去戀樵魚
松下期垂釣 山厓已卜居 歲時歸許決 童僕汝巾車
(林億齡 : 憶松江別墅・石川集 3 : 12)

　들에 있는 벼와 강물에 있는 물고기를 붉은 색과 흰색을 통하여
정자 주변의 정경을 미화(美化)하었다. 이렇게 좋은 계절을 맞이하였
는데 화자는 자신의 병이 걱정된다. 늙어가니 시골에서 나무하고 낚
시를 드리우면서 한가하게 세월을 보낼 생각을 하고 있다.

　언덕에는 살 곳을 이미 정해 놓고 고향에 돌아갈 때가 되면 타고
갈 수레를 아이들에게 주문한다.

　화자는 지금 벼슬자리에 있으면서 아름다운 자연 환경 속에서 늙

---

110) 임억령(林億齡) 주 85, 참조.

어가는 사실을 자각하고, 모든 것을 버리고 궁벽한 시골의 자연에
와서 한가하게 여생을 마칠 생각을 하고 있다.

송강의 운에 차운하다

윤근수(尹根壽)111)

맑은 물이 돌아 흐르는 푸른 산 머리에
반나절 정자에 올라 돌아다니며 노네.
궁벽한 깊은 계곡 기묘한 곳에는
흰 구름 아래 숲의 단풍에는 가을이 무르익었네.(제1수)

인간 세상이 슬퍼서 탄식하며 한번 머리를 돌리니
글 짓는 사람 오래 생각하면서 이 속에서 노네.
회오리바람이 지나가니 하늘에는 검은 구름이 남고
달 속에 궁전은 아득하니 지금이 어느 때인가.(제2수)

淸流環轉碧山頭　半日亭皐作勝遊　幽磵更窮奇絶處　白雲紅葉滿林秋
(제 1수)
　人世悲歎一轉頭　詞仙長憶此中遊　飆輪已遠空遺墨　玉宇瓊樓渺幾秋
(제 2수)(尹根壽 : 次松江韻 · 月汀集)

　흰 구름과 단풍이 짙게 물든 가을 하늘 아래 맑은 물이 흐르는
정자 주변을 돌아다니며 즐겁게 놀고 있다. 때마침 숲에는 단풍이

---

111) 윤근수(尹根壽 : 1537~1616) 조선조 문신. 호는 월정(月汀). 1558년에 문과에
　　급제, 대사성, 경기도 관찰사, 예조판서 역임. 글씨에 능하였다. 『월정집(月汀
　　集)』이 있다.

아름답고 가을이 무르익어 화자의 마음을 사로잡는다.(제1수)

제1수와는 달리 제2수에는 속세의 괴로움에 시달리고 탄식한다. 머리를 돌리니 시인묵객들이 자연 속에서 시 짓기에 골몰하면서 풍류를 즐기고 있다.

회오리바람이 한바탕 불어 닥쳐 밝은 달을 검은 구름이 덮고 있으니 달 속의 궁전을 어느 때에 만나볼까 아득하기만 하다. 화자는 맑고 밝은 달이 떠서 달나라의 신선세계를 바라보기를 소망하나 뜻대로 되지 않는다.

송림에서 광주호를 전망하는 : 식영정(息影亭)

— 전라남도 담양군 남면 지곡리(지방 기념물 제1호)

광주에서 담양으로 가는 길에 고서라는 지점에서 오른쪽으로 돌아, 화순방향으로 가는 지방도로를 타고 10분 성도 달리면 광주호가 나타난다. 광주호의 경치를 구경하면서 5분 정도 더 달리면 왼편 산기슭에 식영정이 보인다.

그림자도 쉬어간다는 이 정자는 1560년에 서하당(棲霞堂) 김성원(金成遠)이 장인인 석천(石川) 임억령(林億齡)을 위하여 세운 정자로, 서하당은 석천의 사위이며 제자였다. 당시 석천에게서 시문을 배운 사람은 김성원, 고경명, 정철이다. 스승인 임억령과 함께 이 사람들을 식영정 4선이라고 불렀고, 한때 이 정자를 사선정이라고 불렀다.

사선은 이곳에서 성산의 경치 스무 곳을 골라서 각각 「식영정 이십영」(息影亭二十詠)을 지었으니 모두 80영(詠)이 된다. 정자 옆에는 지금 「성산별곡」 비가 서 있다.

식영정

어떤 지날 손이 성산에 머물면서
서하당 식영정 주인아 내 말 듣소
인생 세간에 좋은 일 많건마는
어찌 한 강산을 갈수록 좋게 여겨
적막 산중에 들고 아니 나시는고
송구을 다시 쓸고 죽상에 자리보아
잠깐 올라 앉아 어떤고 다시 보니
천변에 뜬 구름 서석을 집을 삼아
나는 듯 드는 양이 주인과 어떠한고

이 가사의 전체 구성은 성산의 아름다운 경치와 김성원의 풍류를 사시에 따라 차례로 노래한 것이며, 송순의 「면앙정가」에서 많은 영향을 받았다. 여기 실은 가사는 서사(序詞)에 해당하는 부분이며, 김성원의 풍류생활을 동경하는 심정이 표현되어 있다.

정자의 구조는 정면 2칸, 측면 2칸, 한 칸 반짜리 방이 있고, 넓은 마루가 있다.

식영정에서 내려와서 왼편 안쪽으로는 최근에 복원한 건물이 보인다. 부용당, 김성원이 거처하던 서하당, 식영정으로 올라가는 계단 아래에는 '송강정철가사의 터'라는 기념탑이 송강의 발자취를 말해 준다.

식영정운에 차운하다

정 철(鄭澈)[112]

은자가 세상을 피하여 사는 것처럼
산 위에는 외롭게 정자가 서 있네.
들락날락하면서 아침에는 보기 쉽고
개었다 흐렸다 하면서 밤에는 별이 보이네.
이끼 긴 무늬가 낡은 벽 위에 있고
솔방울은 빈 뜰에 떨어지네.
이웃 거문고 타는 이에 끌려서
가끔 대나무 문짝을 두들기네.

幽人如避世 山頂起孤亭 進退朝看易 陰晴夜見星
苔紋上古壁 松子落空庭 隣有携琴客 時時叩竹扃
(鄭澈：次息影亭韻・松江原集 1：23)

---

112) 정철(鄭澈) 주) 109 참조.

외롭게 서 있는 정자를 화자는 세상을 피하여 사는 사람에 비유하였다. 들락날락하면서 정자는 아침에 만나기가 쉽다. 밤이면 날씨가 개었다 흐렸다 하면서 하늘의 별을 볼 수 있다.

정자를 중심으로 화자는 아침저녁으로 드나들면서 정자와의 인연을 소중하게 생각함과 동시에 한가한 생활을 즐기고 있다.

낡은 벽에 이끼가 끼었다든가 솔방울이 떨어졌다는 표현은 세월이 쉴새없이 흘러갔고 지금 이 순간도 쉬지 않고 흘러가고 있다는 현실을 감지한 표현으로 인생무상과 결부시켜 생각하였다.

식영정 운에 차운하다

고경명(高敬命)113)

느리게 읊조리며 한가히 거닐면서
마음 내키는 대로 다시 정자에 오르네.
아름다운 수레는 가을비를 맞고
무늬 있는 가래나무에는 새벽별이 떨어지네.
놀 받으니 검은 머리 미르고
이슬방울은 누런 뜰에 내렸네.
속세와는 발자취 끊은 것을 깨닫고
바위 문짝은 밤에는 빗장이 없네.

緩吟從散策 隨意更登亭 玉軫含秋雨 紋楸落曙星
披霞晞綠髮 滴露寫黃庭 自覺塵蹤斷 岩扉夜不扃
(高敬命 : 次息影亭韻 · 霽峰集)

---

113) 고경명(高敬命) 주) 96 참조.

　화자는 정자를 중심으로 우유자적하는 풍류생활을 읊었다. "수레",
와 "가래나무" 같은 특이한 소재를 중심으로 거기에 "가을비"라든가
"새벽별"을 배치하여 아름답고 서정적인 분위기를 한층 아름답게 고
조시켰다.

　"노을에 검은 머리가 마르다"는 표현으로 아름답고 개성 있는 분
위기를 절묘하게 나타내었다. 속세와 인연을 끊으니 아무리 험한 산
속의 밤이라도 자유스럽게 출입하게 되었다며 자연과의 합일된 생
활의 즐거움을 유감없이 읊었다.

계산 풍류의 산실 : 소쇄원(瀟灑園)

─ 전라남도 담양군 남면 지곡리(사적 제304호)

식영정에서 1Km 정도 내려가면 소쇄원이다.

대나무가 하늘을 찌를 듯 솟아 있는 길을 조금만 올라가면 바로 거기다. 정원문화의 정수로 알려진 이 소쇄원은 16세기초 양산보(梁山甫)가 중종 때 스승인 조광조(趙光祖)가 기묘사화 때 사약을 받고 죽임을 당하자, 출세의 꿈을 버리고 이곳 대나무 숲에 묻혀 살고자 지은 정원이다. 3대에 걸쳐 70년 동안 원림을 가꾸었다고 한다.

약 1만 평의 부지에는 제월당(霽月堂)을 비롯하여 광풍각(光風閣)과 대봉대(待鳳臺)가 중심 건물이다. 건물 외에 연못, 그리고 계곡의 대나무숲과 온갖 수목이 자연과 절묘하게 조화를 이루고 있다.

'소쇄'(瀟灑)란 말은 중국 제나라 때 공덕장(功德璋)의 「북산이문」(北山移文)에서 나온 말이다. "은자는 지조가 굳어서 속세를 뛰어넘는 풍채가 있어야 하며 인품이 맑고 명리를 탐내지 아니하며 속세를 벗어난 고결한 사상을 가져야 하며……"114)에서 나온 말이다. 양산

---

114) 夫以耿介拔俗之標　瀟灑出塵之想……(功德璋 : 北山移文 · 古文眞寶)

광풍각

보는 그 뜻을 따서 정원의 이름을 짓고 자기 호를 소쇄옹이라 하였다.

소쇄원에 들어서면 바로 보이는 초가 정자가 대봉대다. 손님을 기다린다는 뜻이 담겨 있다.

안으로 들어가면 오른쪽으로 이어지는 동쪽 담에 애양단(愛陽壇)이라고 새긴 간판이 박혀 있다. 여기를 지나면 오곡문(五曲門)이란 간판이 보인다. 그 옆에 구멍이 뚫린 담이 있고, 그 밑으로 물이 흘러들면서 암반 위에서 다섯 굽이를 이룬다하며 붙여진 이름이다. 다리를 건너면 매화를 심은 매단(梅壇)이란 곳이 있고, 그 뒤의 담에는 "소쇄처사 양공의 조촐한 집(瀟灑處士梁公之廬)"이라는 송시열의 글씨가 벽에 박혀 있다. 위쪽으로 올라가면 제월당이 있고, 아래로 내려오면 광풍각이 있다.

제월당은 정면 3칸, 측면 1칸의 팔작기와집이며 왼쪽에 한 칸 방이 있고, 나머지 공간은 마루로 되어있다. 광풍각은 처음 이름이 계정(溪亭) 또는 침계문방(枕溪文房)이라고 하였다. 정면 측면 다 3칸이며 한 칸은 방이다.

소쇄원운

김인후(金麟厚)115)

푸른 하늘 바람은 얼굴에 가볍게 불어오고
폭포는 마음을 깨끗하게 씻어주네.
꽃바람은 골짜기에 향기를 풍기고
눈과 달은 산 북쪽에 맑게 개었네.
스스로 한가한 가운데 취미를 거느리니
병든 몸에 읊조려도 무슨 상관 있으리.
연못을 그리는 마음 벌써 오래되었고
머리를 돌리니 새 울음소리도 바뀌었네.

空翠輕吹面　懸流淨洗心　花風香谷口　雪月霽山陰
自領閒中趣　何關病裏吟　池塘夢已久　回首變鳴禽
(金麟厚：瀟灑園韻・河西集 8：17)

화자는 바람과 폭포를 소재로 가볍고 깨끗한 분위기를 나타내었

---

115) 김인후(金麟厚) 주) 95 참조.

소쇄원 제월당

고, 이어서 꽃은 바람을 맞아 향기를 풍긴다고 표현하였다.

밤이 되니 눈과 달이 맑고 깨끗한 분위기를 연출한다. 이 모든 것은 소쇄원 원림에서 일어나는 정경이다.

한가한 속에 취미를 마음대로 발휘할 수 있으니, 아무리 병든 몸이라 하여도 시 한 수 읊는 것이 무슨 상관이겠는가. 화자가 우유자적한 생활을 즐기고 있음을 알 수 있다.

이 원림을 찾아오고 싶은 마음은 벌써 오래되었는데 오늘 이렇게 다시 오게 되니 소원을 이루게 되었고, 머리를 돌리니 새 울음소리는 예전과는 다르게 들린다. 세상이 변해 가고 있음을 실감한다.

화자의 한가하고 자유로운 서정을 잘 보여 주었다.

소쇄원

백광훈(白光勳)116)

새 봄에 한번 취해 동산의 노인되니
소나무 숲에서는 흩어진 머리에 바람이 부네.
중이 되고자 꿈에 읊조린 일 이미 떠났고
흰 구름 밝은 달은 물소리와 함께 어울리네.

新春一醉爲園翁　散髮松林滿面風
吟夢欲成僧已去　白雲明月水聲中
(白光勳：瀟灑園·玉峰集上 33)

화자는 소쇄원을 찾아 와서 술에 취하며 이 원림의 주인이 된 기분이다. 주위에는 대나무가 숲을 이루고, 흩어진 머리에는 바람이 불어온다. 원림 속에서 술을 마시면서 자연과 어울려 사는 즐거운 마음을 읊었다.

꿈에 속세를 떠나 중이 되고자 읊었던 마음은 이미 사라지고, 깊은 산 속에서 우유자적하는 한가한 생활을 하고 싶다는 소원을 형상화하였다.

흰 구름, 밝은 달, 물소리는 소쇄원 원림에서 전개되는 아름다운

---

116) 백광훈(白光勳：1537~1582) 조선조 시인. 호는 옥봉(玉峰). 1564년에 진사에 합격하였으나 벼슬에는 뜻이 없어 시작에 전념. 당대 일류 문장가. 『옥봉집(玉峰集)』이 있다.

자연의 모습이다. 제월당이란 이름과 합치시켜서 자연과의 합일을
희구하는 심정을 읊었다.

양형 한천거사에 드리다

고용후(高用厚)[117]

나복현(화순)에서 말을 타고 떠나니
산골짜기의 하늘은 구름으로 어두워졌네.
저물어서 친구집에 다다르니
눈 덮인 집에서는 맛 좋은 술자리 열렸네.
이날 밤에 개인 달이 밝게 떠오르니
깨끗한 빛이 산동산에 가득하네.
인하여 베개를 같이하여 누우니
옛 정이 이제 다시 도타워지네.
아침이 되면 다시 작별하게 되니
차가운 햇빛이 계정을 비추고 있네.
좋은 시절 둘이 서로 만나도록 힘쓰며
뜰의 대나무는 천 줄기마다 푸르네.

發馬蘿葍縣 峽天雲氣昏 瞑到故人宅 雪堂開芳樽
是夜霽月明 皓色滿山園 仍爲連枕宿 舊情今更敦
朝來又分袂 凍日照溪亭 佳期兩相勖 庭竹千竿靑
(高用厚 : 贈梁兄寒天居士 · 瀟灑園事實 11 : 16)

---

117) 고용후(高用厚 : 1570년경) 조선조 문신. 호는 청사(晴沙). 1606년에 문과에
   급제, 호당에 뽑혔으나 필화사건으로 법망에 들었다 풀려났다.

이 시에 나오는 한천거사(寒天居士)는 소쇄원의 맨 처음 경영주인 양산보의 손자 양천운(梁千運 : 1568~1637)이며, 그의 호가 한천이다.

이 시를 지은 이는 고용후(高用厚)이며, 눈 내리는 겨울에 말을 타고 소쇄원에 찾아 와서 주인인 한천을 만나서 주흥을 즐기며 옛 정을 나눈 뒤에 쓴 시이다.

화자는 화순에서 말을 타고 날이 저물어서야 소쇄원 친구집에 도착한다. 밝은 달이 떠오르는 밤에 친구가 베풀어 주는 술을 마시고 베개를 같이 하여 누우니 옛정이 다시 두터워졌다.

아침이 되어 차가운 햇빛이 계정에 비친다. 둘이 작별할 시간이 찾아온다. 계정(溪亭)은 침계문방(枕溪文房)과 함께 광풍각(光風閣)의 다른 이름이다. 이 광풍각은 손님을 접대하는 누정공간이며 소쇄원 시단의 중요한 무대다.

둘은 좋은 시절에 다시 만나도록 서로 힘쓰기로 약속한다. 두 사람의 변하지 않는 우정을 상징하듯이 뜰에 있는 천 줄기의 대나무는 푸른빛을 그대로 간직하고 있다.

전라남도

장성군

장성군은 전라남도 북부에 위치하고 있으며, 자연환경은 노령산맥이 뻗어 있어 북쪽은 입안산, 북서쪽은 망장산, 문수산이 있고, 북동쪽에는 상왕봉, 백광산이 있다. 동쪽은 병풍산, 장군봉이 있어 평야는 비교적 적은 편이다.

병풍산에서 발원하는 대악천, 용흥천이 영산강 지류인 황룡강의 분류를 이루고, 장성읍 부근에서 월계천과 합류하여 광주로 유입된다.

호수 속에 투영된 : 쌍계루(雙溪樓)

— 전라남도 장성군 북하면 약수리

이 쌍계루는 행정구역상 장성군에 소속되어 있으나 내장산 국립공원 안에 들어있어 오히려 고창이나 순창쪽에서 더 가깝다.

사찰에 속해 있는 누정이지만 여느 절의 누정과는 달리 승려들의 여름철 휴식처이며, 시인묵객들이 많이 찾아드는 음유(吟遊)의 공간이다.

창건 연대는 문헌상 분명하게 기록된 것이 없다. 백양사를 창건한 연대가 632년이며 백제 무왕 때다. 그러나 이 사찰과 동시에 건립되었다는 기록은 없다.

『동인시화』에 백양사가 사면이 산으로 둘러싸여 여름에는 승려들이 피서 공간으로 사용하였다는 기록으로 보아 사찰 창건 이후에 세운 것이 분명하다.

고려말 징청수(澄淸叟)가 이 누각을 중건할 때 목은 이색(李穡)에게 「쌍계루기문」을 부탁하였는데 이 글에도 창건연대는 없다.

이 누각은 거대한 바위를 배경으로 맑은 계곡물이 흘러내려 경치

쌍계루

가 매우 빼어나고 가을 단풍을 비롯하여 일년내내 변화 있는 아름다운 경치를 자랑한다. 계곡물이 흘러내리다가 누각 앞에서 호수를 이루고 있어 건물이 통째로 반영되어 그림 같은 아름다움을 연출한다.

건물 구조는 정면 3칸, 측면 2칸의 팔작겹처마기와집이며, 사방에 난간을 둘렀다. 하층은 빈 공간이며 2층은 널마루로 되어있고 북쪽 계단을 통하여 오르게 되어 있다.

장성 백양사 쌍계루에 붙이는 시

정몽주(鄭夢周)118)

시를 구한 사람이 이제 보니 백암사 중이었고
붓을 잡고 깊이 음미하나 능하지 못함이 부끄럽네.
청수가 누각을 중건하니 그 이름 소중하고
목은 어른이 기문을 쓰니 값이 더해졌네.
안개 빛 아득하니 저녁 산이 붉어 보이고
달그림자 서성거리고 가을 물은 맑았네.
오랫동안 속세에서 답답하고 괴로워하였으니
어느 날에 소매를 떨치고 그대와 오르리.

求詩今見白岩僧　把筆深吟愧未能　淸叟起樓名始重　牧翁作起價還增
烟光縹緲暮山紫　月影徘徊秋水澄　久向人間煩熱惱　拂衣何日共君登
(鄭夢周 : 長城白岩寺　雙溪寄題·板上詩)

　백양사 승려에게서 쌍계루에 대한 제영을 부탁 받고 깊이 생각하였으나 능숙하지 못하며 부끄럽다고 겸손해 한다.

　화자는 징청수(澄淸叟)가 이 누각을 중건한 것을 매우 소중하게 생각하였다. 청수는 고려말의 문신이며, 자가 청수이고 호는 운암(雲庵)이다.

　목은(牧隱) 이색(李穡)이 누각에 대한 기문(記文)을 썼으니 더욱 값

---

118) 정몽주(鄭夢周 : 1337~1392) 고려말 충신. 호는 포은(圃隱). 1360년에 장원급제, 대사성, 대제학 역임. 1392년 『대명률』 찬정. 향교를 설치 유학을 진흥. 선죽교에서 피살됨. 『포은집(圃隱集)』이 있다.

이 더해졌다고 칭찬하였다. 이 사실은 『동인시화(東人詩話)』에서 알수 있는데 청수가 제자 절간(絶澗 : 고려말의 승려)을 시켜 목은에게 누각 이름과 기문을 받아오게 하였다. "절은 두 물 사이에 있고, 물은 절의 근원에서 합하였다가 동서로 갈라져 흘러가다가 다시 누각 앞에서 합쳐져 못을 이룬 다음 산골짜기로 흘러갑니다." 절간의 이 설명을 듣고 목은은 쌍계루라는 이름과 함께 기문을 써 주었다.

화자는 이 사실을 시로 읊었다.

안개빛, 붉은 저녁산, 달그림자, 맑은 강물 등의 소재를 통하여 누각 주변의 아름다운 가을 정경을 형상화하였다.

결연(7·8행)에서는 오랫동안 속세에 대한 번뇌에 시달렸으니, 그런 것들을 승경과 청정 지역에서는 과감하게 덜어버리고, 누각에 함께 오를 보람 있는 날을 바라고 있었다. 이 시는 사실상 청수에게 보낸 편지와 같은 형식의 시라고 할 수 있다.

삼가 포은의 쌍계루시에 차운하다

김인후(金麟厚)[119]

누각 위에 얼굴 아는 두셋 승려들이
예전 법을 잘 지키니 기뻐할만 하네.
청수의 간청으로 절간이 부탁하여
포은은 목은이 글을 지어 값이 더했다고 읊었다.
환암이 기문을 썼다고 일찍이 들었는데
이제 보니 따라온 이는 우연하게도 징청수가 보냈네.

---

119) 김인후(金麟厚) 주) 95 참조.

병든 몸 느리게 단단한 돌길을 돌아오니
봄바람은 어릴 때 올라왔던 일 저버리지 않았네.

樓頭識面兩三僧 持守前規喜爾能 絶澗言因淸叟懇 烏川句爲牧翁增
曾聞寫記爲幻菴 今見隨行號偶澄 扶病懶經頑石路 春風不負少年登
(金麟厚 : 雙溪樓敬次圃隱韻·板上詩)

남의 시를 차운하려면 전제 조건이 원운을 읽어보아야 한다.

이 시는 결국 정몽주의 시를 읽고, 그 시의 내용과 관계되는 부분이 많이 표현되었다.

누각에서 승려들이 어떤 행사를 진행하는 모습을 보고 법을 지키는 그들의 행위를 곱게 생각하였다.

누각을 중건한 징청수, 누각 이름과 기문을 지은 목은, 그리고 이것을 붓으로 쓴 환암(幻庵 : 보각국사, 고려말의 승려, 글씨를 잘 썼다) 등의 등장은 화자가 포은 시와 『동인시화』의 내용을 읽었다는 증거를 제시하여 준다. 병든 몸 느리게 단단한 돌길을 지나 누각에 오르니 젊었을 때 찾아왔던 일이 생각난다.

짧은 시에 등장인물이 8명이나 되니 소설 같은 느낌을 준다.

백암 쌍계루에 부쳐, 포은 판상운에 차운하다

박 순(朴淳)[120]

먼지 묻은 벽에 높이 걸린 한 수의 시
날아 움직이는 뜻을 찾아 늦게 찾아와 읽었네.
강하와 함께 스스로 글을 남긴지 오래고
공적은 어찌 모름지기 태사만 전하겠는가.
시골의 뛰어난 선비가 얼마나 틈이 있으며
인간은 부질없이 상서로운 곳만 좋아하네.
나뭇잎이 떨어지는 겨울 하늘 해가 지는 못에서
뜻이 높고도 큰 가슴 속에 술잔을 넘겨주네.

塵壁高懸一首詩 意關飛動讀來遲 江河自共遺文久 勳業何須太史垂
草裏幾聞龍虎士 人間空說鳳凰地 寒天落木斜陽池 磊嵬心胸付酒巵
(朴淳 : 寄題白岩雙溪樓 次圃隱先生板上韻·板上詩)

화자는 오래된 누각에 걸려 있는 포은의 시를 쳐다보고 차운시를 짓는다.

날아 움직이는 듯 활기 있는 시를 늦게 찾아와서 읊어 보니 미안한 느낌이 든다. 자연과 더불어 그 시가 오래 남아 전해오니 포은의 공적은 역사를 기록하는 태사만 하는 것이 아니고, 시골의 뛰어난 선비도 한가하지는 않지만 시를 통하여 훌륭한 솜씨를 기록할 수 있

---

120) 박순(朴淳 : 1523~1589) 조선조 문신. 호는 사암(思庵). 1553년에 장원급제, 1572년에 영의정이 되어 14년간 재직.『사암집(思庵集)』이 있다.

다는 화자의 포부를 밝혔다.

인간은 본래 상서로운 곳만을 좋아하는 법인데 지금은 추운 겨울이 와서 나뭇잎이 다 떨어진 앙상한 못에는 저녁 해가 넘어가고 있다. 이제 뜻이 높고 큰 분을 추모할 때가 온 것이다.

화자는 인간으로서의 포은과 그의 시를 함께 찬양하면서 축배를 올린다.

배롱나무에 둘러싸인 : 요월정(邀月亭)
— 전라남도 장성군 황룡면 황룡리(전남기념물 제70호)

이 정자는 강 건너에 옥녀봉이 있고, 왼쪽에서 오른쪽으로 흐르는 황룡강이 있어 좋은 자연직 입지조건을 갖추고 있다. 이 밖에 주변 외 소나무 사이에 원산지가 중국이며 수명이 100여 년으로 추정되는 배롱나무 60여 그루가 무리를 이루고 있어 여름철이면 절승을 이룬다.

1550년에 김경우(金景愚)가 산수를 벗삼아 음풍농월을 하기 위하여 세운 정자다. 김인후, 기대승, 양응정 등이 이곳에서 시를 읊었다.

건물 구조는 정면 3칸, 측면 3칸의 팔작기와집이며, 두 개의 방과 동쪽 마루로 이어졌다. 1925년에 중건하였다. 사방이 벽이며, 모든 문에까지 단청을 입혀 아름다운 건물이란 인상을 준다. 살림집과 다를 바 없는 정자다.

요월정

김인후(金麟厚)121)

달빛이 집을 비치니 희게 보이고
가을빛은 눈에 들어와서 푸르게 보이네.
정자에 임하니 오늘밤 경치는
한 평생 떠돌아다니는 사람을 비웃네.

月色當軒白 秋光入眼靑 登臨此夜景 一世笑浮萍
(金麟厚 : 邀月亭·板上詩)

화자는 흰색과 푸른색감을 통하여 달과 가을빛의 작용을 미화하였다. 정자 이름이 달과 연관이 있으니 자연스럽게 밝은 달을 소재로 끌어올 수밖에 없었을 것이다.

정자에서 바라보는 아름다운 경치는 이곳을 두고 다른 곳에서 절승지를 찾아 방황한 지난날의 자신을 비웃고 있다고 생각한다. 그만큼 산수가 뛰어난 곳임을 우회적으로 표현하였다.

---

121) 김인후(金麟厚) 주) 95 참조.

요월정운

기대승(奇大升)[122]

그대의 재주있는 기질은 수레를 탄 것 같고
강호를 유유자적하며 돌아다닌 자취 남아있네.
술을 싣고 배를 끌고 가니 경치 이미 사라지고
기생을 지팡이 삼아 잡고 오르니 달은 이미 기울었네.
옛적에 배운 것에 유념하면서 깊이 생각하고
새로 지은 시를 놓았다가 다시 꾸미게 되네.
이슬이 높은 하늘에서 아래로 내려오듯이
곧바로 위세와 명망이 오래 집에 내렸네.

夫君才氣合乘車 逍跡江湖放浪餘 載酒引船風色嬾 藝花扶杖月華虛
經心舊學惟深也 脫手新詩更賁如 雨露九天應下漏 直長威望壓周慮
(奇大升 : 邀月亭韻·板上詩)

이 시는 정자 주인에게 주는 것으로 되어 있다.

건물 주인은 수레를 탄 것처럼 재주와 기질이 뛰어남을 찬양하였고, 자연을 사랑하여 유유자적하면서 돌아다닌 자취가 남아 있음을 상기시킨다.

배에 술을 싣고 찾아가니 날이 저물어 경치는 자취를 감추고, 기생들이 잡고 도와서 정자에 오르니 달은 이미 기울었다.

요월정을 중심으로 집주인의 생활과 정자에서의 화자의 생활도

---

122) 기대승(奇大升 : 1527~1572) 조선조 성리학자. 호는 고봉(高峰). 1558년에 문과에 급제, 대사간에 이르렀으나 뜻에 맞지 않아 그만 두고 귀향. 『시문집』, 『논사록(論思錄)』이 있다.

요월정

함께 읊었다.

옛것에 유념하는 것은 오직 깊은 마음의 작용에서 나온 것이며, 그러한 마음으로 새로 시를 짓고 나서 더 잘 쓰기 위해 꾸미고 싶은 생각을 한다. 화자는 시 짓는 일에 심중한 태도를 보였다.

하늘에서 큰 은혜가 내려와서 그 위세와 명망이 오래도록 고루 백성에게 베풀어지니 반갑고 고마울 수밖에 없다. 정자의 이름에 유념하여 거기에 합당하게 읊은 시라고 할 수 있다.

전라남도

화순군

화순군은 전라남도 중앙부에 위치하고 있으며 노령산맥에서 뻗은 지맥들로 이루어진 산악지대로 서부의 하천지대를 제외하고는 대부분이 산지로 이루어져 있다. 주위에는 백아산, 만연산 등 높은 산들이 있고, 중앙에는 천운산, 용암산 등이 솟아 있다.

능주천이 중앙부를 북류하고 화순천이 북부에서 서류하여 능주면 원지리에서 합류하여 지석강을 이루며 서류한다. 이 강의 상류에는 영벽정이 연주산을 마주보고 있다.

사시절 가경 속의 : 영벽정(映碧亭)

이 정자는 연주산이 지척에 내다보이는 지석강(일명 영벽강) 상류 강기슭에 자리잡고 있으며, 능주팔경의 하나로 사시 가경에 심취되어 시인묵객과 명현들이 찾아들던 곳으로 유명하다.

창건 연대는 1500년경으로 추측된다. 1625년에 능주목사 정연(鄭沇)이 개수하고 그 후 1871년에 능주목사 한치조(韓致肇)가 화재로 소실된 것을 중건하였다. 건물 구조는 정면 3칸, 측면 2칸의 팔작 겹치마 2층 기와집이며 아래층은 서주로 된 빈 공간이다. 2층은 널마루로 되었고 사방은 난간으로 둘려 있다.

현재 관청에서 관리하고 있으며, 규모가 크고 바로 강변에 서 있어서 경치가 뛰어나며 아름답다. 지금은 유원지가 되어 유람객이 그치지 않고 찾아온다.

영벽정

성 임(成任)123)

세월에 쫓겨 잠시도 한가한 시간이 없더니
정자에 오르자 잠시 수심에 잠긴 얼굴이 펴지네.
마을이 바다 가까우니 봄은 늘 일찍이 찾아오고
솔과 대는 처마에 닿아 여름에는 시원하네.
주렴을 걷으니 산빛이 단청 마룻대에 숨어들고
석양의 꽃그림자는 아름다운 난간에 비치네.
길손이 고향을 그리는 생각이 간절하여
한 편의 시에 의지하여 애써 마음을 달래네.

日月驅馳暫不閒 登臨聊復解愁顔 閭閻近海春常早 松竹當簷夏亦寒
簾捲山光侵畫棟 日斜花影上雕欄 客中無限思鄉意 憑仗詩篇强自寬
(成任 : 映壁亭・板上詩)

화자는 수심에 잠긴 얼굴이 펴질 정도로 정자에 오른 기쁨을 읊었다.

바다에 가까운 마을, 시원하게 자란 소나무와 대나무 등 평화스러운 마을의 환경을 아름답게 그렸다. 정자를 중심으로 산빛과 석양의 편안한 정경을 형상화하였다. 화자의 이 정자에 대한 애정을 엿볼 수 있다.

미련(7・8구)에서는 향수에 대한 화자의 모습이 나타난다. 애써 시 한 수라도 써서 향수에 젖은 마음을 달래 보려는 마음이 간절하다.

---

123) 성임(成任) 주) 80 참조.

영벅정

아름다운 소재와 시어를 나열하여 독자를 편안한 시세계로 인도
하고 있다.

영벽정

김종직(金宗直)[124]

연주산 위에 달은 쟁반 같고
바람이 잠든 수풀에는 이슬이 차네.

___
124) 김종직(金宗直) 주) 31 참조.

하늘에 가득한 뭉게구름은 걷히려 하고
하나의 높이 쌓은 병영도 볼 수 없네.
일년에 중추가 가장 좋은 줄 이제야 알았네
나그네의 이 밤이 편안할 줄 그 누가 알리.
진격하는 깃발 따라 서쪽 바다로 가서
손가락 끝으로 둥근 게 배를 쪼개 먹겠네.

連珠山上月如盤 草樹無風露氣寒 千陣絮雲渾欲盡 一堆鈴堞不須看
年華更覺中秋勝 客況誰知此夜寬 征旆又遵西海轉 指尖將擘蟹螃團
(金宗直 : 映壁亭 · 板上詩)

중추절을 맞은 화자의 감회를 읊었다.

쟁반 같은 달, 찬 이슬 등은 가을이라는 계설을 알리는 시어들이다. 병영이나 진격하는 깃발은 모두 전시를 알리는 용어인데, 지금은 그런 분위기를 볼 수 없어서 잠시 편안한 분위기를 가질 수 있는 화자의 심정을 알 수 있다.

서쪽 바다에 가서 게를 쪼개 먹겠다는 표현은 너무 엉뚱하고 돌발적인 발상이나, 반면 가을 정취를 맛볼 수 있는 소박하고 익살스러운 표현이다.

영벽정에 오르다

양재해(梁在海)[125]

매우 깊은 물 위에 2층 정자가 있어서
한가한 날 놀면서 새로운 것을 보았네.
세상 근심 잊어버리기에 참으로 알맞고
안개 빛은 은은하게 비치며 사라지지 않네.
상서로운 봉서루에는 군자가 살고
맑은 바람 부는 죽수고을에는 덕 있는 사람 산다네.
그림 속에 시가 있어 차례로 읊조리니
우리는 선조들의 기쁨을 기록한 한시를 보고 감탄하네.

千尋水上有層欄 暇日優遊得新觀 世慮却消眞取適 煙光隱映不無端
呈瑞鳳棲君子在 淸風竹樹碩人寬 畵裏有詩吟次第 感吾先祖載欣歡
(梁在海 : 登映碧亭 · 板上詩)

　강기슭에 자리잡은 2층 정자에 올라서 세상 근심을 다 떨쳐버리고 새로운 감회에 젖어 본다.

　정자의 가까운 위치에 있는 봉서루에는 군자가 살고 있고 여기 죽수에는 덕 있는 사람이 살고 있다는 표현은 이 고을이 군자와 덕 있는 사람들이 살고 있는 자랑스러운 고장임을 찬미한 것이다. 봉황은 상서로움을, 맑은 바람과 대나무는 절개를 상징한다. 결국 이 정자가 있는 고을에는 격조 높은 사람들이 모여 살고 있는 집단임을

---

125) 양재해(梁在海) 조선조 말기 고종 때 창의(倡儀) 하여 왜군가 싸우다가 체포되었으나 석방되어 돌아와서 화학산에 은거하면서 후진양성에 주력하였다.

분명하게 보여주었다.

　후손들은 선조들이 기쁨을 노래한 시를 감상하고 감격하고 있다. 이는 후손들의 선조에 대한 숭모 정신을 나타낸 것이다.

전라남도

나주시

나주시는 전라남도 나주군의 중앙부에 위치하고 있으며, 자연환경은 노령산맥의 지맥인 금성산, 동북쪽으로는 소백산맥에 속하는 무등산, 남쪽으로는 영암의 월출산이 있다. 시의 동쪽에는 황룡강과 극락강이 합류하여 남류하다가 저석강과 다시 합류하여 영산강 유역의 넓은 나주평야를 관류하고 있다. 영산강은 시의 동부를 북에서 남으로 흐르다가 서류하면서 황해로 유입된다. 땅이 기름져서 예부터 농경이 발달한 고장이다.

가야산 낮은 언덕 위의 : 기오정(寄傲亭)
— 전라남도 나주시 다시면 회진리(동촌마을)

정자의 위치를 몰라서 물었더니 그 곳 파출소 소장이 몸소 이곳까지 안내하여 쉽게 찾을 수 있었다. 나지막한 언덕 위에 자리잡고 있는 건물에는 단청이 없어 시꺼먼 건물이 재실 같은 느낌을 주었다. 그러나 전망은 매우 좋았다.

정면의 벽은 온통 창문으로 되어 있어 살림집 같은 느낌을 주었다.

1669년에 박세해(朴世楷 : 1665~1699)가 창건하였으며, 만년을 음풍농월하던 곳이다.

박씨의 성대한 회혼례 행사가 이 정자에서 개최되었고, 1743년, 1939년, 1981년에 각각 중수가 이루어졌다.

정자의 이름은 중국 진나라의 도연명(陶淵明)의 「귀거래사(歸去來辭)」에서 "남창에 기대어 세속에 구애하지 않고 큰 뜻을 펼치며(倚南窓, 以寄傲……)"에서 따왔다. 건물 구조는 정면 4칸, 측면 3칸, 재실형이며, 건물은 동남향이다. 현판의 큰 글씨는 이광사(李匡師)가 썼다고 한다.

삼가 기오정 중수연의 원운을 차운하다

이건명(李健命)126)

선을 쌓은 높은 가문에는 경사가 이어지고
금성에서 긴 세월 대를 이러 살았네.
원추리의 빛나는 빛은 중수 축하 자리에 가득하고
고운 옷 입은 영광스런 네 말이 살던 마을이라네.
연이은 솥과 비단옷은 임금이 하사한 은총이며
많은 아들 장수함은 빈말이 아니라네.
벌써부터 훌륭한 일 길이길이 전해 내려오고
새해에는 햇빛처럼 복이 다시 찾아오리라.

積善高門慶有餘 錦城千載接先居 春萱色耀重牢席 彩服榮生駙馬閭
列鼎衣緋恩永錫 多男得壽語非虛 已敎盛事傳來世 更見新禧日華如
(李健命 : 敬次寄傲亭牢宴 · 板上詩)

　주역(周易)에 "착한 일을 쌓는 집에는 바드시 남은 경사가 자손에
까지 미치고, 착하지 못한 일을 거듭한 집안에는 반드시 남아나는
재앙이 있다"127)는 문장을 인용하여 금성에서 대를 이어 착한 일을
많이 베푼 집안을 찬양하였다.

---

126) 이건명(李健命 : 1663~1722) 조선조 문신. 호는 한포재(寒圃齋). 1686년에 문
　　과에 급제, 우의정, 좌의정을 역임. 『한포재집(寒圃齋集)』이 있다.
127) 積善之家 必有餘慶 積不善之家 必有餘殃 (周易 · 坤)

기오정

원추리는 근심을 잊는다는 화초로, 여기서는 축하의 분위기를 돕기 위하여 끌어온 용어이며, 어머니를 가리키는 말이기도 하다.

고운 옷이나 네 마리 말이 살던 집이란 임금의 은총을 입어서 네 사람의 자손이 한 집안에서 탄생한 영광을 뜻한다.

"연이은 솥"은 많은 축하객이 모였다는 뜻이며, 국가의 동량들이 입은 고운 옷은 모두 임금의 은총에서 이루어진 것이라고 하였다.

많은 자손들이 모두 장수하고 훌륭한 일을 많이 해온 집안임을 거듭 찬양하고, 새해에도 변함없이 빛나는 햇빛이 다시 찾아오기를 기원하였다.

삼가 기오정 중수연 원운에 차운하다

임 영(林泳)128)

중수의 색다른 잔치 그지없이 즐겁고
한가롭게 살아가니 임금의 은혜를 누가 알리.
태자에게 알현을 청해 높은 녹봉 받고
밖으로 맛있는 음식을 내리니 사랑이 넘친 마을이 되었네.
기쁜 일 대를 이으니 그 정이 각별하고
시에서 사실을 읊으니 빈 말은 아니네.
모든 행복은 근원이 같다는 신묘함을 알게 되고
지난 날의 좋은 풍습은 모두 놀 같네.

異慶重牢慶更餘 天恩誰料逮閒居 春坊乞觀榮超秩 外部宜珍寵溢閭
喜爲通家情自別 詩惟紀事語非虛 因知萬福同源妙 先故休風摠藹如
(林泳 : 敬次寄傲亭重牢宴原韻 · 板上詩)

정자를 재건하는 즐거움을 임금의 은혜에 돌렸다. 태자에게 요청하여 큰 지원을 받았으니 한 벼슬이 은총을 입을 것이며, 대를 이어 기쁜 마음을 간직하고 있음은 각별한 일이다. 이와 같은 깊은 사랑과 은혜를 시 속에 담는 일은 기록이 될 것이며, 모든 행복은 은총과 사랑이란 공통된 근원에서 출발하는 것이며 신묘한 일이라 하였다.

---

128) 임영(林泳 : 1649∼1696) 조선조 숙종 때 문장가. 호는 창계(滄溪). 1671년에 문과에 급제, 부제학, 대사헌을 역임. 『창계집(滄溪集)』이 있다.

과거 조상들이 이룩한 좋은 풍습은 모두 노을같이 빛나고 아름답다. 중수연을 맞이한 감격과 축하를 함께 읊었다.

기오정원운에 화운하다.

권성(權惺)129)

신선스런 표시는 높은 지덕 집안에 이어지고
가장 이름 있는 곳에 일찍이 살집을 정하였네.
중건 잔치를 베푸니 거문고소리 마을에 들려오고
고운 옷 입은 영광스러운 중신들이 마을에 가득 찼네.
존귀한 사람은 어찌하여 해마다 겸하여 벼슬하는지
성대한 덕을 가진 이는 재물을 헛된 것이라고 말하며.
엉터리 시문이라도 짓고자 하면 좋은 일 본받고
황실에는 이르지 못하여도 부끄러운 재상은 되겠지.

仙標繼出大賢餘 第一名區早卜居 宴設重宰琴在鄕 榮生彩服駬盈閭
達尊豈但年兼爵 盛德咸稱實若虛 欲把荒詞模勝事 梁園未至愧相如
(權惺 : 敬次寄傲亭重牢宴原韻·板上詩)

이름이 알려진 곳에 삶의 터전을 잡은 지덕이 높은 집안에는 언제나 신선스러운 표적이 이어진다고 찬양하면서 중건 잔치에서 들려오는 거문고 소리를 듣는다.

영광스럽게도 이 마을에는 지체 높은 벼슬아치들이 해마다 늘어

---

129) 권성(權惺) : 조선조 숙종 때 문신. 호는 제월재(霽月齋). 1687년에 문과에 급제, 형조판서, 참찬(參贊)을 역임, 신임사화(辛壬士禍) 때 은퇴하였다.

난다. 이렇게 성대한 덕을 가진 이들은 재물은 헛된 것으로 보는 고
상한 지조를 갖추고 있다.

　잔칫날을 맞이하여 축시라도 쓰고 싶은 심정이나 엉터리 솜씨로
는 쓸 수가 없어서 잘 된 작품을 본받으려 한다. 화자는 옆자리에서
임금을 모시는 벼슬아치는 못되어도 낮은 자리의 재상은 될 것 같다
고 겸손한 태도를 보였다.

전라남도

무안군

무안군은 전라남도 서부 중앙에 위치하고 있으며, 노령산맥의 한 지맥이 비옥한 나주 평야를 지나 전남 서남단의 무안반도를 형성하였고, 다시 갈라져 나와 해제海際반도와 망운望雲반도가 되었으며, 연안에는 2개의 유인도와 25개의 무인도가 있다.

하천은 군의 서쪽 경계에 영산강의 하류인 몽한천이 남류하고, 이 밖에 남창천이 흐르고 있다.

산수의 정기가 모여 있는 : 유산정(遊山亭)

― 전라남도 우안읍 교촌리

이 정자의 창건 연대는 분명하지 않으나 고려말로 추정된다.

홍건적난을 평정한 공로로 면성부원군(綿城府院君)으로 은공을 받은 박문오(朴文晤)의 만년 휴식처가 바로 여기다. 그의 증손인 박의룡(朴義龍)이 퇴관 후 중수하였고, 7대손인 박익경(朴益卿)이 단종 복귀운동이 실패하자 낙향하여 우유자적하면서 개수(改修)하였다.

정유재란 때 화를 입어 소실된 것을 1879년에 박기종(朴淇鍾)이 무안현감의 후원으로 중건하였고, 그 후 1905년과 1968년에 중수하여 현재에 이르렀다.

건물 구조는 정면 측면 각 2칸으로 팔작지붕이며, 바닥과 기둥은 1968년에 개수할 때 시멘트 구조물로 조형하여 고풍스러운 운치가 감소되었다. 주변의 경치가 좋아서 유산정팔경이 전해오고 있다.

유산정

삼가 유산정 원운에 차운하다

최숙휴(崔淑休)[130]

선현이 면주에서 관직을 받고
이 정자에 놀면서 제영을 지었다 하네.
추모하는 마음에 때때로 그리워지고
조상의 덕은 한없이 오랜 세월 기쁘게 하네.
고관들이 틈을 내어 구름같이 모이니
산수의 정기가 경치 좋은 곳에 머무네.
아름다운 한 가문이 효도를 원칙으로 생각하고
춘추에 시인들의 음영은 맑은 물가에서 다하네.

---

130) 최숙휴(崔淑休) 미상

先賢受采自綿州 題咏斯亭誌以遊 羹墻有感追時慕 蔭德無疆永世休
縉紳暇會如雲集 山水精靈勝地留 花樹一門維孝則 春秋詩社盡清流
(崔淑休 : 謹次遊山亭原韻 · 板上詩)

선현들의 이 정자에서의 풍류생활을 먼저 읊었다.

후손으로 조상의 은덕을 생각한다는 것은 매우 기쁜 일이라고 생
각한다.

산수의 정기가 모인 이 곳에서 시인묵객들이 구름처럼 모였으니
풍류적 운치가 넘치는 정자임을 짐작할 수 있다.

이 정자를 창건한 박씨 집안의 아름다운 효도정신을 찬양하고, 경
치 좋은 이곳에 찾아와 맑은 물가에서 풍류놀이를 하는 멋진 생활을
형상화하였다.

삼가 유산정 원운에 차운하다

정우기(鄭遇琪)[131]

높이 솟은 정자 남쪽 고을에 멋대로 서 있고
옛적에 공신이 있어 노년에 물러나 여기 놀았네.
경치는 길손들이 모두 손으로 가리켰고
명성은 온 세상이 기쁘고 사랑스럽다고 말하네.
깨끗한 못에는 넓고 맑은 물결이 일어나고
비봉산에는 높고 상서로운 기운이 머물었네.
한가한 주인 할아버지의 꽃나무가 무성하여

---

131) 정우기(鄭遇琪) 미상.

해마다 시인들의 음영 모임은 풍류놀이에 알맞네.

崔嵬亭子擅南州 在昔功臣老退遊 景物行人皆指點 名聲擧世稱恩休
生鮮池闊淸波動 飛鳳山高瑞氣留 閒此主翁花樹興 年年詩會適風流
(鄭遇琪 : 謹次遊山亭原韻·板上詩)

높이 솟은 정자는 옛적에 공신들이 관직에서 물러나 찾아와 놀던
곳이라고 회상했다.

이곳의 경치는 모든 사람들이 손가락으로 가리킬 정도로 유명한
곳이며, 그만큼 명성이 높아 모두 사랑스럽고 기쁘다고 자랑하는 곳
이라고 하였다.

깨끗한 연못에는 맑은 물결이 일어나고 비봉산에는 상서스러운
기운이 감도는 최상의 환경임을 찬양하였다.

정자 한가한 주인 할아버지는 꽃나무처럼 아름답게 흥하고 성하
였고, 여기를 찾아오는 시인들도 음영모임을 자주 가지면서 풍류놀
이를 하는 모습을 형상화하였다.

특수한 공법에 의한 : 죽헌정(竹軒亭)

— 전라남도 무안읍 매곡리(수발마을)

이 정자는 죽헌(竹軒) 박념(朴恬)이 군자감판관(軍資監判官)으로 제수 되었다가 이듬해 을사사화로 어진 선비들이 화를 당하는 것을 보고 낙향하여 1545년에 건립하였다.

죽헌은 임진왜란이 일어나자 장남인 경록(慶祿 : 1572~1649)에게 명하여 군량을 의병장인 조중봉(趙重峰)에게 원조로 보냈다. 건물 중수 내력은 분명하지 않으나 1919년에 중건한 사실만 전한다.

건물 구조는 팔작지붕에 상부는 맞배형식을 취한 특이한 구조로 처음에는 빙이 있었으나 지금은 하나의 마루로 되어 있다. 석주와 목주로 하나의 기둥을 만든 특수한 공법을 사용하였고 거기에 주련이 달려 있다.

전란 중 스스로 한탄하다

박 념(朴恬)132)

우리나라는 더러운 먼지에 가득 차 있으니
불쌍하구나 임진왜란이 일어난 그 해여.
슬픔을 삼키면서 야인으로 머물고
눈물을 흘리는 조정의 신하가 있네.
나이 많은 늙은이는 갑옷 입기가 어렵고
몸이 나약하니 분발할 수 없네.
쌀 2백 석을 드리어
우러러 군인들의 식량을 돕겠네

東國滿腥塵　可憐歲壬辰　含悲處野士　垂淚在廷臣
年老難披甲　力孱未奮身　呈米二百石　仰助饋軍人
(朴恬 : 亂中自歎 · 板上詩)

화자는 먼저 왜놈들이 쳐들어와서 온 국토를 황폐화시킨 임진왜란의 비극을 비통하게 생각한다.

슬픔을 머금고 있는 야인이나 눈물을 흘리는 신하가 모두 비극적 현실에 울분을 참지 못하고 있다

이러한 현실에서 화자는 스스로 전선에 뛰어들고 싶으나, 이미 나이 많은 늙은이가 된 자신의 무력함을 한탄한다. 그리하여 쌀 2백 석을 싸우는 군인들의 식량으로 헌납한다.

전란을 맞은 긴박한 비극적 현실에 대처하는 화자의 보국정신을

---

132) 박념(朴恬) 미상.

알 수 있다.

죽헌 박군이 고향으로 돌아감을 전송한다.

송인수(宋麟壽)[133]

살펴보니 이때 벼슬아치는 귀양살이가고
죽헌은 관청사자로 창고 일 맡아 머물렀네.
강산 어느 곳에 시인이 다다를 수 있겠는가
바람과 달만은 시골 늙은이를 자주 따르네.
장한은 농어가 살지는 가을을 기다리지 않고
못난 늙은이가 돌아가는 날 말은 쉬지 않았네.
임금 모시는 벼슬아치 힘든 일 많고
고향 가기를 청하였으나 바랄 수 없네.

點閱此時仕宦流 竹軒行李任藏留 江山幾處詩人到 風月頻隨老者幽
張翰肥鱸秋不待 疏翁歸馬日無休 侍從多有難堪事 欲乞鄕山莫可求
(宋麟壽 : 送竹軒朴君歸鄕里·板上詩)

벼슬아치들은 귀양살이로 추방되고 이 정자의 주인은 창고 일을 맡아서 남게 되었다.

전시의 긴박한 상황에서 시인들은 풍류놀이를 할 곳조차 없다. 현실에 대하여 한탄하고 있을 때 바람과 달만은 변함없이 화자를 따르니 잠시나마 위안이 된다.

---

133) 송인수(宋麟壽 : 1487~1587) 조선조 중종 때 문신. 호는 규암(圭庵). 1522년에 문과에 급제, 예·형조참판, 대사성, 한성좌윤을 역임. 『규암집(圭庵集)』이 있다.

죽헌정

　"장한은 농어가 살지는 가을…"은 중국 진나라 장한(張翰)이 가을이 되니 고향인 오(吳)나라의 순채국과 농어회를 먹고 싶어서 관직을 사퇴하고 고향으로 돌아온 옛일을 말한다. 화자는 여기서 가을이 오기 전에 고향으로 돌아가겠다는 성급함을 나타내었고, "돌아가는 말이 쉬지 않았다" 함도 고향으로 돌아가고 싶은 절실한 감정을 표출한 것이다. 이 두 가지는 모두 고향에 가고 싶은 절박한 심정을 피력한 것이다.

　임금 모시는 관리들이 하는 일이 힘든 것처럼, 화자는 고향 가는 것을 허가 받는 일도 다같이 어려운 현실이라고 생각한다. 고향에 가고 싶은 화자의 간절한 심정이 핵심 주제로 되어 있다.

죽헌 박군이 고향으로 돌아감을 전송하다

유희춘(柳希春)[134]

그대의 손을 잡았다가 갈라지니
푸르고 푸른 강변의 나무는 구름 같네.
여창에 달이 밝으니 높은 다락이 보이고
멀리 바닷바람이 맑을 때 벼슬아치는 홀로 떠나네.
옛 섬돌에는 소나무와 대나무의 절개가 있고
송별 잔치에 문득 향초 태움을 깨달았네.
10년을 함께 놀았는데 아! 헤어지다니
벼슬아치가 쓸쓸하게 가는 길을 보니 마음이 어지럽네.

執子手兮手一分　蒼蒼江樹立如雲　旅窓月滿孤樓跡　遠海風淸獨去員
古砌應存松竹節　離筵忽覺蕙芝焚　從遊十載吁嗟別　行李蕭蕭路上紛
(柳希春 : 送竹軒朴君歸鄕里 · 板上詩)

　푸른 강변의 나무를 바라보는 위치에서 다정한 친구와 이별하는 아쉬운 정을 읊었다.

　나그네가 머물고 있는 창가에는 달이 밝아서 높은 다락이 보이고, 홀로 떠난 벗을 생각하니 다시 쓸쓸한 마음 때문에 괴로워한다.

　대나무와 소나무를 소재로 끌어온 화자의 의도는 벗과의 변치 않는 우정을 말하기 위해서다.

---

134) 유희춘(柳希春 : 1513~1577) 조선 중기 학자. 호는 미암(眉巖). 1538년에 문과에 급제, 부제학을 지냈다. 주자학에 조예가 깊었다. 『미암집(眉巖集)』이 있다.

　다시 송별 잔치에 대한 분위기에서, 10년이나 긴 세월을 사귀어 우정을 쌓았는데 서로 이별하고 떠나는 길 위의 친구의 모습을 보니 아쉽고 마음이 어지러워짐을 느낀다.

전라남도

장흥군

전라남도 남부에 위치하고 있는 장흥군은 소백산맥의 여맥이 이어져 있고, 북부는 비교적 고지대로 산지를 이루며, 남북은 해안지대로 간척사업이 이루어져 비옥한 해안 평야가 형성되어 있다.

하천은 탐진강이 북서부를 남류하다가 장흥읍에서 금강천 등 여러 지류가 합류하여 강진군을 지나 남해로 유입된다.

금강천을 조망하는 : 사인정(舍人亭)

— 전라남도 장흥군 장흥읍 송암리(지방문화재 제55호)

이 정자는 천관산을 쳐다보고 탐진강과 금강천을 조망할 수 있는 좋은 환경조건 속에 서 있다.

조선조 단종 때 홍문관 부제학과 이조참판을 지낸 사인 김필(金筆)이 당쟁에 휘말려 벼슬을 버리고, 이곳에 내려와 은거하면서 이곳에서 청소년들을 교육시켰다. 그 후 이곳에서 여생을 마치자 후손들이 그를 추모하기 위하여 사인이란 벼슬 이름을 따서 정자 이름을 지었다. 근처 석벽에는 「강산제일」이라고 새긴 글이 지금까지 남아 있는데, 일설에서는 김구(金九)가 여기서 일박하면서 쓴 것이라고 한다.

건물 구조는 정면 3칸, 측면 2칸의 목조 팔작기와집이다. 사방이 모두 마루로 되어 있고, 각 기둥머리마다 봉황의 머리와 쇠서로 공포를 조각하여 장식하였다.

사인정

사인정

김 필(金筆)[135]

산을 감돌아 흐르는 물은 성을 안고
땅이 갈라진 곳에는 하늘이 바다에 떠 있네.
개인 산 빛은 나무를 둘러싸고
밀물소리는 저녁에 성을 흔드네.

山回水抱城 地坼天浮海 山色晴繞樹 潮聲暮撼城
(金筆 : 舍人亭・柱聯)

---

135) 김필(金筆) 미상.

성을 중심으로 돌아 흐르는 물의 방향에 주목하면서, 산이 갈라진 사이에는 물 위에 떠 있는 하늘을 발견한다. 그리고 개인 날의 산빛의 아름다움과 저녁때의 밀물소리를 듣는다. 청각과 시각적 이미지를 함께 읊었고, 밀물소리가 성을 흔든다는 표현에서 의인법과 과장법이 합작된 묘미를 느낄 수 있다.

이 시는 현재 이 정자의 기둥에 걸려 있는 주련시이다.

사인정

이학래(李鶴來)136)

사인정의 역사는 사백여 년이나 되었는데
정자 뒤는 높은 산이고 정자 위는 하늘이네.
쓸쓸하게 어부와 나무꾼은 세상 밖에서 놀고
한가한 구름과 달은 시끄러운 물가에 모였네.
바위는 낭떠러지 되어 바야흐로 기이한 돌이 되었고
흘러서 모인 시냇물은 큰 내가 되었네.
말 말게나! 가을바람은 사람들을 깨닫지 못하게 하나
떠난 지 오래된 사인이 우리의 옛 선조임을 알겠네.

舍人四百有餘年 亭背高峰頂上天 落落魚樵遊物外 悠悠雲月屬譁邊
嵒成峭壁方奇石 流聚涓涔便大川 莫道秋風人不識 舍人去後舍人先
(李鶴來 : 舍人亭 · 板上詩)

---

136) 이학래(李鶴來) 미상.

사백년의 역사를 가진 사인정은 뒤에는 높은 산이 있고, 정자 위에는 하늘이 있는 비교적 궁벽한 곳에 정자가 자리잡고 있음을 알수 있다. 이러한 자연환경 속에서 어부와 나무꾼은 세상 밖의 사람처럼 쓸쓸하고 외롭게 보인다.

시선을 하늘에 보내니 한가하게 떠 있는 구름과 달이 시끄럽게 흘러가는 물가 근처의 하늘에 모여 있다.

낭떠러지의 기이한 돌과 흘러간 물이 모여 큰 내가 되었다는 이곳이 유별나게 아름다운 환경임을 한 폭의 그림처럼 나타낸 것이다.

가을바람을 맞으니 눈에 들어오는 현실만을 생각했으나 떠난 지오래된 선조인 사인을 미처 생각하지 못하였다.

사인정 판상시

탐진강 상류 용소 위의 : 용호정(龍湖亭)

― 전라남도 장흥군 부산면 용반리(기념물 제68호)

이 정자의 아래는 절벽으로 되어 있고, 탐진강 상류에 위치한 용소 위에 자리잡고 있다. 앞이 탁 트여 전망이 매우 좋은 곳이다.

1827년에 최규문(崔奎文)이 창건하였다. 어버이에 대한 효성이 지극한 최숙택(崔淑澤)이 부친상을 당하여 강 건너 아버지 묘소를 문안드리러 가는데, 강에 물이 불어 건널 수 없어 지금 정자터에 단을 만들어 묘소를 향해 예배하였다고 한다. 그의 아들 최문규가 아버지 효성을 기리고자 정자를 지었다.

여름철의 피서지이며, 가을은 단풍 구경을 위하여 사람들이 찾아온다. 1940년에 중수하였다.

건물 구조는 정면 3칸, 측면 2칸의 팔작기와집이며, 2층 구조로 되어 있고 아래층은 빈 공간이다. 2층은 널마루 단칸방으로 되어있고 사방에는 난간이 둘러 있다.

용호정

최규문(崔奎文)[137]

하천은 앞에 있고 산은 좌우에 있으니
정자는 그림 속에 서 있는 것 같네.
엷게 물든 층층의 놀은 푸르고
비낀 석양빛은 붉게 물들었네.
서리 맞은 국화를 서너 뿌리 뽑으며
달빛 맞으며 외로운 오동나무를 만지네.
강과 호수를 탐내어 즐겁게 지내면서
안개 속 도롱이를 입고 홀로 낚시하는 늙은이라네.

水前山左右　亭立畵圖中　淺染層霞碧　斜啣落照紅
迎霜搴數菊　乘月撫孤桐　剩得江湖樂　烟蓑獨釣翁
(崔奎文 : 龍湖亭・板上詩)

　배산임수의 좋은 환경 속의 정자는 마치 그림 속에 서 있는 것처럼 아름답고, 엷게 물이 들고 두껍게 깔린 푸른 놀과 비낀 석양의 붉은 빛은 마치 채색한 그림을 보는 느낌을 준다.

　중국 진나라 때 도연명처럼 국화 서너 뿌리를 뽑아 들고 가다가 달빛 받으며 돌아오는 길에 외롭게 서 있는 오동나무도 만져보면서 우유자적하는 화자를 볼 수 있다.

　화자는 또 아름다운 자연을 탐내어 안개 속에 도롱이를 입고 강태공처럼 혼자서 낚시하며 풍류를 즐기고 있다.

---

137) 최규문(崔奎文) 미상.

용호정

삼가 용호루운에 차운하다

이병식(李昞植)138)

걸어서 높은 정자에 오르니 수궁에 걸터앉은 것 같고

---

138) 이병식(李昞植) 미상.

소나무 숲의 개인 경치는 놀이하는 속에 모였네.
놀에 저녁 바람이 불어오니 산 모습이 푸르고
장맛비에 꽃이 피니 바위가 붉었네.
흰 옷의 중은 바윗가에 지팡이를 멈추고
푸른 도포를 입은 나그네는 달에 비친 오동나무를 만지네.
백년을 어지럽게 살았는데 무슨 인연이 있겠는가
한스러운 일은 주인과 함께 머물지 못한 것일세.

步上高亭跨水宮 滿松晴景屬遊中 晚風吹靄山容翠 宿雨添花石面紅
白衲僧停岩際錫 靑袍客撫月邊桐 百年擾擾緣何事 却恨不留與主翁
(李晎植 : 謹次龍湖亭韻·板上詩)

정자에 오르니 수궁에 걸터앉은 기분이라 하였으니 정자가 높은
위치에 있다는 사실과 오랫동안 이 정자에 오르고 싶었던 소원이 이
루어진 기분을 아름답고 매우 감격스럽게 표현한 것이다.

소나무 숲의 풍류놀이와 장맛비에 꽃이 많이 피어 바위 위가 붉게
보인 주변의 아름다운 환경의 변화를 애정 어린 마음으로 읊었다.

흰 옷의 중과, 푸른 도포의 나그네를 등장시켜서, 바위 위에서 쉬
고 있는 모습과 오동나무를 어루만지는 여러 동작을 나열하여 마치
한 폭이 그림처럼 담아서 표현하였고, 그 색채 또한 특수하다. 푸른
색, 붉은색, 흰색 등 짧은 시 속에 다양한 색채를 넣어 시를 아름답
게 색칠하였다고 볼 수 있다.

화자는 평생을 어지럽게 살아왔는데, 이제 무슨 인연으로 정자 주
인과 다정스럽게 함께 머무를 수 있는 행운이 있겠는가 한스러운 생
각을 한다.

전라남도

순천시

전라남도 남북부에 위치한 순천시는 동쪽에 소백산맥의 지맥인 백운산맥이 뻗어 있고, 그 줄기에 마령산맥의 한 지맥인 난봉산, 비봉산 등이 높이 솟아 있어 3면이 산지로 둘러싸여 있다.

하천은 동천이 계족산에서 발원하여 시의 동부를 관류하고, 중간에 석현천·옥천 등과 합류한 뒤 남쪽으로 흘러 순천만으로 유입된다. 유역에는 순천평야가 형성되어 있다.

죽도봉에서 동천을 바라보는 : 연자루(燕子樓)

— 전라남도 순천시 조곡동(죽도봉 공원 내)

이 정자는 죽도봉 높은 언덕에 자리잡고 있어서 동천의 물줄기를 끝까지 내려다보는 위치에 있으나 앞에 있는 키 큰 나무들 때문에 전망은 그리 좋지 않다. 오히려 산 정상에 최근에 세운 강남정(江南亭)이 시내 전경을 한 눈에 볼 수 있고, 올라가는 길에는 동백나무가 가로수가 되어 있어 금상첨화였다.

연자루의 창건연대는 미상이나 고려시대 손억(孫億 : 1214~1259)이 승평부사로 부임하였을 때 호호(好好)라는 관기를 사랑하였으나, 영전이 되어 떠났다가 훗날 찾아오니 초초는 이미 할머니가 되었더란 전설이 있다. 이것으로 보아 고려말에 세운 것으로 추측된다.

정유재란 때 소실된 것을 1619년에 승평부사 강복성(康復成)이 중건하였고, 1620년에 홍수로 유실, 그 후 4번이나 중수하였으며, 1930년에 시가지 정비 계획으로 훼철된 것을 1978년에 재일교포 김계선(金桂善)의 재정 지원으로 현재의 위치에 복원하였다.

누각의 구조는 T자형이며, 천정 중앙에는 용을 형상화한 대들보가 동북으로 두 개가 마주 보고 있어 매우 아름답다. 건물은 2층 팔작 지붕이며, 정면 6칸, 측면 2칸의 대청형 구조로 되어 있다. 이 정자의 본래 위치는 남문 밖의 옥천가에 있어서 누각 밑으로 맑은 냇물이 흘러 시객의 출입이 빈번하였다.

누각 좌측에는 팔마탑(八馬塔)과 팔마비가 서 있다. 팔마비는 고려 충렬왕 때 부사 최석(崔碩)이 다른 곳으로 전직할 때 말 여덟 필을 선사받던 폐습을 마다한 것에 감동하여 백성들이 이 비를 세웠다고 한다.

연자루시

한재렴(韓在濂)[139]

골짜기 물은 동서로 푸른 구슬처럼 흐르고
만월에 가까운 명월은 옛 서주땅을 비치네.
술이 깨니 오늘밤은 어디인지 알겠고
애끓는 성남의 연지루라네.

溝水東西碧玉流　七分明月古徐州　酒醒今夜知何處　腸斷城南燕子樓
(韓在濂：順天燕子樓·板上詩)

구슬 같은 푸른 물과 맑은 달을 통하여 누각 주변의 아름다운 밤 경치를 읊었다.

---

139) 한재렴(韓在濂) 미상.

연자루

술이 깨니 정신이 들어 자기가 지금 어디 있는지 분명하게 알 수 있는데, 그것은 지금 애끊는 연자루에 와 있다는 사실이다. 무슨 사연 때문에 애끊는지 알 수 없으나 손억과 호호의 비극적인 사랑 때문인지, 아니면 이 누각이 정유재란 때 소실되었고 홍수에 유실된 고난의 역사 때문인지는 화자만 알 것이다.

연자루

장 일(張鎰)140)

7월달 처량한 연자루에

---

140) 장일(張鎰 : 1207~1276) 고려 중기의 명신. 호는 장간(章簡). 고려 고종 때 급제, 예부시랑, 동지중추원사(同知中樞院事)를 역임하였고, 문장에 능하였다.

남자가 한번 떠나니 꿈처럼 아득하고.
그때 같이 앉았던 사람은 미운 늙은이 되고
누각 위의 미인은 또한 할머니가 되었네.

霜月淒凉燕子樓 郎君一去夢悠悠 當時座客休嫌老 樓上佳人亦白頭(張
鎰：燕子樓·板上詩)

손억과 호호의 비극적 사랑을 주제로 하였다.

서리 내린 달빛이 처량하다는 표현에서 비극적인 사랑을 예고하
고 있다. 오랜 세월 두 사람은 서로 그리워하면서 만나지 못했으나
흰 머리가 된 뒤에 만나게 된 것을, 화자는 쓸쓸하면서 또 한편으로
는 익살스럽게 표현하였다.

연자루

서거정(徐居正)141)

작아령 밖에 한 그루의 큰 나무
연자루 앞에는 팔마비가 있네.
흰 머리의 손억을 사람들이여 웃지마오
두목지도 전에 장호호를 위해 시를 지었다네.
누각 밖에는 해마다 제비가 날고
누각 안에는 호호가 아직 성숙하지 않았네.

---

141) 서거정(徐居正 : 1420~1488) 조선초기의 학자. 호는 사가정(四佳亭). 1444년
 에 문과에 급제, 대사헌, 과거시험관을 역임, 『동인시화(東人詩話)』, 『계원필
 경(桂苑筆耕)』, 『사가집(四佳集)』이 있다.

풍류인물은 지금 무엇하고 있는가
한곡조의 비파소리는 지는 해와 짝이 되었네.

鵲兒嶺外一欒樹 燕子樓前八馬碑 白髮孫郞人莫笑 牧之曾賦子枝詩
樓外年年燕子飛 樓中好好已成非 風流人物今安在 一曲琵琶伴落暉
(徐居正 : 燕子樓詩·板上詩)

연자루에 올라 옆에 있는 한 그루의 큰 나무와 팔마비를 가장 인상 깊게 포착하였다.

전설 속에 나오는 손억과 호호의 사랑에 대하여 비웃지 말라는 경고를 하면서 중국의 당나라 때 유명한 시인인 두목(杜牧 : 字는 牧之)도 장호호(張好好)에 대하여 시를 썼다. 두목이 장호호를 처음 만난 것이 심공강(沈公江) 막사에서였다. 그 때 나이 13세였고, 노래를 잘 불러 악적에 올라 있었다. 호호가 의성에서 낙양 동성으로 옮겨 다닐 때는 18세였고, 여러 번 두목과 만났다. 화자는 이러한 사실을 연자루의 호호와 결부시켜 읊었다.

유명한 시인인 두목도 장호호를 위하여 시를 지었으니, 손억의 호호에 대한 애정이 웃음거리가 될 것이 없다는 것이다.

누각 앞에서는 제비가 날고, 그 당시 누각 안에는 나이 어린 호호가 있었다. 이 소녀를 사랑했던 풍류시인 손억은 지금 어디 있는가. 무정한 세월만 흘러 행방을 알 수 없는데, 때마침 해 저무는 저녁에 피파소리만 쓸쓸하게 화자의 마음을 울린다.

연자루

이수광(李睟光)[142]

실망스러운 일은 신선이 한번 가면 돌아오지 않고
 10월의 누각에는 꿈만이 아득하네
지금은 지난날이 부질없이 흐르는 물 같고
다만 봄바람에 제비만 날아다니네.

惆悵仙郎去不歸 一樓霜月夢依依 秖今往事空流水 惟有東風燕子飛
(李睟光 : 燕子樓·板上詩)

한번 떠난 신선은 돌아오지 않는데, 누각에는 서리 내리는 10월의 늦가을 꿈처럼 그리운 정이 솟아난다.

화자는 전설 속의 손억과 호호의 비극적 사랑을 회상한다. 모두 다 지난날의 흘러간 물처럼 헛된 꿈이 되었고, 지금은 봄바람에 무심한 제비만 날아다니니 화자는 그립고 아쉬운 정에 사로잡힌다.

---

142) 이수광(李睟光 : 1563~1628) 조선조 중기 문관. 호는 지봉(芝峰). 1585년에 문과에 급제, 대사간, 이조판서를 역임, 『지봉유설(芝峰類說)』이 있다.